# 奴隷生誕
## 藤原家の異常な寝室

甲斐 冬馬

フランス書院文庫X

# 奴隷生誕

## 藤原家の異常な寝室

もくじ

フランス書院文庫X

# 奴隷生誕

## 藤原家の異常な寝室

# 第一章　暴発

## 1

「わあ、美味しそうだな」

対面式のキッチンカウンターに並んでいる四枚の皿を見て、藤原和真は多少誇張しつつも素直に感想を述べた。

シンプルな白い皿には、スクランブルエッグにベーコン、キャベツの千切りとカットしたトマトが添えられている。ごく普通の朝食が華やかに見えるのは、和真の心境のせいだろうか。

「小百合義姉さん。これ、持っていっていいの？」

カウンター越しに声をかけると、マグカップにコーヒーを注いでいた小百合がにっこりと微笑んだ。

「カズくん、ありがとう。お願いできるかしら」

ふんわりと肩にかかる髪が、キッチンの小窓から差しこむ日の光に照らされて栗色に輝いている。エプロン姿も板についていて、すっかり人妻らしくなっていた。

「こうしてると、なんだか昔に戻ったみたいだわ」

小百合は過ぎ去った日々を懐かしみ、実家での生活を楽しんでいるようだ。おっとりした雰囲気は昔から変わっていない。この調子でよく高校の教師が務まっていたと不思議に思う。

二十九歳の小百合は一年前に結婚退職して、すでに実家を離れている。今は出産のために戻っており、一ヵ月前に無事元気な女児が誕生していた。元来のやさしさに母性が加わったことで、熟した色気が滲んでいるようだった。

(綺麗になったね。小百合義姉さん)

和真は眩しいものでも見るように、思わず目を細めていた。

十八歳の和真とはひとまわり近く離れているが、そんなことはまったく気にならない。血が繋がっていなくても、小百合は本当の姉弟のように接してくれる心根のやさしい女性だった。

リビングに置いてあるベビーベッドでは、小百合の一人娘——姪の愛梨が
ている。この幼い命の存在が、夏休みをより楽しく彩ってくれるだろう。

今年の夏は異常気象としか思えない暑さだ。

和真は毎日Ｔシャツに短パンで過ごしていた。よほどの用事がなければ出かける気にならず、受験生なのをいいことに一日中家に籠もっている。エアコンが効いている室内は快適だが、一歩外へ出ればまるで蒸し風呂だった。

「はい、茉莉義姉さん。できたよ」

和真は両手に皿を持ち、テーブルへと運んだ。声をかけてみるが、聞こえていないかのように義姉は反応しなかった。

次女の茉莉は椅子に腰かけて脚を組み、いつものように朝刊をひろげていた。

メタルフレームの眼鏡越しに、切れ長の瞳で経済面の文字を追っている。大手ＩＴ企業、日本サイバー社の法務課に勤務する茉莉にとって、朝のひとときでさえ情報収集の貴重な時間らしい。

二十六歳にしては落ち着き払っているが、ときおり黒髪のショートカットを掻きあげる仕草にはっとさせられる。〝クールビューティー〟という言葉が、これほど似合う女性はそうそういないだろう。

糊のきいた白いシャツに紺色のタイトスカートは、いかにもキャリアウーマンといった雰囲気を漂わせている。ベージュのストッキングに包まれた脚を組み替えると、むっちりした太腿がなかほどまで露出した。

（インテリだけど、色っぽいところがたまらないよな……）

皿をテーブルに置きながら、ちらりと横目で義姉の脚を見やる。と、その瞬間、茉莉は新聞を見つめたまま、抑揚のない声でつぶやいた。

「なに見てるのよ」

「えっ……」

和真が動揺した振りをすると、追い打ちをかけるように冷たい瞳で見つめてくる。

「色づいてる場合じゃないでしょ。夏休みで勝負が決まるのよ」

受験勉強の話題でプレッシャーをかけたつもりらしい。しかし、成績は中学校に入学してから高校三年の現在に至るまで、常に学年トップをキープしている。夏休みだからといって、慌てて夏期講習を受ける必要はなかった。

「夏休みの計画はできてるよ。いろいろやることがあるんだ。いろいろとね」

和真がつぶやくと、タイミングよく三女の杏里がリビングに入ってきた。

白いノースリーブのワンピースと、黒髪のセミロングが美しいコントラストを描いている。どこか儚げな雰囲気と黒目がちの大きな瞳が印象的だ。

「杏里、今起きたの？　夜更かしは美容の敵よ」

茉莉が言い聞かせるように声をかけると、杏里は微かに頷いた。

「はい。茉莉姉さん」

二十歳の女子大生だが、その横顔は少女のように幼く見える。目立つことが苦手な大人しい性格で、基本的に口数は少ない方だった。

「ひとりで夜中まで、なにをしてるのよ」

「え……それは……」

杏里は口籠もると、助けを求めるような視線を和真に向ける。しかし、和真が涼しい顔で視線をそらしたため、慌てて取り繕うように言葉を紡いだ。

「映画を……DVDを観てました」

「ああ、また恋愛映画ね。ドラマや映画もいいけど、本物の恋愛をしなさいよ」

茉莉はなかば呆れた様子で、奥手な杏里を煽りたてる。

浮いた話がひとつもない妹のことを、それなりに心配しているらしい。杏里は曖昧な笑みを浮かべると、所在なげにうつむいた。

「杏里義姉さん、おはよう」

和真は挨拶しながら、さりげなく杏里の瞳を覗きこむ。すると、見開かれた瞳が見るみる潤んでいくのがわかった。

「カ、カズちゃん……おはよう」

杏里は視線を泳がせると、緊張したように掠れた声で囁いた。

(本当に童顔だよな。もっと自信を持てばいいのに……でも、もう関係ないか)

胸底でつぶやき、思わず苦笑を漏らす。

三人の義姉たちがなにを考えているのか、そんなことにはまったく興味がない。すでに賽は投げられている。もう後戻りはできないのだ。計画どおり、やるべきことを遂行するだけだった。

三姉妹とは血が繋がっていない。和真は父親の子で、三姉妹は義母の連れ子だ。父親はセレブ相手の輸入洋服店〝モードフジワラ〟のオーナーをしている。和真が十歳のとき、闘病生活を送っていた実母が亡くなり、父親は当時パートで働いていた義母——奈都子とすぐに再婚した。

以来、父親は和真に冷たく接するようになった。

三姉妹を実の子のように可愛がり、前妻の子である和真のことは、血が繋がっているにもかかわらず邪魔者扱いした。和真は少しでも好かれようと勉学に勤しんだ。成績は見るみる伸びたが、しかし父親の態度は変わらなかった。

あの頃はいつも泣いて過ごしていたような気がする。

だが、淋しい思いをしている和真を、三人の義姉たちが気遣ってくれた。幼い和真が、彼女たちに好意を抱くのはごく自然なことだった。

「小百合姉さん、おはようございます」

杏里が和真の視線を振り払い、キッチンカウンターに歩み寄っていく。

「あら、杏里ちゃん、おはよう。これ運んでもらえるかしら」

小百合がコーヒーの入ったマグカップを杏里に渡した。和真はカウンターに置いてある残りの皿をテーブルに運んだ。

茉莉は手伝おうともせず、再び朝刊に視線を落としている。仕事はできるらしいが、家事をしているところは見たことがなかった。

「さあ、茉莉ちゃん。新聞は朝食が済んでからにしてね」

小百合が娘をたしなめるように声をかける。結婚して出産まで経験した長女にとっては、茉莉でさえ幼い子供と同じなのかもしれない。

「食事のときくらい、お仕事のことは忘れて、ゆっくりしたらいいじゃない」

「はいはい。姉さんには敵わないな」

茉莉は渋々といった感じで新聞を畳み、おおげさに肩を竦めてみせる。クールな次女がこんな態度をとるのは珍しいことだった。

「しばらく居座るからよろしくね。茉莉ちゃんたちといっしょだと心強いわ」

小百合はおどけているが、その横顔には一抹の淋しさが滲んでいる。それを感じているからこそ、茉莉はいつになく明るく振る舞っているのだろう。

小百合の夫である修三は、社長の父親とともに海外出張中だ。出産予定日がわかっていたのに娘の夫を同行させるとは、いかにもワンマンなあの男らしい。

——日本に帰れば会えるから構わんだろう。

そう言い放ったのを和真も聞いている。夫婦仲に亀裂が入ってもおかしくない言葉だが、婿養子に入った修三が意見することなどできるはずがない。

義母は長女の出産を見届けると、父親の世話をするため出張先へ向かった。つまり現在の藤原家は、和真と三姉妹、それに生後一ヵ月の愛梨だけなのだ。

長女が家事全般をこなし、姉弟が協力して愛梨の面倒を見ている。小百合にしても、夫のいないマンションで生まれたばかりの娘と付きっきりで過ごすより、姉弟たちといっしょのほうが気晴らしになるのだろう。

「茉莉ちゃん、今日も遅くなるの？　昨日も夜中に帰ってきたんでしょう」

「まあね。仕事だから」

「終電があるうちに帰れないの？」

そんな小百合と茉莉のやりとりを見ていた和真は、トーストにバターを塗りながら、わざとからかうように口を挟んだ。

「そういえば、茉莉義姉さん。毎晩、送ってもらう車が違うよね。いったい誰が本命なの？」

妙な空気が食卓に流れる。

小百合は和真と茉莉の顔を交互に見やり、杏里は頬をひきつらせたままマグカップを見つめていた。話を振られた茉莉はチラリと鋭い視線を送ってきたが、声を荒らげる様子もなく受け流しにかかる。

「本命なら別にいるわ。あの男たちは、送りたいって言うから送らせてるだけ」

「前に強引にキスしようとした男の人を、思いっきりひっぱたいてたでしょ。すごい音がしたから窓から見ちゃったよ。あの人、可哀相に……」

「野良犬が噛みつこうとしたから水をかけてやっただけよ」

茉莉は事もなげに言い放つ。

どうやら、そのクールな美貌を武器に大勢の男たちを泣かせてきたらしい。自分に自信があるだけに、男を見る目も厳しいのだろう。

「もう、ちゃんと付き合いなさいよ。いつまでも遊んでないで」

小百合が呆れたように苦笑を漏らす。

長女の目から見ると、茉莉のやっていることは危なっかしく映るに違いない。結局のところ、早く身を固めてほしいと思っているようだ。

「わたしは仕事が好きなの。結婚しても仕事はつづけるつもり」

茉莉は顎をツンとあげると、和真をにらみつけてきた。

あんたが余計なことを言うから——。

レンズの奥で光る切れ長の瞳がそう語っている。和真は知らぬ顔を決めこみ、視線に気づかない振りをしてトーストを囓った。

「姉さんみたいに家庭に入るなんて考えられないわ。せっかく教師の仕事があったのに、あっさり辞めちゃうなんてもったいない」

「わたしは今が幸せよ。フフッ」

小百合はなにを言われても微笑を湛えたままだ。愛梨も無事生まれて、女の幸せを実感しているときだった。

「ふうん……。ところで、杏里、あなたはどうなの？　保母さんの資格、大学卒業したら取れるんでしょ？」

なにを言っても無駄だと思ったのか、茉莉は矛先を自分から逸らそうと、いきなり杏里に話を振った。

「え？　わたしは……今はまだわからない……かな……。でも、素敵な人がいたら、すぐに家に入るかも……」

あやふやな口調だが、意外なことにしっかりと自己主張もこめられていた。保育士の資格を取得して、保育園で働くことが彼女の昔からの夢だった。

「そうね。杏里ちゃん、早くいい人が見つかるといいわね」

小百合がおっとりした調子で杏里を応援する。ときおりリビングの一角に置かれたベビーベッドを見やる瞳には、やさしい母性が満ち溢れていた。

「わたしにはわからないな……」

茉莉は納得できないといった様子でしきりに首を捻る。キャリアウーマンとしてバリバリ働いている茉莉には、理解できないことなのかもしれない。

「あっ……」

そのとき、杏里がいきなり大きな声をあげた。

何事かと全員の視線が集中する。杏里はなにやら背筋を伸ばし、半開きになった唇を小刻みに震わせていた。

「義姉さん、どうかしたの？」

和真はフォークでスクランブルエッグを口に運びながら、左隣に座っている杏里を見やった。

「杏里ちゃん？」

「大丈夫？　寝不足なんじゃないの」

小百合と茉莉も心配そうな視線を注いでいる。末っ子の杏里は、昔から姉たちに可愛がられ、大事に守られて育ってきた。そんなことだから、引っこみ思案の甘えん坊になってしまったに違いない。

(自分の身は自分で守らないとね……杏里義姉さん)

和真は心配顔を装いつつ、心のなかでつぶやいた。

恵まれた環境のなかでひ弱に育った杏里を見ていると、父親の冷たい仕打ちがよみがえってくる。

「杏里義姉さん？　しっかりしてよ」

和真は気遣う振りをして声をかけながら、テーブルの下で杏里のスカートをそっとたくしあげていた。

張りのある若々しい太腿が、すでに付け根近くまで露出している。眉ひとつ動かさず、手のひらで大胆に撫でまわす。右手ではフォークを握ったまま、正面に座っている小百合と茉莉の目を盗んで悪戯をしていた。

(ほら、助けを求めなよ。それとも、もっと触ってほしいの?)

杏里は身を硬くするだけで、まったく抵抗しない。その横顔はひきつり、瞳が怯えたように潤んでいる。そんな態度に苛立ちを覚えながら、柔肌をねちねちと触りまくり、跳ね返るような柔肉を握り締めた。

「ンっ……な、なんでも……ない……」

杏里が掠れた声でつぶやき、誤魔化そうとしている。

「どこか具合でも悪いの?」

「黙ってたらわからないじゃない」

小百合と茉莉が言葉をかけるが、まさか和真が悪戯しているとは疑いもしない。まったく気づかずに、的外れなことばかりを言っている。

「本当に……なんでもないから……」

内腿を撫でられても、杏里は懸命に言葉を紡いでいた。

悲痛な表情を見ていると溜飲がさがるが、それでも和真の心が完全に晴れることはない。怒りは鎮まるどころか、ひたすら増幅をつづけていた。

――どうして死んだ女が生んだガキの面倒を見なきゃならんのだ。

それが父親の口癖だった。義母の耳に入らないように何回言われたことか。

高校に入学する頃には、気に入られることは諦めていた。それどころか、嫌味を言われるたびに反発心を抱くようになった。その一方で義姉たちはより美しく成長し、和真の好意はいつしか歪んだ愛情へと変わっていった。

そして一年前、長女の小百合が結婚した。

婿養子に入った修三は、次期社長候補だという。実子である和真を差し置き、赤の他人が社長になろうとしている。しかも、和真を社員として働かせる気もないと、はっきり言われたのだ。

どうやら、ひと欠片の財産も継がせたくないらしい。実の母親が亡くなり、とことんまで足蹴にされている。あまりにも酷い仕打ちだった。

――父親が溺愛する三姉妹を、性の奴隷に貶める。

いつからそんなことを考えるようになったのかは定かでない。

とにかく、復讐心は確実に成長をつづけて、ついに和真の妄想は実現すべき命題へと変化していた。

三人の義姉たちを、肉体だけではなく精神まで蹂躙する。己の歪んだ欲望を満たし、奴隷のように一生仕えさせるのだ。

半年前に壮大な計画をスタートさせた。最初のターゲットは杏里だった。

(逃げられないのはわかってるだろ？　杏里義姉さん)

唇の端に薄い笑みを浮かべると、内腿に滑りこませていた左手を股間に向かってじりじりと移動させる。

「ン……ン……」

杏里は血の気の引いた顔で、微かに首を振っていた。

もう少しで指がパンティの船底に触れる。そのとき、杏里はいきなり椅子から立ちあがった。

「コ、コーヒー……淹れるね」

唐突に告げると、逃げるようにキッチンへと向かう。それはあまりにも不自然な行動だった。

小百合と茉莉が反応するよりも先に、和真が素早く立ちあがる。そして、不思議そうにしている義姉たちに「僕が様子を見てくる」と耳打ちした。

いざというとき頼りになる義弟を装えたと思う。実際、小百合は小さく頷いて
「お願いね」と囁いてきた。
「僕も手伝うよ、杏里義姉さん」
和真は義姉思いのやさしい弟を演出しながら、杏里の後を追いかけた。憎い父親に復讐して、同時に己の歪んだ欲望を満たすために……。

## 2

「ひとりで、淹れられるから……」

杏里は蚊の鳴くような声でつぶやいた。

これまでも散々酷いことをされてきたが、姉たちの前で悪戯されるのは耐えられない。とはいえ、気の弱い杏里が助けを求められるはずもなく、和真から逃れたい一心でキッチンへと駆けこんだ。

逃げる場所などないことはわかっている。現にすぐ背後に足音が迫っていた。

「義姉さん、大丈夫？」

心配顔の和真がキッチンに入ってくる。しかし、その口もとには薄い笑みが浮

かんでいた。

「遅くまでＤＶＤを観てたんでしょ。睡眠不足なんじゃない？」

義弟にまっすぐ見つめられると反抗できない。杏里はおどおどと視線をそらし、下唇を噛みながら頷いてしまう。

（もう、どうすることもできないの……）

こういう態度が義弟を助長させるとわかっている。それでも、逆らう気持ちは起きなかった。

「義姉さんたちは休んでいてよ。僕が手伝うから」

和真は満足そうに微笑むと、対面カウンター越しに小百合と茉莉に声をかけた。

「カズくん、お願いね」

「まったく朝から人騒がせだわ。杏里、あなたみたいに自己管理できないと、社会に出てから苦労するわよ」

「茉莉ちゃん、そんなにきつく言わなくても」

ほっとした反動で怒りだした茉莉を、小百合がおっとりとした口調でなだめる。

カウンター越しに見える光景が、まるで別世界のような気がした。

（ついこの間まで、わたしもあそこに居たのに……）

二度と元の場所に戻れないことは、杏里自身が骨身に染みてわかっている。悲しげな瞳で立ちつくしていると、義弟の声で現実に引き戻された。

「杏里義姉さん、コーヒー豆を挽くの大変でしょ」

「カ、カズちゃん……本当に大丈夫だから、ひとりで……」

和真がすぐ目の前に迫ってくる。足が竦んであとずさりすることさえできない。最初から主導権は義弟に握られていた。

「僕にも手伝わせてよ。コーヒー淹れるの得意なんだよ」

少年らしい笑顔の下には、悪魔の本性が隠されている。そのことを、杏里は嫌というほど思い知らされてきたのだ。

和真は手動のミルを用意すると、コーヒー豆の入った瓶を杏里に手渡した。

「義姉さんは豆を入れてよ。僕はコーヒーメーカーの準備をしてるから」

恐るおそる瓶を受け取った杏里は、言われたとおりメジャースプーンでコーヒー豆を掬ってミルに移そうとする。そのとき、いきなりヒップを触られて、思わず「あっ」と小さな声が漏れた。

身体にビクッと震えが走り、コーヒー豆が宙に舞う。フローリングの床にばらばらと落下し、四方八方へと転がっていった。

「杏里ちゃん?」

「ちょっと、どうしたのよ」

カウンターの向こうから、小百合と茉莉が声をかけてくる。二人とも怪訝そうな目でこちらを見つめていた。

杏里は頬をひきつらせて凍りついたように固まってしまう。ワンピースの臀部には義弟の手がぴったりと押し当てられているのだ。キッチンカウンターの死角になっているが、危険極まりない行為だった。

「義姉さん、ドジだなぁ」

和真は場を和ませるように笑い飛ばすと、まるで量感を確かめるように手のひらでヒップの丸みを撫でまわす。そして下から掬いあげるように揉みこんで、尻肉をギュッと握り締めてくるではないか。

「ごっ……ごめんなさい……」

カウンターの下でヒップを左右に揺するが、義弟の手は離れてくれない。それどころか、お仕置きをするようにますます指先が食いこんでくる。

(やだ……カズちゃん、許して……)

懇願するような視線を義弟に向ける。すると和真はフッと息を漏らし、わざとらしいほどのやさしい顔で微笑んだ。

「いいよ、僕がやるから」

和真が慣れた手つきでコーヒー豆をミルに入れていく。

小百合と茉莉は、和真が杏里を手伝っていることで安心しているらしい。すぐに視線をそらし、自分たちの会話に戻っていった。

「茉莉ちゃん、子供は好きなんでしょう?」

「まさか、嫌いよ」

食事を終えた茉莉は、再び朝刊に視線を落としている。

「でも愛梨のお守りは上手じゃない。あの子もすっかり懐いてるわ」

「愛梨ちゃんだけは特別。よその子は可愛いと思わない」

素っ気ない茉莉だが、小百合との会話を嫌がっているわけではないようだ。その証拠にキッチン内で行われている悪戯に、まったく気づいていなかった。

「杏里義姉さん、ちゃんと押さえてよ」

和真に命じられて、杏里はキッチンに置かれたコーヒーミルを両手でしっかり押さえつける。和真がハンドルを握ってゆっくりまわすと、コーヒー豆がゴリゴリと粉砕されていく音が聞こえてきた。

「興奮してる？」

ふいに和真が囁きかけてくる。杏里にしか聞こえない小さな声だが、カウンターの向こうに二人の姉がいると思うと気が気でない。

「ねえ、お尻触られて興奮したんでしょ？」

なにも答えないでいると、和真は片手でハンドルをまわしながら、左手で再びヒップを撫でまわしてきた。

「や……お願い……ここでは……」

消え入りそうな声でつぶやくが、義弟の異常な行動を制することはできない。それどころか、ワンピースのスカートをじりじりと捲りあげられていく。

「許して……」

「じゃあ、ちゃんと答えてよ。僕に悪戯されてどう思ったの？」

和真は右手でコーヒー豆を挽きながら、左手の指先でスカートの白い布地をたくしあげる。すでに太腿の裏側が付け根あたりまで大胆に露出し、パンティまで見えそうになっていた。

「意地悪、しないで……」

「答えられないなら、僕が調べてあげるよ」

ついにスカートが大きく捲られて、純白のパンティに包まれたヒップが露わになってしまう。下半身にエアコンの冷気を感じ、急激な不安と心細さに襲われた。

「やっ……」

たまらずミルから手を離そうとすると、途端にガタンと大きな音が響き渡った。

「おっと、大丈夫？　強く押さえてくれないと、ハンドルがまわせないよ」

和真は悪戯をしていることなどおくびにも出さない。小百合と茉莉にもさりげなく心やさしき義弟をアピールしつつ、杏里に命令をくだすのだ。

（小百合姉さん、茉莉姉さん……助けて……）

杏里は胸のうちでつぶやくが、実際に声をあげることはできなかった。

姉たちには絶対に知られたくないことを、数え切れないほど体験している。もう義弟には逆らえない。ただ、この恐ろしい時間が早く過ぎることを祈るだけだった。

「せめて……せめて二人きりのときに……」

無駄だと思いながらもつぶやいた。

和真は返事すらしてくれない。杏里は両手でミルを強く押さえると、今にも泣きだしそうな顔でうつむいた。

「顔はあげるんだ。義姉さんたちにバレてもいいの？」

パンティの上からヒップを揉みしだかれる。太腿の付け根のパンティラインを指先でなぞられて、ゾクゾクするような感覚が突き抜けた。

「うぅっ……」

義弟に悪戯される恥辱のなか、杏里は懸命に涙をこらえながら顔をあげた。カウンター越しに、小百合と茉莉が話しこんでいるのが見える。身体を弄られるのにはもう慣れていた。しかし、今は平静を装うのがなによりつらかった。

「いいね、その調子だよ」

耳もとで囁かれた直後、パンティのウエストに義弟の指がかかる。ミルから手を離すことができず、為す術もなく薄皮を剝ぐようにパンティがおろされていく。

（ああ、いや……カズちゃん、許して……）

懇願するような瞳を向けるが、薄笑いが返ってくるだけだ。臀裂が覗いたかと思うと、あっという間にヒップ全体が露出した。

若さを誇示するように、尻肉がプリッと上向きに張りだしている。その白くなめらかな餅肌に、義弟の指が這いまわってきた。

「はうっ……」

「さてと、清純そうに見える杏里義姉さんだけど、本当はどうなのかな？」

和真は浮かれた様子で言いながら、左手の中指を臀裂に沿って滑らせる。手のひらでヒップを撫でつつ、指先を尻の谷間に潜りこませるのだ。

（ダメ……やめて……）

懸命に太腿を閉じ合わせるが無駄な抵抗だった。義弟の中指は背後からねじこまれて、尻穴と蟻の門渡りをくすぐりながら大陰唇にまで到達した。

「くンっ……や……」

たまらず眉を八の字に歪ませて、潤んだ瞳を向けていく。しかし、和真は何食わぬ顔で、ミルのハンドルをまわしつづけていた。

「フフッ、もしかして感じてる？」

左手の指先が微かに蠢き、敏感な大陰唇をゆっくりとなぞりあげる。そのたびに腰がヒクついて、卑猥な声が漏れそうになってしまう。

「カ、カズちゃん……」

震える声でつぶやいたとき、カウンターの向こうから茉莉が声をかけてきた。

「和真、コーヒーまだなの？」

夏休みの杏里と和真と違い、電車の時間を気にしている。男勝りに仕事をこなすキャリアウーマンだという自覚が、茉莉の性格をきつくしている側面もあった。

「ちょっと、まだ豆挽いてるの？」

手伝うなどと言ってキッチンに入られたら、それこそ一巻の終わりだ。

「ご、ごめんなさい……豆、落としちゃったから……」

股間を悪戯されながら、言葉が震えそうになるのを懸命にこらえた。

こんな破廉恥な姿は絶対に見られたくない。なにしろ下半身を剝きだしにされて、義弟の指が大切なところを這いまわっているのだから。

（それに、カズちゃんの指……きっと……）

思わず赤面しながら頭を垂れた。そんな杏里の仕草を目にして、茉莉が慌てて表情をやわらげる。

「べつに杏里を責めてるわけじゃないわ。和真、早くしてね」

「うん、もうすぐだよ」

和真は涼しい顔で返事をすると、再び大陰唇をゾロリと撫であげた。

「ンっ……」

またもや声が漏れそうになり、下唇を強く嚙む。危ないところだったが、すでに茉莉が視線をそらしていたので助かった。

「み、見つかったらどうするの？」

姉たちの目を気にしながら小声で訴えかける。こんなことをつづけていれば、そのうち気づかれてしまう。

（もし見つかったりしたら、これまでのことまで……ああ、それはダメっ）

杏里は涙目になり、思わず首を左右に振っていた。そんな仕草が危険だということにも気づかない。ただ、この半年間に行われたすべてのことを、大好きな姉たちに知られる恐怖が心を支配していた。

「フフッ、義姉さんはこういうシチュエーションのほうが濡れるだろ。ほら……」

和真は大陰唇を散々弄ぶと、左手を股間から抜き取った。そしてチラリと指先を見せつけてくる。

「杏里義姉さんのいやらしい蜜で、こんなに濡れてるよ」

「ああ……」

予想していた光景が目の前にあった。

股間を弄りまわしていた義弟の指先は、しとどの愛汁で濡れそぼっている。じつは食事中に太腿を撫でられた瞬間、股間の奥でクチュッと湿った音が響いたのだ。

「もう……許して……」

弱々しい声で懇願するが、許してもらえるはずがない。和真はミルで挽いたコーヒーの粉をフィルターに移しながら、舐めるような視線で見つめてきた。

「さっき、夜中になにをしてるのか茉莉義姉さんに聞かれたとき、どうして本当のことを言わなかったの?」

そんなこと言えるはずがない——。

心のなかでつぶやくが、声にすることはできなかった。

昨夜もみんなが寝静まったころに、和真が部屋にやってきた。そして、口では言えないような、卑猥で屈辱的な行為を強要されたのだ。

「あんまり苛めるのも可哀相だね」

和真が肩から力を抜いたように笑みを浮かべる。ようやく解放されるのかもしれないと思った直後、期待は最悪の言葉で打ち砕かれた。

「フェラチオしてよ。今すぐに」

思わず自分の耳を疑った。慌てて首を左右に振りたくる。しかし、義弟は一度言いだしたら、絶対に引かない性格だ。どんなに懇願しても許してもらえないことは、これまでの経験からわかっていた。

「悩んでる時間なんてないよ」

和真はコーヒーメーカーにミネラルウォーターを注いだ。スイッチを入れてオレンジのランプが点灯したのを確認すると、鋭い視線でにらみつけてくる。

「早くしなよ。コーヒーが入る前に射精させるんだ」

その言葉の裏には、射精させなければこれまでのことをすべてバラす、という脅しが含まれていた。

「ひどいわ……カズちゃん……」

杏里は掠れた声でつぶやきながらも、姉たちの目を盗んでしゃがみこむ。やらなければ、もっと悲惨な結末が待っているのだ。

フローリングの床にひざまずき、目の前の義弟の短パンに手をかける。ゆっくり引きさげると黒いボクサーブリーフが現われた。ストレッチ素材の股間には、すでに男根の形がくっきりと浮かびあがっている。

(やだ……もう、こんなに……)

杏里は無意識のうちに生唾を呑みこんだ。

すぐ近くに姉たちがいる。会話が聞こえているなかで、卑猥な行為を強要されているのだ。そのことを意識すると、異常なまでに感情が昂ぶってくる。

「義姉さん、時間がないよ」

頭上から和真の声が降り注ぐ。急かされてボクサーブリーフを引きおろすと、黒光りするペニスがブルンッと勢いよく飛びだした。

「はぁ……」

その瞬間、思わず熱い溜め息が漏れてしまう。

この肉の塊に、昨夜もたっぷり突きまくられた。深夜の自室で懸命によがり啼きを押し殺していたことを生々しく思いだす。左右の部屋にはそれぞれ小百合と茉莉が寝ているというのに、義理の弟と肉欲を貪り合ってしまったのだ。

(こんなこと、いけないのに……姉さんたちがいるのに……)

置かれている状況を忘れたわけではない。しかし、フェラチオで射精させなければ、すべてが終わってしまう。

おぞましい記憶から逃れるように、目の前にそびえ勃つ肉柱に顔を寄せていく。唇が肉塊に触れそうになったとき、額に手のひらが押し当てられた。

「待て……。嗅いでごらん」

和真はまるで犬に命じるように言うと、冷徹な瞳で見おろしてくる。こうして苛めることで楽しんでいるのは間違いない。杏里は瞳に涙を湛えながら、鼻をクンクンと鳴らして匂いを嗅いだ。

和真の整った顔立ちからは想像できない香りが、鼻腔に流れこんでくる。青筋を浮きあがらせた男根は、圧倒的な暴力の匂いを漂わせていた。

「チ×ポの匂い、杏里義姉さん、好きでしょ?」

「は、はい……好き、です」

義弟のペニスの香りが肺のなかを満たしている。なかば朦朧としながら震える声で囁くと、和真は「よし」と言って額から手を離した。その途端、おあずけさせられていた犬が餌に食らいつくように、杏里は巨大な肉亀に唇を被せていった。

「おむううっ……」

口内に獣臭がひろがり、うっとりと瞳を閉じていく。気づいたときには、逞しい剛直の根元に右手の指を絡みつかせていた。

教えこまれたとおり、舌で唾液を塗りこむように亀頭を舐めまわす。カリのくびれを舌先でくすぐり、唇で茎胴を締めつけた。

「くぅっ……いいよ、義姉さん。でも、時間はあんまりないからね」

和真は気持ちよさそうな呻きを漏らしながらも、脅し文句を囁いてくる。もしかしたら、もうすぐコーヒーができあがるのかもしれない。

（ああ、どうしてこんなこと……）

杏里は慌てて首を振りはじめた。右手の指で剛根の付け根をシコシコとあやし、左手では陰嚢をやわやわと揉みしだく。献身的に奉仕しつつ、頭のなかでは半年前の出来事を思いだしていた。

あれは、よく晴れた日曜日——。

家にいたのは、たまたま杏里と和真だけだった。

可愛い義弟のために、昼食を作ったのを憶えている。メニューは腕によりをかけた肉じゃがだ。男の人は肉じゃがに弱いとどこかで聞いたことがあった。

そう、杏里は義弟の和真に、ほのかな恋心を抱いていた。八年前、母親が再婚して同じ屋根の下で暮らすようになったときから、ずっと気になる存在だった。そして年を重ねるごとに、もやもやした感情が恋だと気づいたのだ。

肉じゃがの効果はすぐに現われた。和真は「美味しい」を連発して食べた後、勉強を教えてほしいと言って部屋にやってきた。八年間いっしょに暮らしてきて、和真が部屋を訪ねてきたのは初めてだった。

もちろん、浮かれて部屋に招き入れた。

そして悲劇は起こった。いきなりベッドに押し倒されたのだ。あらかじめ用意していた手錠で自由を奪われてレイプされた。しかも、その一部始終をビデオやデジカメで撮影されてしまった。

姉たちには相談できなかった。義弟にレイプされて処女を奪われたことなど言えるはずがない。小百合も茉莉も、和真を可愛がっていたのでなおさらだった。

以来、弱みを握られてセックス奴隷としての生活を強いられている。恋心を踏みにじられただけではなく、性欲処理の道具として扱われていた。

ほとんど毎晩、部屋に訪ねてきて犯されている。和真はどこで覚えたのか、熟練したテクニックで杏里の性感を開発した。自分の意志とは無関係に感じさせられて、ついには望まないオルガスムスを教えこまれてしまった。

フェラチオも毎日強要されている。今ではさほど抵抗なく咥えられるまでになっていた。先日などは、満員の電車内で身体を弄られる痴漢プレイまで体験した。

「ンふっ……むふふンっ」

杏里はリズミカルに首を振りながら、亀頭の先端に舌腹を押し当ててみる。すると予想していたとおり、カウパー汁がねっとりと絡みついてきた。

（ああ、この匂い……おかしくなりそう）

異常なことをしている自覚はある。しかし、身も心もすっかり義弟に飼い慣らされていた。

「くっ……上手になったね。杏里義姉さん」

和真の小さく呻く声が聞こえてくる。かなり感じているらしく、先走り液の匂いが濃くなっていた。

「あら、杏里ちゃんは？」

ふいに小百合の声が聞こえて一気に現実に引き戻された。

杏里は義弟のペニスを頬張ったまま動きをとめて、恐怖に顔をひきつらせる。しかし、和真はまったく緊張した素振りも見せずに即答した。

「杏里義姉さんなら、コーヒー豆を拾ってるよ」

「そのままでいいのよ。あとでわたしが掃除するから」

キッチンカウンター越しに、小百合の声が聞こえてくる。すべてが明るみになる恐怖に怯えていると、和真が腰を引いてペニスが口唇からこぼれ落ちた。

「ンっ……あ、あと少しだから……拾っておきます」

咄嗟に嘘をつくことで胸が痛む。しかし、本当のことを知れば、心やさしい小百合は卒倒してしまうだろう。

「杏里ちゃんは昔から綺麗好きだものね。誰かさんと違って」

「あ、姉さん、それってどういう意味？」

小百合のおっとりした言葉に、すかさず茉莉が噛みついた。

「ウフフッ、冗談よ」

そんな姉たちの声を耳にして、こらえきれない涙が溢れだす。嗚咽をこらえるために、再び目の前のペニスを口に含んだ。

太幹を唇で締めつけて、一心不乱に首を振りたてる。喉奥まで亀頭を呑みこみ、根元を指で扱き、同時に陰嚢のなかの睾丸を手のひらで転がした。

「ンっ……ンっ……ンっ」

「義姉さん……気持ちいいよ。もうすぐだ」

和真の声が微かに震えている。口内の男根が膨らみを増し、小刻みに痙攣をはじめていた。

「ンぐっ……むううっ」

杏里は無意識のうちに根元まで呑みこんだ。亀頭が喉奥に到達して吐き気がこみあげるが、間髪入れずに思いきり吸茎する。教えこまれたディープスロートで追いこみにかかると、和真の腰がビクビクッと大きく跳ねた。

「ね、義姉さん……くぅぅっ」

「うぐっ……うぐうぅぅぅぅっ」

ペニスの先端から精液が噴出する。喉の奥にネバつく粘液が付着して、猛烈な嘔吐感がこみあげてきた。それでも姉たちに知られたくない一心で、間歇泉のように噴きあがる精液を次々と呑みくだしていった。

「和真、コーヒーまだなの？　遅刻しちゃうじゃない」

「もうできたよ。杏里義姉さんも手伝って」

和真がボクサーブリーフと短パンを引きあげながら、ごく普通に声をかけてくる。

「ンっ……は、はい……」

義弟の精液が喉にからみつく。それでも懸命に返事をすると、ずらされたパンティを直して立ちあがった。

## 3

夜になり、杏里は自室のベッドで横になっていた。

サイドテーブルに置かれたステンドグラス調のスタンドが、十畳の洋室をぼんやりと照らしている。窓に掛かるカーテンは淡いピンク色、枕カバーやベッドカバーもピンク系だ。そして枕元には大好きなクマのぬいぐるみが座っていた。

時刻はすでに深夜〇時をまわっている。

先ほど茉莉が帰宅してシャワーを浴びる気配がした。残業が多いらしく、晩ご飯をいっしょに食べることはほとんどなかった。すでに隣の自室に戻っているので、眠りに落ちているかもしれない。

杏里の部屋の左右は、それぞれ小百合と茉莉の部屋になっている。出産のために戻ってきた小百合は、昔の自分の部屋を使っていた。

両側を姉の部屋に挟まれているのには理由がある。末っ子の杏里になにかあったとき、すぐに駆けつけられるようにという姉たちの配慮だ。しかし、この半年の間、杏里がどんな目に遭っているのか小百合も茉莉も知らなかった。

エアコンをかけているので、室内は快適な室温に保たれている。だが、杏里はいまだに寝つくことができないでいた。最近は夜になると身体が火照って、淫らなことばかり考えてしまう。

（カズちゃんがヘンなことするから……）

卑猥な行為を強要されつづけた結果に違いない。夜になると、条件反射的に身体が熱くなってくるのだ。

このままでは取り返しのつかないことになる。それがわかっているにもかかわらず、強く拒絶することができなかった。写真やビデオを撮られて脅されているからではない。逆らえない本当の理由は他にあった。

どんなに酷い扱いを受けても、和真のことが嫌いになれない。それどころか、義弟の凶行を事前に察知し、とめることのできなかった自分自身を責めてしまう。

和真はひとりでずっと苦しんでいたに違いない。新しい家族に馴染めず、何年間も悩んでいたのだろう。そんな義弟の心の叫びが、激しい性衝動となって表出しているような気がした。

「はぁ……」

薄暗い天井を見つめて、思わず溜め息を漏らしてしまう。

ここに小百合がいたら「杏里ちゃん、溜め息をつくと幸せが逃げていくのよ」とやんわり注意されたに違いない。しかし、火照った身体を鎮める手段がなく、パジャマの内腿を擦り合わせるのが切なくてならなかった。

昼間は読書をしたり、姪っ子の世話をして過ごした。子供が好きで保育士を目指している杏里にとって、愛梨のお守りは楽しいものだった。

小百合は掃除と洗濯、昼と夜の食事の支度に追われていた。忙しそうだが、楽しそうに家事をこなす姉を見ていると、家庭に入るのも女の幸せのひとつなのだと、あらためて思った。

だが、杏里が一番気にしていたのは和真の行動だ。

朝食のときに散々悪戯されたので、内心怯えながらも妖しい期待をせずにはいられない。しかし、和真は勉強があると言って、食事とトイレと風呂以外は部屋に籠もりっきりだった。

昼間から卑猥なことばかりが頭に浮かんでいた。燃えあがった身体はいっこうに鎮まらず、そんな状態で愛梨を抱っこしていたことが申し訳ない。だが、下腹部にひろがるもやもやとした疼きが、今や思考を完全に支配していた。

(ああンっ、どうしたらいいの?)

ピンクの水玉模様が描かれたパジャマの上から、自分の胸をそっと揉みしだく。寝るときはブラジャーをつけない習慣なので、薄布を通して柔らかい乳房の感触が伝わってきた。

「はぅっ……」

パジャマの下で、乳首がむっくりと起きあがる。下肢を捩らせると、パンティが張りついた股間の奥でクチュリと小さな音が確かに響いた。

一日中悶々と過ごしたことで、異常なほどに全身の感度が高まっている。これまでにオナニーの経験はなく、はしたないことだと思ってきた。しかし、右手がパジャマの股間に伸びかけていることに気づいてハッとする。

「や、やだ……わたし……」

思わず声に出してつぶやいたとき、部屋のドアが音もなくスッと開いた。

「つづけなよ。義姉さん」

足音を忍ばせて入ってきたのは和真だった。

「カズちゃん……」

その名をつぶやくだけで、胸の奥がキュンとなる。

義弟の姿を認めて心が竦みあがるのと同時に、頭の片隅では安堵を覚えていた。このまま放置されていたら、本当に自慰行為に耽っていたかもしれない。今朝の悪戯はそれほどまでに尾を引いており、杏里を苦しめていた。

「僕のこと待ってたんだね」

和真はそっとドアを閉めると、薄い笑みを浮かべてベッドに歩み寄ってくる。

「来ないで……」

掠れた声しか出なかった。ベッドの上で上半身を起こしかけるが、見据えられただけで凍りついたように固まってしまう。

「義姉さんたちに隠れて飲んだ精液の味、どうだった？」

和真は視線をそらすことなくTシャツと短パンを脱ぎ、ボクサーブリーフをゆっくりとおろした。

逞しく隆起した肉柱が、スタンドの薄明かりのなかに浮かびあがる。杏里は思わずゴクッと喉を鳴らし、義弟の男の部分を凝視していた。

「杏里義姉さんでも、そんなに物欲しそうな目をするんだね」

ベッドサイドに立った和真が、嘲笑うように見おろしてくる。杏里はなにも言い返せず、ただ双眸を潤ませるばかりだった。

「オナニーするほど欲情してるんだ。いやらしいね」

「し……してない……そんな、こと……」

今にも泣きだしそうな顔を左右に振りたてる。しかし、朝から中途半端に愛撫されて放置され、そのせいでオナニーの衝動に駆られたのは事実だった。

（カズちゃん……わざと、こんなことを？）

もしかしたら、義弟の手のひらで踊らされていたのかもしれない。

朝から焦らされつづけて、長時間に渡る愛撫を施されてきたようなものだ。体は限界に達し、腰が勝手にくねりはじめていた。

「僕が気持ちよくしてあげる。脱ぎなよ」

おそらく、すべてを見透かしているのだろう。和真は顎をツンとあげて言い放つと、見せつけるように剛根を揺すった。

(ああ、すごい……)

たったそれだけで、杏里は魅入られたように瞳を潤ませていた。

どうせ抵抗できないことはわかっている。それならば……。

パジャマのボタンをゆっくりとはずし、小ぶりだが形のいい乳房を露わにする。発展途上の膨らみに、透きとおるようなピンク色の乳首が鎮座していた。

羞恥に頬を染めながら、パジャマのズボンもおろしていく。まるで催眠術にかかったように、飾り気のない純白のパンティも脱いでいた。

恥丘がぷっくりと膨らんでいる。肌が白磁のように白くなめらかなので、漆黒の陰毛とのコントラストが美しい。割れ目が透けて見えるほど薄い恥毛が、スレンダーな裸身に妙な艶めかしさを与えていた。

「四つん這いだよ。義姉さんの好きなバックから犯してあげる」

容赦のない声が降り注ぐ。全裸になった杏里は羞恥に童顔を染めながら、ベッドの上で獣のようなポーズをとった。

「恥ずかしい……カズちゃん、見ないで……」

背後に陣取った義弟に告げるが、もちろん願いは無視される。和真は股間を覗きこみ、サーモンピンクの割れ目にフーッと息を吹きかけてきた。

「あぅっ……」

義弟の視線を感じただけでも気絶しそうな羞恥なのに、そこに吐息を感じて新たな蜜が湧きだしてしまう。クチュッという恥ずかしい音とともに、ビラビラが活きのいいアワビのように蠢いた。

「敏感になってるね。杏里義姉さんのオマ×コ、グチョグチョに濡れてるよ」

からかいの言葉を否定できない。朝から焦らされつづけたそこが、いったいどんな状態になっているのか、自分が一番よくわかっていた。

「あんまり苛めるのも可哀相だね」

和真は歌うようにつぶやくと背後で膝立ちになる。そしてプリッとした尻肉を両手で鷲摑みにして、剛根の突端を恥裂にあてがった。

「ンンっ……ダ、ダメなの……こんなこと……」

口先ばかりの拒絶の言葉を、義弟が聞くはずもない。亀頭の先端が濡れそぼった肉唇の間に埋まり、膣口が大きくひろげられる。

「あっ……あっ……そんな……」

「素直になりなよ。欲しいんでしょ？　言えば奥まで挿れてあげるよ」

和真が小刻みに腰を揺すり、亀頭が半分ほどめりこんで粘膜を刺激した。

「ンぁっ、カズちゃん……やっ……はぅっ」

たまらない快感が突き抜ける。もう認めるしかなかった。本当は夜這いされるのを待っていた。義弟に犯されるのを、朝から心待ちにしていたのだ。

「ほ……欲しい……」

消え入りそうな声でつぶやいた途端、耳まで真っ赤に染まっていく。羞恥と屈辱が膨れあがり、瞳から涙が溢れて頬を伝った。

「よく言えたね。ご褒美をあげるよ」

和真は含み笑いとともにつぶやくと、いよいよ腰を押し進めた。巨大な亀頭が膣道をこじ開けて、太幹がズルズルと穿ちこまれてくる。

「ひっ……あっ……お、おっきい……ああっ」

凄まじい衝撃が身体の中心部を駆けあがり、脳天から抜けていった。

これまでも数え切れないほどバックから貫かれているが、焦らし抜かれたため快感は何倍にも膨れあがっている。軽い絶頂感が連続して小爆発を起こし、膣肉が小刻みに痙攣した。

「フフッ……。声を出したら、義姉さんたちに聞かれちゃうよ」

敏感すぎる反応に、和真が苦笑を漏らしながら腰を振る。大きく張りだしたカリが膣壁を擦りあげながら、リズミカルにズンズンと叩きこまれてきた。

「ンっ……ンっ……ンっ」

杏里は下唇を嚙み締めて、懸命によがり啼きを抑えこむ。両隣の部屋で寝ている二人の姉を、絶対に起こすわけにはいかなかった。

（こんなこと知られたら嫌われちゃう……それにカズちゃんは……）

もし発覚すれば、きっと和真はこの家を追い出されてしまうだろう。今さら離れて暮らすことなど考えられなかった。

「今日一日よく我慢したね。たっぷりイカせてあげるよ」

和真は脇腹を爪の先でくすぐりながら囁くと、股間をヒップに押しつけて太幹を根元まで埋めこんだ。子宮口を亀頭で圧迫され、さらにその状態で腰を大きくまわされると、えも言われぬ愉悦が押し寄せてきた。

「あうっ、すご……あンンっ、い、いいっ」

慌てて枕に顔を押し当てる。ヒップを高く掲げたまま上半身を伏せた、恥ずかしすぎる格好だ。声を抑えようと枕にしがみつき、義弟のペニスを締めつけた。

「ンううっ、イ、イクっ……あううっ、イッちゃううっ！」

くぐもった声を漏らし、禁断のオルガスムスに昇りつめる。尻肉を力ませて、裸身に二度三度と痙攣を走らせた。

「簡単にイッちゃったね。でも、僕はまだなんだ」

和真は意味深につぶやくと、屹立したペニスを引き抜いていく。そして、杏里のヒップを鷲掴みにして、剝きだしの肛門に愛蜜まみれの亀頭を押し当てた。

「あンっ……や……そこ、違う」

初めての刺激に腰が跳ねる。しかし、和真の指が尻肉に食いこんでいるため、逃げることはできなかった。

「今夜は新しいことをしたい気分なんだ。義姉さんのアナルをやるつもりさ」

和真は尻穴に亀頭を押しつけながら、恐ろしいことを口走る。以前からアナルセックスを迫られていたこともあり、とても冗談とは思えなかった。

「お、お願い……それだけは怖いの」

枕を強く抱き締めて、顔を左右に振っていやいやをする。だが、必死の懇願は無視されて、亀頭が肛門にめりこんできた。

「ひッ……」

「義姉さん、教えたろ？　僕の言うことに逆らっちゃダメだって」

「ご、ごめんなさい……ひうッ」

さらに亀頭が前進して、肛門が大きくひろげられる。襞を内側に巻きこむようにしながら、巨大な肉柱が不浄の窄まりに穿ちこまれようとしていた。

「うぐっ……い、痛いっ」

異様な感覚に襲われて、呻き声を抑えることができない。ヒップを揺すりたてるが、がっしりと固定されて動きをとめられてしまう。

「力を抜かないとお尻の穴が裂けるよ。それと声は我慢してね。アナルセックスをしてるとこ、義姉さんたちに見られたくないでしょ？」

和真がじわじわと腰を押しつけてくる。肛門が限界まで拡張し、本当に肉が裂けてしまいそうだ。全身の毛穴から汗が噴きだし、肌理の細かい皮膚を埋めつくす。裸身がねっとりとヌメ光り、異様な光景に拍車をかけていた。

「ヒッ……ヒッ……ダ、ダメっ、壊れちゃうっ」

絶叫が溢れそうになり、再び枕に顔を押しつける。その直後、ズルンッという感触とともに、巨大な亀頭が嵌りこんだ。

「むはっ、ううっ……ハァ……ハァ……」

一番太いカリの部分が肛門を通過したことで、あれほど凄まじかった激痛が急速に萎んでいく。不思議なことに、ずいぶんと楽になった気がする。だが、今度は強烈な異物感が肛門内を支配していた。

「入ったよ、義姉さん。僕たちアナルセックスをしてるんだよ」

ついに排泄器官で義弟と繋がってしまった。新たな禁忌を犯したことで、罪悪感と背徳感が胸の内にこみあげてくる。

（お尻でするなんて……どうしてこんなことに……）

左右の部屋には大好きな姉たちがいるというのに、こんな淫らな行為に耽っていることが信じられない。破滅に向かって坂道を転がり堕ちていくのがわかる。義弟を拒絶できず、要求はエスカレートする一方だった。

「義姉さん、もう痛くないだろう？」

和真がねっとりとした口調で囁きかけてくる。確かに拡張感はあるが、肛門が太さに慣れてきたのか痛みをほとんど感じなくなっていた。

「でも……でも、怖いの……」

「大丈夫だよ。ゆっくり動いてあげるからね」

アナルを貫いた剛根が、超スローペースでさらに埋めこまれてくる。

「ンっ……やっ……入ってくる、お尻に……うンンっ」

男根にたっぷりの愛蜜がまぶされているせいか、動きは思いのほかスムーズだ。

ただ圧迫感は強烈で、内臓全体が押しあげられるような感覚に襲われていた。

「うむっ……苦し……ンンっ」

「すごい締まりだよ。くっ……チ×ポがちぎれそうだ」

和真は低く唸りながら、少しずつ抽送速度をあげていく。汗だくの尻肉を撫でまわし、長大な肉柱をゆるゆるとスライドさせた。

排泄するための器官が、信じられないことにまるで性器のように使われている。押しこまれるときには異物が逆流してくるおぞましさ、引き抜かれるときには排泄に似た爽快感がひろがった。

「ンっ……ンっ……お、お尻、気持ち悪い……ンああっ」

「ううっ、杏里義姉さんのアナル……すごくいいよ」

和真も額に玉の汗を浮かべながら腰を振っている。肛門も女性器のように濡れるのだろうか。ピストンはさらにスムーズになり、いつしか杏里は背筋を大きく弓なりに反り返らせていた。

「ひッ……ンっ……ひいッ……や、もういやぁっ」

「そんなに締めたら……くううっ」

「あううっ、締めてなんて……あッ……あッ……あひッ」

肛門を犯されているのに、なぜか異様な快感が膨れあがる。和真も射精感がこみあげてきたらしく、猛烈な勢いで剛根をスライドさせていた。

「出すよっ、義姉さんのお尻のなかに……うくうううッ！」

根元まで埋めこまれた男根が脈動して、熱い粘液がドクドクと注ぎこまれる。内臓を灼きつくすような衝撃に、杏里も涙を流しながら腰を激しく振りたてた。

「ひいッ、ダ、ダメっ、ひッ、ひッ、お尻なのに、ひぐううぅぅぅぅぅッ！」

姉たちに聞かれないように、顔を枕に埋めてよがり啼く。初めてのアナルセックスにもかかわらず、気が狂いそうなエクスタシーの波に呑みこまれていった。

（お尻まで、カズくんに……ああ、でも、すごいの……）

杏里は背徳感にまみれながら、義弟の男根をはしたなく搾りあげていた。

# 第二章　種付

## 1

小百合は朝食の後片付けをしながら、妹たちの顔を思い浮かべていた。

キャリアウーマンを気取っている茉莉は、いつもどおり颯爽と出勤していった。仕事が恋人といった感じで、結婚するのは当分先のようだ。

女子大生の杏里は、この暑いなかテニスサークルの練習に出かけた。

引っこみ思案の彼女がサークル活動に参加するのはいいことだと思う。だが、どこか体調が悪そうに見えたのが気にかかる。昨日までは普通にしていたのに、今朝は椅子に座っているのもつらそうだった。

(でも、あの娘も子供じゃないから……)

いちいち口出しするのは却ってよくないだろう。九つも離れていると、妹というよりも娘に近い感覚だった。

杏里も二十歳なのだから、体調管理は自分でしているはずだ。一応声をかけてみたが、本人がどうしても行くと言うので送りだした。

和真は受験勉強をするらしく、二階の自室に籠もってしまった。こうなると食事とトイレのとき以外は部屋から出てこない。そんなに必死になって勉強しなくても、和真の成績ならどこの大学でも合格するはずだ。だが、向上心があるのはいいことだと温かく見守っていた。

洗い物を終えると、キッチンカウンターに飾ってあるフォトスタンドをしばし見つめる。そこには夫の修三と並んで撮った写真が入っていた。

(あなた、お仕事がんばってください)

海外出張中の夫を思うと、ふいに涙腺がゆるみそうになる。

修三はメールで送った写真でしか愛梨の顔を見ていない。可愛い一人娘を、その手に早く抱かせてあげたかった。

それに今日は二人にとっての大切な記念日だ。一年前の今日、小百合と修三は永遠の愛を誓い合った。初めての出産につづいて、結婚記念日までも夫不在で過ごさなければならない。淋しくないはずがなかった。

でも、妹たちがいっしょにいてくれるから大丈夫だ。杏里は娘のお守りをしてくれるし、茉莉は話し相手になってくれる。男の子の和真がいてくれるのも心強い。自宅マンションで娘と二人で過ごすより、ずっとリラックスできた。

ふいにリビングに置いてあるベビーベッドで愛梨がぐずりはじめた。小百合は急いで愛娘のもとに駆け寄った。

「はいはい、ママですよ」

こうして声をかけるたび、母親になった喜びがこみあげる。求められていることが、何物にも代えがたいほど嬉しかった。

小百合は手慣れた様子でオムツを替えると、シャツのボタンをはずしてブラジャーから左の乳房を剝きだしにした。愛梨を抱いて三人掛けのソファに腰掛ける。娘の口を乳房へと導けば、すぐに乳首を探り当てて吸いついてきた。

「あンっ……やっぱりお腹が空いてたのね」

小さな唇がもぐもぐと動き、懸命に母乳を吸っている。紅葉のような手が、乳肉を一所懸命に弄っているのも愛らしい。

「ウフフッ。いっぱい飲んで大きくなってね」

自然と笑みを浮かべて囁きかけていた。

この小さな命が愛おしくてならない。娘のためなら、どんなことでもできるような気がした。

そのとき、背後に人の気配を感じてドキッとする。恐るおそる振り返ると、そこには義弟の和真が立っていた。

「カ、カズくん？」

いつの間にリビングに入ってきたのか、乳房に吸いついている愛梨をじっと見おろしている。その目に得体の知れない冷たいものを感じ、小百合は思わず視線を遮るように背中を向けた。

「ごめんなさい、こんなところ見せて。お部屋でお勉強してると思ったから」

不快にさせたかもしれないと思い、謝罪の言葉を口にする。すると和真は遠慮する様子もなく、小百合が座っているソファをゆっくりとまわりこんできた。

「いいんだよ。僕のほうこそごめん。愛梨ちゃんに悪いからつづけて」

「え、ええ……」

小百合は戸惑いながらも授乳をつづけるが、やはり和真はリビングから去ろうとしない。薄笑いすら浮かべて、愛梨の口もとを見つめてくる。

「へえ、赤ちゃんってこんなふうにおっぱい飲むんだ」

「そんなに見られたら……恥ずかしいわ」

授乳姿を観察される羞恥に、娘を抱いたまま赤面した。和真の目に普段と違うなにかを感じ、妙に落ち着かない気分になってしまう。

「お勉強は進んでる？」

部屋に戻ってもらいたくて、遠まわしに告げたつもりだ。だが、伝わらなかったらしく、和真は「まあね」とつぶやき、ソファにふんぞり返った。

「なんだか喉が渇いてきちゃった。僕ももらっていいかな？」

ふいに和真が愛梨に手を伸ばして抱きあげる。小さな唇から乳首が離れる瞬間、ボリュームある乳房がプルルンッと大きく波打った。

「あっ、カズくん？」

いきなり愛娘を奪われた小百合は、驚いた顔を義弟に向ける。はだけたシャツを掻き集めて乳房を隠しながら、不安そうな瞳で見あげていた。

「ほんとに可愛いよね、僕の姪っ子」

和真は愛梨の顔を覗きこむと、ニヤリと妖しい笑みを浮かべる。そして、軽く宙に放り投げて、落下してくるところを受けとめた。

「きゃっ！　な、なにをするの？」

慌てて立ちあがろうとするが、肩を小突かれてソファに尻餅をつく。その隙に和真は再び愛梨を頭上に放り、やんわりとキャッチした。

「おっと、危ない。落とすところだった」

もちろん、あやしているのではない。和真の行為は単なる悪ふざけだ。本当に落として打ち所が悪ければ、大惨事になってしまう。だが、おっぱいをたっぷり飲んだ愛梨は泣きもせず、きょとんとした顔で和真に抱かれていた。

「お願い、愛梨ちゃんを返して」

小百合は顔面蒼白になり、義弟に向かって両手を伸ばす。しかし、和真は唇の端に冷笑を浮かべるだけで渡そうとしなかった。

「返してほしかったら、僕にもおっぱい飲ませてよ」

「な、なにを言ってるの……冗談よね？」

思わず聞き返すと、和真は小百合の動きを牽制するために愛梨を宙に掲げた。

「義姉さん、言うとおりにしないと愛梨ちゃんを頭から落とすよ」

その異様な目つきは、とても冗談とは思えない。まるで愛梨を人質にとられたような状態だった。

（この子、本気なんだわ……）

小百合は腰が抜けたようにソファに座りこんだまま、血の気が引いた唇をわなわなと震わせた。

心やさしい義弟の、突然の豹変が信じられない。品行方正な好青年で、近所の評判もよく、妹たちと口喧嘩をしているところすら見たことがなかった。

「小百合義姉さん、おっぱいを出しなよ。どうせなら裸になっちゃおうか。ブラジャーとスカートも脱いでさ」

とても義弟の口から発せられた言葉とは信じられない。しかし、逆らえば愛梨が傷つけられてしまう。

小百合は双眸を潤ませて逡巡するが、結局は娘を取り返したい一心でシャツを脱ぎ、両手を背中にまわしてブラジャーのホックをはずした。さらにスカートのファスナーをおろし、屈みこむようにしてつま先から抜き取っていく。

「ああ、どうしてこんなことを……」

これで小百合が身に纏っているのはベージュのパンティ一枚だけだ。

「隠さないで全部見せるんだ」

思わず胸を抱くが、すぐさま和真に命じられて両手をおろす。昔から大きかった乳房は、授乳期間でパンパンに張りつめている。しかも左の乳首は愛梨が吸っていたため、ぷっくりと膨らんで紅色を濃くしていた。

「いい格好だね、義姉さん。パンティはまだ穿いてていいよ」

「やっぱりいやよ。ねえ、カズくん……」

「両手は膝の上に置くんだ。約束を破ったらどうなるかわかってるね」

和真は愛梨を抱いたまま、小百合の隣に腰掛ける。そして剝きだしの胸にゆっくりと顔を近づけてきた。

「あうっ……い、いや……」

先ほどまで愛娘が吸いついていた乳首に、義弟の和真がむしゃぶりつく。途端に嫌悪感がひろがり、頭を押しのけたい衝動に駆られる。しかし、懸命にこらえて膝の上で拳を握り締めた。

「へえ、これがお乳か。ほんのり甘くて美味しいよ」

和真はチュウチュウと音をたてて乳首を吸いあげる。娘のための母乳が、義弟に飲まれているのだ。おぞましくてならないが、娘を人質にとられているため抵抗できない。小百合は下唇を強く嚙み締めて、涙を流しながら顔をそむけた。

「ンンっ……もう、許して……」

「抵抗しないって約束できるなら、愛梨ちゃんを返してあげる」

乳首に舌が這いまわっている。和真は滲み出る母乳を掬っては嚥下していく。

「あくっ、やめ……ああっ」

「どうするの？　僕の言うとおりにできる？」

小百合は嫌悪感に眉根を寄せながら、何度もコクコクと頷いた。娘を返してもらうためなら、どんなに理不尽な要求でも従うしかなかった。

和真は満足したように唇の端を吊りあげると、ベビーベッドをソファのすぐ隣に引き寄せて愛梨を横たえる。おっぱいを飲んで満腹の愛梨は、すぐに気持ちよさそうな寝息をたてはじめた。

「ここなら、いつでも手が届くからね。さてと、ここからは大人の時間だよ」

ほっとしたのも束の間、和真が再び乳房にむしゃぶりついてくる。今度は両手が使えるので、双乳を揉みしだきながら吸いあげてくるのだ。

「あっ、やンンっ……カズくん、どうしてこんなことするの？」

身を捩りながら、なんとか説得を試みようとする。しかし、和真はまったく聞く耳を持たずに、左右の乳首を交互に口に含んでいく。

「もう少し飲ませてよ。減るもんじゃないし構わないだろう？」

「あうっ……お願いだからやめて」

ソファの上をあとずさりしているうちに押し倒されて、仰向けの体勢になってしまう。義弟が馬乗りになり、乳房に顔を埋めるような格好だ。

「小百合義姉さんのおっぱい、気に入っちゃったよ」

まるで赤子のように乳首を吸引される。母乳を吸いだされていく感覚がおぞましくて、たまらず身震いを繰り返す。

「ああっ、いやっ、カズくん、もう駄目よ、やめなさい」

「大きい声を出すと、愛梨ちゃんが目を覚ますよ」

和真は余裕綽々の表情で、執拗に乳首を吸いつづける。そんな悪魔じみた義弟の表情に、小百合は戦慄を覚えていた。

「お願いだから……あンっ、いやぁ」

「こんな姿、愛梨ちゃんには見られたくないよね？」

確かに娘の幸せを考えると、絶対に見せることはできなかった。

母親が嬲られているシーンを目撃すれば、トラウマのように記憶の奥に刻みこまれるかもしれない。成長してから、なんらかの悪影響が現われることも考えられた。

小百合は悔しさを噛み締めて黙りこんだ。今は抵抗するのではなく、娘を起こさないことが重要だった。

（せめて、あなたが近くにいてくれたら……）

海外出張中の夫を思い、またしても涙が溢れだす。そのとき小百合の心理を見抜いたかのように、和真が話しかけてきた。

「義姉さんが悪いんだよ。あんな男と結婚するから」

「修三さんのことは悪く言わないで……あううっ」

弱々しい声で反論した途端、憎々しげに乳房を握り締められる。限界まで張りつめている双乳は、たっぷりの母乳を湛えていた。

「ダメっ、そんなに強く握ったら、ああっ、おっぱい出ちゃううっ」

乳首がむず痒くなったと思った直後、先端から母乳がピューッと勢いよく噴きあがった。双つの乳首から、四方八方に白い筋が宙を舞う。

「ハハッ、すごいね。噴水みたいだ」

和真が笑いながら、ますます乳房を強く揉みしだく。まるで搾乳されているような屈辱と羞恥に、顔を真っ赤に染めあげた。

「あぅっ、もう許して、お願いだから……」

震える声で懇願するが、返ってきたのは信じられない言葉だった。

「乳首以外のところも吸いたくなっちゃった」

和真は下半身へと移動すると、無造作にパンティのウエストに手をかける。そして間髪入れずに引きおろしにかかった。

「やっ、待って、それは脱がさないで……ダ、ダメぇっ」

慌てて手を伸ばしたときには、すでに恥丘が完全に露出していた。いやらしいほどにもっさりと茂った陰毛が、窓から射しこむ陽光に照らされる。

「ほら、大きな声をあげると、愛梨ちゃんが起きちゃうよ」

和真は妙に手慣れた様子でパンティをおろし、あっさりつま先から抜き取ってしまう。これで余すところなく肌を晒した状態になった。

「ああっ、そんな……ひどいわ、どうして意地悪するの？」

小百合は懸命に内腿を擦り合わせて、股間と乳房を両手で覆い隠した。

出産を経験したことで、身体のラインが丸みを帯びてより女性的になっている。風呂あがりに鏡に映った裸を見て、自分でもいやらしくなったと思う。そんな身体を高校生の義弟に見つめられて、羞恥を感じないわけがなかった。

「恥ずかしいの？　でも、あいつには毎晩見せてたんでしょう」

和真の言う「あいつ」とは、修三のことらしい。これまでは本心を見せていなかったが、どうやら夫のことを快く思っていないようだ。

「小百合義姉さん、あいつがいなくて淋しいんでしょ？　可哀相だから、僕が気持ちよくしてあげるよ」

膝に手がかかり、左右にググッと割りひろげる。懸命にこらえようとするが、男の腕力に敵うはずもない。仰向けの状態で下肢をM字に押し開かれてしまう。

「いやぁっ、見ないでっ、恥ずかしい」

思わず両手で股間を隠そうとするが、その手をピシャリと叩かれる。仕方なく顔を覆い、いやいやと首を振りたくった。

「へえ、子供を生んだとは思えないほど綺麗だね。処女みたいなピンクだよ」

和真は辱めの言葉の直後、不意打ちのように陰唇にむしゃぶりついてきた。

「ひッ、やめて、ひぃッ」

裸体がビクンッとのけ反り、卑猥な声が迸る。鮮烈な感覚が突き抜けて、たまらず顎を跳ねあげた。慌てて義弟の頭を押し返そうとする。しかし、太腿をがっしりと肩に担がれて、突き放すことができない。

「どう、気持ちいい？　久しぶりでしょ」

和真は舌先を器用に蠢かし、触れるか触れないかの微妙なタッチで割れ目をスッと舐めあげる。まるで刷毛で掃くように、繊細な快美感を送りこんでくるのだ。

「あっ……ダ、ダメっ、カズくんっ」

義弟の愛撫に身をまかせるわけにはいかず、懸命に腰を捩らせる。しかし、意志に反して身体は確実に反応していた。下腹部がジーンと熱くなり、痺れるような愉悦がじんわりとひろがっていく。

(いやなのに……あなた、助けて……)

脳裏に浮かんだ夫の顔に、懸命に語りかける。しかし、海外出張中の修三が助けに来てくれるはずもなく、義弟の愛撫に晒されつづけるしかない。

「お願い、やめて……姉弟でこんなこと……」

「姉弟だからいいんじゃないか。義姉さんだって、淋しかったんでしょ？」

和真は股間にぴったり唇を密着させると、ジュルジュルと猛烈に吸いはじめた。魂まで吸いだされそうな衝撃に、小百合は双眸を大きく見開き、唇を凍えたように震わせる。腰が小刻みに痙攣して、いつしか義弟の頭を掻き抱いていた。

「うあっ、ああっ……吸わないで、ひあぁッ」

陰部を吸引されながら、膣口を舌先でくすぐられる。ときおり肉芽を舐められると反射的に腰が跳ねた。

「あっ……やっ……いやンっ……あふっ、いけないわ」

心では嫌悪しても、拒絶する声には甘いものが混ざりはじめる。

夫にこれほど濃厚なクンニリングスをされたことはなかった。修三のセックスは淡白で、単なる子作りのための作業と考えている節がある。経験の少ない小百合はそれでも充分に満足していた。しかし今、肉体は確実に反応しているのだ。

（どうしてなの？　修三さんと全然違うわ……）

無意識のうちに夫の愛撫と較べてしまう。初めての快感に戸惑いながらも、少しずつ流されていくのを感じていた。

「この小さい穴から、赤ちゃんの頭が出てきたんだね」

和真の舌先が、膣口にヌプヌプと出し入れされる。嫌で仕方がないのに、そこはお漏らしをしたように濡れていた。

「愛梨ちゃんが出てこれたんだから、僕のチ×ポは楽勝だよね」

「あンンっ、な、なにを言ってるの？」

義弟の頭を押し返したい。しかし、股を大きく開いて割れ目をしゃぶられると、全身から力が抜けてしまう。両手は完全に意志を裏切り、和真の黒髪を悩ましく掻き毟るだけだった。

「ねえ、一発で妊娠したの？」

「ヘンなこと聞かないで……ああっ、そこはダメぇっ」

舌で掬った愛蜜を肉芽に塗りたくられて、ぷっくりと充血していく。ジンジンと痺れるような刺激が走りだすと、舌先で器用に包皮を剝かれてしまう。

「あっ、やっ……はンンっ、カ、カズくん、お願いだから、それ以上は……」

クリトリスの中身を露出されるのは初めての経験だ。涙を流しながら義弟に向かって許しを乞うが、まったく相手にしてもらえない。それどころか剝き身の肉芽に吸いつかれて、たまらずブリッジするように背中が反り返った。

「あううッ……そ、そこは、ひううッ」

「結婚式の夜ってセックスするんだよね。そのときに愛梨ちゃんができたのかな？」

和真は妖しい笑みを浮かべながら舌を使い、滾々と溢れる愛汁を啜りあげる。小百合が悶える様を冷徹な瞳で観察し、じっくりと性感を追いつめていく。

「妊娠した体位は正常位？　それともバック？」

「やめて……あっ……ああっ……」

「ママのいやらしい声、愛梨ちゃんにも聞こえてるかな。感じてるんだから仕方ないよね。ほら、乳首がビンビンだよ」

和真の手が胸に伸び、双つの乳首を摘みあげた。

「ひあぁッ、それもダメっ、あああッ」

途端に快感電流がひろがり、よがり啼きが迸った。もちろん、こうしている間も恥裂を執拗に舐めしゃぶられている。愛梨が起きるのではないかと不安になるが、どうすることもできなかった。

全身の毛穴から大量の汗が噴きだしている。乳首は硬く尖り勃ち、先端からは母乳が滲みだす。ミルクを薄めたような色の母乳が乳輪をヌメ光らせ、乳房のなめらかなラインを流れていく。

「もう許してぇっ、カズくん、あッ、あぁッ、カズくんっ」

小百合は母乳で濡れた胸を揺らしながら、悩ましく女体をくねらせた。これ以上つづけられると、乱れた姿を晒してしまいそうで恐ろしい。しかし、和真はまったく意に介する素振りもなく、尖らせた舌先を蜜壺にズブリと突き刺した。

「あくぅうッ、そ、そんな、入って……いっ、あぁぁぁぁぁぁッ！」

激烈な愉悦の波が押し寄せて、不思議な浮遊感に襲われる。宙に浮いた両足のつま先がピンッと伸び、腰を中心にガクガクと小刻みな痙攣がひろがった。

「フフッ……。小百合義姉さん、イッたんだね」

和真の満足げな声が聞こえてくる。

じつは〝イク〟という感覚を体験するのは初めてだった。過去を振り返っても、夫との夜の閨房でも達したことは一度もない。女にとっての最高の快楽を、義弟によるクンニリングスで初めて体験してしまった。

（そんな……修三さん、わたし……ああ、許してください……）

心のなかで夫に謝罪し、下唇を強く嚙み締める。しかし、初めてのオルガスムスは全身の細胞をどこまでも甘く震わせていた。

「義姉さんがあんなによがったのに、愛梨ちゃん、よく眠ってるよ」

ソファから身を起こした和真が、ベビーベッドから愛梨を抱き起こす。その目を見れば、なにかを企んでいるのは明らかだった。

「カ、カズくん……愛梨を返して……」

絶頂の余韻で痺れる身体を懸命に起こし、義弟に向かって懇願する。自分はどんなことをされても、娘だけは傷つけるわけにいかなかった。しかし、そんな母親の気持ちが義弟に伝わるはずもない。

「逆さにして落としたら、首とかポキッて簡単に折れちゃうだろうね」

「なっ……カズくん、まさか……」

頬の筋肉がひきつっていくのがわかる。怯えた瞳で見あげると、和真の顔に凄絶な笑みがひろがった。

「おっぱいをたっぷり飲ませてもらったから、今度は僕のミルクを義姉さんに飲ませてあげるよ」

小百合は意味がわからず、自分の裸体を両手で抱き締めて小首を傾げた。

「義姉さんは本当に初心だなぁ。ほら、ここに来てよ」

仁王立ちした和真が、顎で足もとを示す。どうやら、そこにひざまずけと言っているらしい。

「カズくんが、こんな恐ろしい子だったなんて……」

ようやく呑みこめてきた。義弟がやらせようとしていることに気づき、背筋が寒くなるような恐怖がこみあげる。しかし、娘を人質にとられているので逆らうことはできなかった。

小百合は眉を八の字に歪めると、ソファからずり落ちるようにして、フローリングの上に敷かれた絨毯にひざまずいた。

「もうわかるよね。チ×ポを出すんだよ、義姉さん」

眠った愛梨を抱いたまま、和真が静かな口調で命じてくる。有無を言わせぬ響きに圧倒されて、小百合は震える指先を短パンのウエストに伸ばしていった。短パンをおろし、黒いボクサーブリーフを恐るおそるさげていく。すると、すでに屹立している男根がビーンッと鎌首を振りながら飛びだした。

(ウ、ウソ……あの人のと全然違うわ……)

黒光りする肉塊は、夫の修三とはまったく異なる醜悪さだ。太さといい長さといい、同じ男性器とは思えない。まるで、大人と子供ほども差があった。とくにカリの張り具合が強烈で、肉の凶器といっても過言ではない。やさしい顔立ちの義弟からは想像できない、凄まじいばかりの巨根だった。

「どう、気に入ってくれた?」

和真がニヤつきながら見おろしてくる。小百合は唇をわなわなと震わせて、小さく首を左右に振っていた。

「おしゃぶりしてよ。義兄さんにはやったことあるんでしょう?」

非情な声が頭上から降り注ぐ。

経験がまったくないわけではない。夫に何度か要求されたことはあるが、好んでしたことはなかった。しかも、鼻先に突きつけられているのは、義理とはいえ弟のペニスなのだ。

「いやなら愛梨ちゃんにしゃぶらせようかな」

逡巡している小百合に、恐ろしい言葉が投げつけられた。

「口に近づけたら、おっぱいと間違えて吸うんじゃないかな。試してみるのも面白そうだ」

和真の腕には生後一ヵ月の愛梨が抱かれている。暴走をはじめた義弟なら、本当にやりかねない。娘の愛らしい唇が、亀頭の先端に吸いついているシーンを想像し、全身の皮膚が一瞬にして粟立った。

「ダ、ダメ……愛梨ちゃんにそんなこと……」

追いつめられた小百合は、弱々しく首を振りながらも義弟の男根に手を伸ばす。太幹の根元に白魚のような指を絡めて、ゆっくりと顔を近づけた。

「おむううっ……」

迷うことなく、震える唇を巨大な亀頭に被せていく。饐えたような匂いが口内にひろがるが、吐きだしたりはしない。愛する娘を助けるためには、義弟の機嫌を損ねるわけにいかなかった。

「ただ咥えてるだけじゃダメだよ。首を振ってくれないと」

命じられたとおりに首を前後に振りはじめる。口紅を引いた唇が、黒い茎胴の表面をゆっくりと滑りだした。

「ンっ……ンっ……ンっ……」

ゴツゴツとした熱い肉の感触に怯えつつ、懸命に義弟のペニスに奉仕する。ときおり顔色をうかがうように、上目遣いに見あげていく。すると和真は愛梨をしっかり抱いたまま、さも楽しそうに薄笑いを浮かべていた。

「もっと舌を使うんだよ、小百合義姉さん」

嫌々ながらも舌を伸ばし、ペニスの裏側に押し当てる。そして唾液をまぶすように、亀頭の表面をぐるりと舐めまわした。

「いいよ。今度はオシッコの出る穴を舐めてよ」

調子に乗った義弟のおぞましい命令にも逆らえない。舌先で亀頭をさぐり、先端の鈴割れをチロチロとくすぐった。

「くぅっ……それ、すごくいいっ」

和真の声が上擦り、腰をグイッと突きだしてくる。結果として長大な肉柱が根元まで押しこまれて、喉の奥に亀頭が到達した。

「うぐぅぅッ……ぶはっ、く、苦しい……」

条件反射的にペニスを吐きだし、涙を流して激しくむせ返る。しかし、すぐさま髪の毛を鷲掴みにされて、勃起を無理やり咥えこまされた。

「ま、待って……むぐうっ」

「誰がやめていいって言った？　勝手なことしたらダメだよ」

和真は左手だけで愛梨を抱え、右手で小百合の頭を揺さぶっている。腰を乱暴に押しつけて、再び巨根を埋めこんでくるのだ。

「うむッ……うぐッ……むうぅッ」

息苦しさのあまり両手をばたつかせるが、和真は腰を引こうとしなかった。

(抜いて、お願い……カズくんっ、死んじゃうっ)

亀頭が喉に嵌りこみ、まともに呼吸ができなくなってしまう。猛烈な嘔吐感もこみあげて、激しく胸を上下させた。しかし、これほど苦しんでいるのに、和真はさらに剛根を押しこんでくる。

「ひぐうぅッ……」

「ディープスロートだよ。義兄さんにもやってるんだろ？」

義弟の要求はどんどんエスカレートしていく。夫がこんな暴力的なはずがない。小百合は涙を流しながら、懸命に首を左右に振っていた。

「もしかして、やったことないの？　へえ、あいつ馬鹿だなぁ。義姉さんの口、こんなに気持ちいいのに」

和真は勝ち誇ったような笑みを浮かべると、なおさら興奮した様子で自分勝手に腰を振りはじめる。片手で髪を摑んで、勢いよく腰を打ちつけてきた。

「うぐッ、苦し……おごッ……むごぉッ」

「ずいぶん苦しそうだね。舌を使ってくれれば、すぐに出してあげるよ」

和真はサディスティックな性癖を露わにして、ペニスの先端から先走り液を垂れ流す。とろみのある汁が、喉の奥へと落ちていった。

（い、息ができないの……カズくん、もう許して）

口内に生臭さがひろがり、息苦しさとあいまって気が遠くなる。それでも正気を保っていられたのは、愛梨を助けたいという母性の力だった。

「ううっ、たまらなくなってきた……義姉さんの口、最高に気持ちいいよ」

カウパー汁の粘性が強くなってきたかと思うと、いきなり和真が快楽の呻きを漏らして腰を震わせた。

「で、出そうだ、そろそろ……小百合義姉さん、出すよっ、くうううッ！」

「おごぉッ……むぐうううぅぅぅぅぅぅッ！」

太幹が激しく脈動して、喉の奥に精液が放出される。煮えたぎった粘液を流しこまれる衝撃に、小百合はたまらず眉根を寄せて泣き喚いた。

（そ、そんな、お口のなかに……いやあっ）

口内射精は初めての経験だ。しかし、剛根をねじこまれたままなので、精液を吐きだすことはできなかった。

「僕のミルクだよ。全部飲むんだ。一滴も残さずにね」

涙で濡れた瞳で縋るように見あげると、義弟の腕に抱かれた愛娘の姿が見えた。

（愛梨ちゃんを返して……）

小百合は嗚咽を漏らしながら、意を決して義弟の精液を飲みくだす。ゲル状の粘液が喉を通過するとき、屈服の涙が頬をツツーッと流れ落ちた。

## 2

濃厚なザーメンを義姉の口内にたっぷり放出したにもかかわらず、和真はまだ満足していなかった。

己の巨根を咥えこんだまま飲精する小百合の顔を見おろして、さらなる欲望を膨れあがらせている。義姉の生温かい口腔粘膜に包まれたペニスは、先ほどの射精で勢いづいて、さらに激しく反り返っていた。

「愛梨ちゃんを産んでから、もう一ヵ月経ってるから大丈夫だよね」

和真が髪から手を離してつぶやくと、小百合は慌てたように剛根を吐きだした。

「むはっ……ハァ……ハァ……大丈夫って……カズくん、なにを？」

義姉の声を無視して、愛梨をベビーベッドに寝かしつける。愛らしい姪に恨みはない。脅すのに都合がよかったので使っているだけだ。

「義姉さんが僕の言うとおりにすれば、愛梨ちゃんに危害は加えないよ」

寝息をたてている姪の頭を撫でながら、義姉に向かって微笑みかける。小百合は床に座りこんだまま、青ざめた顔で嗚咽を漏らしていた。愛梨がここにいる限り、義姉が抵抗できないのは立証済みだった。

「赤ちゃんを産んで一ヵ月したらセックスできるんだよ」

和真は小百合に手を貸して立たせながら、ねっとりとした口調で耳打ちする。ネットで調べた知識だが、間違ってはいないだろう。

先日、産後の一ヵ月検診に行った小百合は、「もう普通に生活をしてもいいですよ」と言われたらしい。茉莉に話しているのを和真は盗み聞きしていた。それはすなわち、普通にセックスをしても大丈夫ということだ。

「ま、まさか……ウソよね？」

小百合の怯えた瞳を見ていると、嗜虐癖が刺激される。清楚でしっかり者の義姉を、己の剛根でよがり狂わせたくてならなかった。

「義姉さん、あいつから電話くらいあったの？」

「……え？」

「今日は結婚記念日なのに淋しいよね。僕が慰めてあげるよ」

父親と義兄が海外出張に行くと聞いたとき、結婚記念日に小百合をレイプしようと思いついた。そのほうが精神的なダメージが大きくなり、後々調教しやすくなるはずだ。それに加えて、義兄を出し抜くことで溜飲がさがると考えた。

「騒ぐと愛梨ちゃんが起きるよ。見られてもいいの？　僕とやってるとこ」

「い、いやっ、お願い、カズくん、それだけは……」

小百合はさすがに抗うが、愛梨に見られたくないという思いが強いのだろう。結局は和真に誘導されるまま、熟れた裸体をソファに横たえた。

「人妻の色気がムンムンしてる。義姉さんの身体、すごく色っぽいよ」

和真もソファにあがると、小百合の細い足首を握って左右に開く。そして舌なめずりしながら、ぱっくり開帳した秘部を覗きこんだ。

先ほどのクンニリングスの名残りか、濃いピンク色の大陰唇がヌメ光っている。まるで肉棒を求めているように、ビラビラが卑猥に蠢いた。

「ああっ、見ないで、お願い」

小百合が涙ながらに懇願する。両手で必死に股間を隠そうとするのが逆にいやらしい。大きな乳房を自分の腕で中央に寄せることになり、豊満な肉体のセクシーさを強調するようなポーズになった。

「カズくん、どうしたっていうの？　こんなことする子じゃなかったでしょう？」

怯えながらも懸命に説得しようとする声が、ますます獣欲を煽りたてる。

和真は義姉の両手首を摑んで股間から引き剝がすと、涎れを垂らしている剛根を淫裂に押し当てた。

「義姉さん、知らなかったの？　僕、ずっと前から義姉さんとやりたかったんだ」

「ひっ、カ、カズくん……ああっ、挿れたらダメぇっ」

腰を押し進めると、巨大な亀頭が膣口に嵌りこむ。出産を経験してから初めてのセックスだ。久しぶりの刺激に驚いたのか、蜜壺が激しく蠕動する。それでも構うことなく、媚肉の狭間に剛根を押しこんだ。

「そうら、義姉さんのオマ×コに、僕のチ×ポが入ってくよ」

「お、大きすぎるわ……うああっ」

「フフッ、あんな大きな赤ちゃんを産んだくせに、なに言ってるのさ」

「ひっ、ああっ、姉弟でこんなこと……ンンっ、いけないのに……」

小百合は眉を困ったようにたわめて、潤んだ瞳で見あげてくる。下唇を噛み締めているのは、娘を起こすまいと声をこらえているからだろうか。

「せっかくだから義姉さんも楽しみなよ。ほら、根元までずっぽりだ」

和真は股間をぴったりと密着させて、義姉の蜜壺の感触を堪能していた。

姉妹でも杏里とはまったく異なる感覚だ。杏里の膣道は狭く、ペニスを引きちぎらんばかりの勢いで締めつけてくる。対して小百合の膣は、蕩けるような肉の柔らかさがたまらない。

「ううっ、すごい。義姉さんのオマ×コ、すごく気持ちいいよ」

和真は思わず口走っていた。それほどまでにペニスを包みこむ媚肉の感覚は甘美だった。誘われるように、腰が勝手に動きだす。清楚を絵に描いたような義姉とセックスしていると思うと、その快感は何十倍にも膨れあがった。

（ああ、やっぱり人妻は違うな。杏里義姉さんとは違うタイプの気持ちよさだ）

杏里につづいて、小百合までもモノにした。これからは毎日犯りまくって牝奴隷に堕とすつもりだ。自然とピストン速度があがり、腰を力強く打ちつけていた。

「うあっ、激しすぎるわ、ああっ、もっとゆっくり」

小百合が怯えた顔で訴えてくる。いつもやさしげな微笑を浮かべている義姉が、極太でズブズブに犯されて、涙を流しながら懇願していた。

「すごく興奮してきたよ。義姉さんも久しぶりなんでしょ、セックスするの」

「いや……いやよ、カズくん、抜いて……あっ……あっ」

「こんな綺麗な奥さんを残して何ヵ月も出張に行くなんて、義兄さん、どうかしてるよね。僕だったら、毎晩可愛がってあげるのに」

和真がリズミカルに剛根を出し入れしながら告げると、義姉はつらそうに眉根を寄せて新たな涙で頬を濡らす。

「あの人のことは言わないで……ああンっ、お願いだから思いださせないで」

拒絶の意志を示すように、両手を和真の腰に押し当ててくる。しかし、激しく抗うわけではなく、力強い抽送に身をまかせていた。

「感じてきたみたいだね。僕のチ×ポ、あいつよりも大きいでしょ」

「や……し、知りません……あううっ」

小百合は懸命に喘ぎ声をこらえているが、感じはじめているのは明らかだった。首筋まで真っ赤に染めあげて、微かに腰を揺らしている。本人も気づいていないが、身体がペニスを受け入れている証拠だった。

いつも義理の姉たちがくつろいでいるソファで、小百合を犯しまくる。人妻となり出産を経験した女体は、普段の清楚な雰囲気とは裏腹に匂いたつような色香を振りまいていた。

ピストンに合わせて、パンパンに張りつめた乳房が大きく揺れる。勃起した乳首からは、母乳が絶えず滲みだしていた。

「いやらしいおっぱいだね。妊娠するとこんなに大きくなるんだ」

和真は腰を使いながら、魅惑的な双乳を鷲掴みにする。好き放題にこねまくり、物欲しそうに尖り勃った乳首をキュッと摘みあげた。

「ひゃうっ、やっ、出ちゃうから……ああっ、いやぁっ」

小百合は母乳を飛ばしながら、よがり啼きを迸らせる。すぐ隣に置かれたベビーベッドで愛梨が寝ているのに、肉の愉悦に抗えないらしい。結合部はおびただしい愛蜜で濡れそぼり、ソファをグショグショに濡らしていた。

「すごいね。小百合義姉さんがこんなに乱れるとは思わなかったよ」

「ヤンっ、そんな……カズくんがいけないのよ……はあアンっ」

蔑むような言葉をかけてやれば、小百合は恨みっぽい瞳を向けながら剛根を締めつけてくる。嬲られつづけたことで、秘められたマゾ性が目覚めはじめているのかもしれない。

「バックだと女の子が生まれやすいって本当？　やっぱり、愛梨ちゃんはバックで妊娠したのかな？」

「そ、そんなこと……あっ……あっ……」

小百合は首をゆるゆると左右に振るばかりで答えない。それでも畳みかけるように、卑猥な質問を浴びせかける。

「義兄さんが初めての男なの？　僕は何人目？」

「やめて、ヘンなことばかり聞かないで……あっ、いやっ、ああっ」

もちろん話しかけながらも腰の動きをゆるめることはない。乳首にも刺激を送りつづけて、義姉の性感を確実に追いつめにかかる。

「二人目はすぐに欲しいの？　ねえ、僕が種付けしてあげようか？」

「そんな恐ろしいこと、ああっ、いや、もういやよぉっ」

頭が混乱してきたのか、小百合は激しく泣きだした。

和真の腰に押し当てられていた義姉の両手は、いつしか臀部にまわされている。そして強く引きつけるようにして、自ら腰をしゃくりあげてきた。

「くぅっ、締まってきたよ。義兄さんならとっくに出してるね」

「いや、あの人のことは……ンあぁっ」

蕩けるほど柔らかかった媚肉が、吸いこむように蠕動する。アクメの波が女体に迫っているサインだ。和真はなんとか射精感をやり過ごすと、ギヤを切り替えてピストンスピードをアップさせた。

「ひッ、ダ、ダメっ……あッ……ああッ」

小百合の喘ぎ声が切羽詰まっていく。美しい義姉を犯す興奮が湧きあがり、和真も腰骨のあたりに疼くような快感を覚えていた。

(もう少しだよ。もう少しで小百合義姉さんがイクよ)

父親の悔しがる顔を想像するだけで、またしても射精感がこみあげてくる。

義母と再婚してからの八年間、虫けらのように扱われてきた。しかも、婿養子に迎えた修三が次期社長候補だという。この積年の恨みを、美しい三姉妹を牝奴隷に堕とすことで晴らすつもりだ。

「ああ、最高だよ。小百合義姉さんのオマ×コ」

和真は歯を食い縛りながら、父親と義兄を出し抜く快感にどっぷりと浸っていた。

「くっ……義兄さんと較べて、どっちが大きい？」

「そ、そんなこと、あふっ……言えません……」

「言えないんだ。それって僕のほうが大きいってことかな？」

双つの乳首を摘みあげて剛根を穿ちこむ。またしても母乳が飛び散り、乳房を濡らしていく。和真は異様な興奮に目を血走らせると、大きく張りだしたカリで膣壁を削るようにゴリゴリと抉りたてた。

「ひいッ、強い、ひあぁッ、強すぎるわっ」

「大きいほうが好きなんでしょ？」

「し、知りません……あッ、あッ」

小百合の両手はしっかり和真の尻にまわされている。おそらく無意識だろう、腰を卑猥にくねらせて、剛根をより深く受けとめようとしていた。

「くっ……なかに出してあげるよ。義姉さんは僕の奴隷になるんだ」

「奴隷だなんて……ダ、ダメっ……ああぁッ」

二人の腰の動きがぴたりと一致し、猛烈な勢いでエクスタシーの大波が押し寄せてくる。小百合は股間を突きだすように腰を持ちあげ、和真は子宮を突き破る迫力で剛根を叩きこんだ。

「小百合義姉さんっ、いっしょに……くうううッ！」

義姉の蜜壺に埋めこんだ男根が激しく脈打ち、先端から大量の白い粘液が吐きだされる。腰骨が蕩けてしまいそうな快感のなか、和真は根元まで埋没させた剛根をさらに奥まで押しこんだ。

「ひううッ、カズくんっ、あッ、ああッ、もうダメっ、いやあぁぁぁぁぁッ！」

中出しと同時に、小百合の裸体がのけ反った。

子宮口をザーメンで洗われて、蜜壺を締めつけながら昇りつめていく。初めての愉悦に怯えつつ、清楚な顔を情けなく歪めて腰をブルブルと震わせた。

「フフッ……すごい反応だね、義姉さん。弟に中出しされてイク気分はどう？ 父さんと義兄さんにも見せてあげたかったな」

剛根をズルリと引き抜き、片頰に笑みを浮かべながら見おろした。

小百合はハアハアと荒い息を吐いていたが、ふいに両手で顔を覆って嗚咽を漏らしはじめる。その悲しげな風情が、なおのこと和真の嗜虐癖を煽りたてていた。

(まだまだ終わりじゃないよ、小百合義姉さん)

和真の目の奥には、妖しい情念の炎が揺らめいている。ザーメンと愛蜜にまみれた肉柱は、萎えることを忘れたかのように天に向かってそそり勃っていた。

## 3

小百合は汗だくの裸体をソファに横たえて、絶頂の余韻を嚙み締めていた。

激しく乱れてしまったことが恥ずかしい。涙がとめどなく溢れるが、肉体は熱く火照ったままで、初めて味わった愉悦に震えていた。

(あなた……許してください……)

海の向こうで働いている夫を思うと、申し訳ない気持ちでいっぱいになる。

まさか義弟に襲われるとは思っていなかった。挙げ句の果てに精液を注ぎこまれて絶頂に達してしまうなんて……。

義弟はソファの前に仁王立ちしているが、責めたてる気力など微塵も残っていない。とにかく今はひとりになりたかった。

そのとき、ベビーベッドで眠っていた愛梨が大きな声で泣きはじめた。

「あ……愛梨ちゃん……」

途端に頭のなかの靄が晴れていく。小百合は我に返ると、どす黒い快楽を纏いつかせた裸体を懸命に起こした。和真を押しのけて、ふらつく足取りでベビーベッドに歩み寄る。そして手を伸ばしかけたとき、思わず躊躇して指先を震わせた。穢されてしまった自分が、純真無垢な娘を抱いてもいいのだろうか。そんな考えが脳裏をよぎり、泣き喚く我が子を前に立ちつくしてしまう。

「抱いてあげなよ。義姉さん」

意外なことに、和真の声に後押しされて小百合は愛娘をそっと抱きあげた。するとと愛梨はすぐに小さな手を伸ばして乳房を弄りはじめる。自然と母性本能が湧きあがり、思わず娘の頭に頬ずりをした。

「ああ、愛梨ちゃん」

「お腹が空いてるんだね。おっぱいをあげたら？」

和真が言い終わらないうちに、愛梨が乳首に吸いついてくる。先ほどまで義弟に悪戯されていた乳首を、愛しい我が子が口に含んだのだ。

「あンっ……い、いけないわ、愛梨ちゃん、今はダメ」

慌てて言い聞かせようとするが、空腹の愛梨は乳首を離そうとしない。リンゴのように赤い頬をもぐもぐと蠢かし、夢中になって母乳を飲んでいた。

(やだわ、さっきまでカズくんが……)

義弟に舐めしゃぶられて穢された乳首を、なにも知らない娘が吸っている。罪悪感がこみあげてくるが、愛梨を無理やり引き剥がすのも可哀相な気がした。

「美味しそうに飲んでるね。僕も飲んだからわかるよ」

和真が楽しそうに覗きこんでくる。授乳しているところを見られたくなくて背中を向けるが、それでも正面にまわりこまれてしまう。

「いや、見ないで……恥ずかしいわ」

「義姉さんのおっぱい、甘くて癖になる味だよね。僕ももらっていいかな?」

「ダメよ、カズくんはもう……」

愛梨を抱いているので強く抵抗できない。それをいいことに、和真が空いている乳首を指先で摘んだ。

「あうっ、や……今はやめて、お願い……」

反対側の胸を娘に吸われているせいか、妙に感度がアップしていた。指先でクニクニと扱かれるだけで、電流のような快美感が走り抜けていく。

「あっ……あっ……いやぁ」

授乳中だというのに、鼻にかかった甘い声が漏れてしまう。小百合は思わず下唇を嚙み締めると、恨みっぽい瞳を義弟に向けた。

「いやらしいね。娘にしゃぶられても感じちゃうんだ？」

和真はほくそ笑みながら、からかいの言葉を浴びせかけてくる。あのやさしい義弟がこんなに酷いことをするとは、いまだに信じられなかった。

「どうして苛めるの？　あふンっ、触らないで」

嫌がって身を捩ると、ますます乳首を強く摘まれてしまう。やがて母乳が滲み、和真の指先を濡らしていく。感度はさらにアップし、愛梨に吸われている乳首にも甘い愉悦がひろがりはじめていた。

「わたしのことが嫌いなのね……。マンションに帰るわ。だからもう許して」

悲しくなって涙が溢れるが、義弟に嫌われてしまったのなら実家から離れるしかない。淋しいけれど、すぐにでも夫婦のマンションに帰るつもりだ。

「誤解だよ。僕は小百合義姉さんのことが大好きなんだ。ほら、だからチ×ポはこんなに硬いままで萎んでないだろう？」

和真の言葉に導かれるように股間を見やると、確かにペニスは臍を打つほどに反り返っていた。

（やだわ……まだこんなに……）

一度射精するとすぐに眠ってしまう夫とは大違いだ。十八歳の若い肉体は、汗に濡れ光って躍動感に満ち溢れていた。

小百合はペニスを凝視していることに気づき、慌てて視線をそらす。しかし、顔は真っ赤に火照り、明らかに脈拍数があがっていた。

「また欲しくなっちゃった？　いいよ、挿れてあげようか」

「い、いやです……もう……」

「ずっといっしょに暮らそうよ。あんな奴とは別れてさ」

「聞きたくないわ。修三さんのことは悪く言わないで……あンンっ」

乳首をキュッと強く摘まれて、思わず反射的に背中を向ける。すると和真は乳房を揉みしだきながら、鼻先で髪を掻きわけてうなじに吸いついてきた。

「はンっ、ダメ……カズくん、ダメなの、わかるでしょう？」

もう二度と過ちを犯してはならない。愛梨を抱いているので強く抵抗できないが、懸命に説得しようとする。しかし、和真が聞く耳を持つはずもなく、鉄のように硬い男根を尻たぶに押しつけてきた。

「あ、熱いっ……や、いやよ」

「本当にいやなのかな？　女の人って、思ってることと反対のことを言うんでしょう？　ほら、遠慮しなくていいんだよ」

尻肉の狭間に、ペニスの裏側がぴったりと嵌りこんだ。

「やだ、ちょっと……」

嫌な予感がこみあげて身を捩る。と、そのとき、背中を軽く押されて若干前屈みの姿勢になった。ヒップを軽く後ろに突きだすような格好だ。和真はその瞬間を見逃さず、腰を落とした姿勢から剛根を突きあげてきた。

「ひああッ……」

巨大な亀頭が強引に膣口を突き破る。背筋がググッと反りかえり、無意識のうちに胸を前方に迫りだしていた。

「はうンっ、い、挿れないで……ああっ」

「力を抜いて、お尻をもっと突きだしてよ。奥まで挿れてあげるからさ」

和真が背後から両肩を摑み、股間を双臀にぴったりと押しつけてくる。今度は背後から貫かれてしまった。しかも、娘に授乳させながらの立ちバックだ。

「そ、そんな……あっ……あっ……カズくん、やめて……ああンっ」

正常位で突きまくられた媚肉は、太幹の感触を覚えていた。膣襞は拒絶する素振りも見せず、義弟のペニスにヌメヌメと絡みついていく。愛梨が吸いついていている乳首も充血し、恥ずかしいほどに尖り勃っていた。

「簡単に入っちゃったね。やっぱり欲しかったんでしょ、義姉さん」

「そんなはず……ああっ、せめて愛梨のおっぱいが終わるまで待って」

懸命の訴えは無視されて、和真がゆっくりと腰を振りはじめる。長大な肉柱をゆっくりと引きだしては、再びスローペースで埋めこまれてしまう。もちろん心では拒絶しているが、肉体は義弟のセックスに慣らされつつあった。

「あうっ、いや、あううっ」

愛梨を抱き締めたまま、こらえきれない蕩けきった喘ぎ声が溢れだす。罪悪感がこみあげてくるが、肉の愉悦には抗えなかった。

そのとき、電話の着信音がリビングに響き渡りドキリとする。反射的に膣肉が締まり、義弟のペニスを強く食い締めていた。

「誰からだろうね。繋がったまま歩こうか」

「や……ン……抜いて……あふっ」

立ちバックで犯されたままリビングを歩かされる。電話が置かれているキッチンカウンターの前に移動すると、和真はいきなり受話器を手に取り、小百合の耳に押し当ててきた。

(そんな、待って……抜いてくれないとしゃべれないわ)

慌てて振り返り、濡れた瞳で訴える。しかし、和真はニヤリとするだけで、受話器を戻そうとしない。小百合は愛梨を抱いているので、両手が塞がった状態だ。振り払うことはできなかった。

『あ、もしもし?』

受話器から流れてきた声を聞いて、小百合は全身を硬直させた。

「あ……あなた……」

思わずつぶやくと、視界の隅で義弟の目が妖しい光を放った。

(カズくん、無理よ……話せないわ)

ひきつった顔を左右に振りたくるが、まったく相手にしてもらえない。和真は左手で受話器を持ちながら、右手で小百合の右肩を摑んでいる。屹立は根元まで埋めこまれており、媚肉に燃えるような熱さが伝わっていた。

『小百合、元気にしてたかい?』

そのやさしい声音を忘れるはずがない。この状況では一番話したくない相手、海外出張中の夫だった。

「は、はい……修三さんはお元気ですか？」

異常なシチュエーションのなか、懸命に平静を装って受け答えをする。レイプされたことを知られたくない一心だった。

『うん、忙しいけどね。お義父さんも元気だよ。お義母さんが来たしね。そんなことより、結婚記念日なのに悪いな。いっしょに過ごせなくて』

夫は結婚記念日を覚えていてくれた。今はフランスにいるはずなので、向こうはまだ明け方のはずだった。おそらく、小百合が朝の家事を終えてひと息ついている時間を見計らい、わざわざ起きて電話をかけてきたのだろう。

『本当なら休暇をとっていっしょに温泉でも行きたいところだけどね。それは老後の楽しみにとっておくよ』

修三の明るい声を聞いていると、申し訳ない気持ちがこみあげてくる。

義弟に襲われたことなど言えるはずがない。ましてや、こうして話している今もバックから挿入されていることは、絶対に知られたくなかった。

(どうしてこんなことに……修三さん、許して……)

思わず涙ぐみそうになって黙りこむ。すると、信じられないことに、和真がゆっくりと腰を振りはじめたではないか。

「あっ……」

膣粘膜を擦られて、思わず小さな声が溢れだす。その声は電話回線を通して、フランスにいる夫の鼓膜を振動させた。

『どうかした？』

「あ、愛梨ちゃんが……胸を触ってきて……」

小百合は誤魔化すために、咄嗟に嘘をついてしまった。娘の名前を出したことで、罪悪感がさらに膨れあがる。

『抱っこしてるのかい？』

「はい……あンっ……愛梨ちゃんがおっぱいを……」

愛梨が乳首を吸っているのは事実だ。小さな口を蠢かして、勃起した乳首を甘噛みしている。娘に胸をしゃぶられて感じていると思うと、情けなくて泣きたくなってしまう。

『早く愛梨に会いたいなぁ。日本に帰るのが楽しみだよ』

我が子をその腕に抱いたことのない修三が、わくわくした様子で語っている。

小百合は「はい」「ええ」と適当に相づちを打ちながらも、スピードを増していく義弟のピストンに恐れおののいていた。

（やめて、お願い……修三さんに気づかれてしまうわ）

視線で訴えて首を振るが、和真はニヤニヤしながら腰をねっとりと使っている。すでに性感が蕩けはじめていたせいか蜜壺はすっかり濡れそぼり、まるで咀嚼するように極太を締めつけていた。

『愛梨のお土産をたくさん用意してあるよ。行く先々で子供服を見てるんだ』

「え、ええ……はうンっ」

根元まで埋めこんで〝の〟の字を描くようにまわされると、思わず淫らな声が漏れそうになる。慌てて奥歯を食い縛るが、夫が訝しむのではないかと顔から血の気が引いていく。

『ごめんごめん、おっぱいをあげてるんだったね』

「は……い……ごめんなさい……」

修三が勝手に勘違いしてくれたことで命拾いした。義弟と繋がっていることは、絶対に知られるわけにはいかなかった。

そのとき、和真が背中に覆い被さるようにして、受話器を押し当てているのとは反対側の耳に囁きかけてきた。

「教えてあげないんだ、僕とセックスしてること。あなたとするより気持ちいいって言えばいいのに」

首を小さく振ると、涙が溢れて頬を伝った。

（カズくん、苛めないで……もう許して……）

夫よりもはるかに太くて長い剛根を抜き差しされている。結合部から響くヌチャヌチャという音が、受話器に拾われてしまうのではないかと気が気でない。

「ほら、こんなに濡れてるよ。あいつとするよりも感じるんでしょ？」

和真の吐息が耳孔をくすぐり、感度がさらにあがっていく。愛梨が吸いついている乳首も、たまらないほど疼いていた。

『じゃ、そろそろ切るよ』

「あ、あなた……お仕事……がんばって、ください」

ようやく修三が電話を切ったことで、抑えに抑えていた性感が暴走をはじめる。

「あっ……ああっ……ひどいわ、こんなのって……」

もう意志の力では制御できそうにない。和真が受話器を置いた途端、こらえきれないよがり啼きが迸った。

「ああァッ、ダメっ、カズくん、もうダメぇっ」

「すごい声だね。義兄さんにも聞かせてやればよかったのに」

剛根を抜き差ししながら、和真が嘲笑を浴びせかけてくる。義弟に肉体を支配されたことを自覚して、被虐的な快感が爆発的に膨れあがった。

「あううッ、い、いやですっ」

「ねえ、義兄さんとするときも、こんなに濡れるの？」

「ああッっ、もうあの人のことは言わないで」

小百合は愛梨を抱き締めたまま、大粒の涙で頬を濡らす。もちろん、その間も極太によるピストンは加速をつづけていた。

「義兄さんと僕、どっちがいいの？」

「そ、そんなこと……あッ……あッ……意地悪しないで」

腰が動くのをとめられない。義弟の突きこみに合わせてヒップを振りたくり、淫らがましいよがり啼きを振りまいていた。

「また締まってきたね。小百合義姉さん、イッてもいいんだよ」

和真も息を荒らげながら、カリのくびれで膣襞をしたたかに擦りあげてくる。女の狂わせ方を熟知しており、十八とは思えない腰使いで責めたててきた。

「二人目の子供のことはどう考えているの？」

「な、なにを……あうっ、まさか……な、なかはやめてっ」

「ほらほら、愛梨ちゃんがおっぱいを欲しがってるよ」

リズミカルに腰を叩きつけられ、尻肉がパンパンッと恥ずかしい音を響かせる。愛梨に吸われている乳首もたまらず、小百合はアクメへの階段を昇りはじめていた。

「ひッ、激し……あッ、ああッ、もうしないでぇっ」

「おおっ、締まってきた。義姉さんのオマ×コ、すごいね」

義弟に揶揄されるたび、膣奥から新たな華蜜が分泌される。いつしか呼吸を合わせて腰を振りたくり、貪欲なまでに快楽を求めていた。

「種付けしてあげる。くおッ、出すよっ……くううッ、おおおおおッ！」

長大な肉柱が根元まで埋めこまれて、ついに射精がはじまってしまう。灼熱の粘液を注ぎこまれた衝撃で、小百合は全身に痙攣を走らせて絶叫した。

「い、いやですっ、ああぁッ、こんなのって……ひッ、ひああッ、もう狂っちゃうっ、あなた許してくださいっ、ひいッ、あひあぁぁぁぁぁぁぁッ！」

娘に乳首を吸われ、立ちバックで犯されながら昇りつめる。背徳感が連れてきたオルガスムスは、気が狂いそうなほど強烈だった。

（許して……愛梨ちゃん、いけないママを許して……）

腕のなかの愛娘は、いつの間にか乳首を咥えたまま寝息をたてている。小百合はもうひとりでは立っていられず、背後から貫く和真の腕に体重を預けていた。

# 第三章　姉妹

## 1

「ここね……」

日曜日の午前、茉莉は杏里に連れられて、とあるマンションを訪れた。

そこは思ったよりも自宅から近い場所だった。確かこの近くに和真の通っている高校があったと記憶している。

茉莉は眼鏡のブリッジを指先で軽く押しあげると、黒髪のショートを掻きあげて目の前の建物を見あげた。ごくありふれた十階建ての賃貸マンションだが、今の茉莉には悪の巣窟に感じられる。ここに問題の女が住んでいるらしい。

仕事でもないのにグレーのパンツスーツを着てきたのは、相手に威圧感を与えるためだった。

「わたしがいっしょだから大丈夫よ」

茉莉は隣でしょぼくれている杏里に声をかけると、丸まっている背中をポンと叩いた。

「ほら、背筋を伸ばしなさい」

「は、はい……」

杏里は慌てて姿勢を正すが、表情は強ばったままだ。

ノースリーブの白いワンピースが、幼さの残る杏里によく似合っている。肩を撫でる黒髪のセミロングは夏の日射しを受けてキラキラと輝いていた。

アイドルとしても充分通用しそうだと思うのは、姉の贔屓目だろうか。そんな愛らしい妹が、怯えた様子で瞳を潤ませている。

「めそめそしない。絶対に大丈夫だから。わたしが杏里にウソをついたことある？」

元気づけようと思って声をかけたが、逆効果だったらしい。杏里は子供のように首を振り、涙を一粒ぽろりと落とした。

（無理もないわ。よっぽど怖い思いをしたのね……）

茉莉は妹の肩を抱き寄せると、安心させるようにやさしく擦りあげた。

杏里に相談されたのは昨夜のことだった。シャワーを浴びて自室でくつろいでいると、遠慮がちにドアがノックされた。

「どうぞ、入っていいわよ」

茉莉はベッドに腰掛けて、文庫本を読んでいるところだった。視線をあげずに声をかけると、恐るおそるといった感じでドアが開いた。

「茉莉姉さん……ちょっといい？」

部屋に入ってきた杏里は最初から様子がおかしかった。なにやら深刻そうな顔をしており、心なしか青ざめているように見えた。

「なにかあったのね」

茉莉は文庫本を閉じると、とにかく杏里をベッドに座らせた。これほど不安そうな妹の顔を見るのは、幼い頃に実父が亡くなったとき以来だ。

「姉さん、じつは……」

口を開きかけては言葉を呑みこむ。そんなことを何度も繰り返してから、杏里はようやく話しはじめた。

杏里は今年の春に自動車の免許を取得したのだが、その後ドライブがしたくて仕方がなかったらしい。そこで夏休みに入ってから、義父の車を何度か無断で拝借していたという。何事にも消極的な杏里にしては大胆な行動だ。

そして先週、いつものように市内の道路を流しているとき、横断歩道で歩行者を巻きこみそうになったという。初心者でスピードを出していなかったのが不幸中の幸いだった。軽く接触しただけで、相手の女性はまったくの無傷ですんだらしい。

「そんなに運転したいなら、どうしてわたしか姉さんに言わなかったの」

「ごめんなさい……反対されると思ったから……」

うなだれる杏里を見ていると、強く叱ることはできなかった。

確かに運転したいと相談されても、頭ごなしに「危ないからダメ」と一蹴していただろう。だから杏里は義父の車を黙って運転したのだ。

「それでね……明日の日曜日、その人のマンションに呼びだされてるの」

「なんですって！」

どうやら、杏里は質の悪い女に引っかかったらしい。

その女性から、「怪我はないから大丈夫。一応連絡先だけ教えて」と言われて杏里は携帯番号を教えていた。その後、急に具合が悪くなったと言って連絡してきたという。典型的な〝当たり屋〟の手口だった。

呼びだしに応じれば、おそらく慰謝料の話を切りだされるだろう。接触事故を起こした時点で警察に連絡をしていれば、こんな面倒なことにはならなかった。だが、今さら言ってもはじまらない。

現時点では法外な慰謝料を請求されたわけでもなく、また脅迫されたわけでもないので、警察に相談しても相手にされないだろう。ここは可愛い妹のために一肌脱ぐしかない。

「姉さんにも話したの？」

「ううん……」

「そのほうがいいわ。姉さんは心配性だから」

茉莉はさらに妹から詳細を聞きだした。

夏川葉子というのが女の名前だ。二十九歳で独身だという。「明日はひとりで待っているので前向きにお話をしましょう」などと言ってきたらしい。

（フンッ。たかが女ひとりじゃない）

ＩＴ企業の法務課に勤務する茉莉は、法律に強いというプライドがある。逆にこらしめてやるつもりで、杏里に同行することを約束した。

「行くわよ。杏里」

気を引き締めて声をかけると、マンションのエントランスに足を踏み入れる。

しかし、なぜか杏里は歩道に立ちつくしたまま動こうとしなかった。

「茉莉姉さん……やっぱり……」

どうやら怖じ気づいたらしい。唇から血の気が引き、膝がカタカタと小刻みに震えている。杏里は昔から気が小さく、控えめな性格だ。この状況に怯えるのは、当然といえば当然のことだった。

(それにしても様子がおかしいわね……)

訝しげに見つめていると、杏里はうつむいたままゆっくりと歩み寄ってきた。

話がこじれてしまう可能性に怯えているのかもしれない。多額の慰謝料を請求されたりすれば、警察に届けることもあるだろう。そうなると両親や小百合にも、車を勝手に持ちだして事故を起こしたことを知られてしまうのだ。

「杏里、大丈夫？　交渉はわたしが全部してあげるから」

顔を覗きこむようにして声をかける。杏里は今にも泣きだしそうな顔で頷いた。

可哀相だが早いうちに話をつけたほうがいいだろう。

杏里が集合玄関のインターフォンを鳴らして、緊張しながら相手の女と言葉を交わす。エレベーターに乗りこむと、ついに杏里はひと言もしゃべらなくなった。

(あなたのことは、わたしが守ってあげる)

余計なことを話しかけず、心のなかでつぶやいた。どうせ相手は女ひとり。すぐに話をつける自信があった。

表札に〝夏川葉子〟と出ているのを確認したとき、内側からドアが開けられた。

「お待ちしていました。どうぞ、おあがりください」

顔を覗かせたのは、黒髪のロングヘアをなびかせた女性だった。メイクは落ち着いており、整った顔立ちをしている。白いシャツに濃紺のタイトスカートという服装は、年齢のわりに地味だが清潔感に溢れていた。

おそらく彼女が夏川葉子だろう。当たり屋をやっているくらいだから、蓮っ葉な女が出てくると思っていたので意外だった。

(思っていたより、常識のありそうな人ね……)

茉莉は釈然としないものを感じながらヒールを脱ぐと、用意されていたスリッパに履き替えた。

「お邪魔します……」

うつむいている杏里をうながし、葉子の案内でリビングに入る。そして、勧められるまま、杏里と並んで二人掛けのソファに腰掛けた。

「紅茶でよろしいかしら?」

「どうぞ、お構いなく」

茉莉が警戒しながら返事をすると、葉子はにっこり微笑んでキッチンに消えた。

途端にメタルフレームの眼鏡がキラリと光った。素早く部屋のなかを見まわしてチェックする。

エアコンの効いたリビングは十畳ほどだろうか、綺麗に片づけられており、まともな生活を送っている女性のようだ。おそらく間取りは1LDK。隣の部屋を寝室として使っているのだろう。

(女のひとり暮らし。独身っていうのは本当らしいわ)

茉莉は微かに首を傾げた。

当たり屋にしては、杏里に伝えていた情報が正直過ぎるような気がする。しかし油断はできない。念のためハンドバッグのなかに、会話を録音するためのICレコーダーと護身用のスタンガンを用意していた。

「杏里、あなたはしゃべらなくていいからね」

緊張で身を硬くしている妹に耳打ちする。杏里はもう頷くこともできず、テーブルの一点を瞬きもせずに見つめていた。

そのとき、ふとある疑問が浮かびあがった。

「わたしもいっしょに来ること、彼女に伝えてないわよね?」

相手に警戒心を抱かせないために、茉莉が同行することは伏せていた。しかし、葉子は玄関先で茉莉の姿を見ても、まったく驚かなかったばかりか、質問もしてこなかった。

「ま、茉莉姉さん、じつは……」

杏里が意を決したように口を開きかけたとき、葉子がティーカップを乗せたトレーを持って戻ってきた。

テーブルにティーカップを並べると、葉子はフローリングの床に置かれたクッションの上に横座りする。どういうわけか、まるで友人を迎えたときのようにリラックスして見えた。

戦闘モードでやってきた茉莉はいささか拍子抜けしながらも、ハンドバッグのなかに手を入れてICレコーダーのスイッチをオンにする。そしてバッグの内ポケットに入れておいた名刺を一枚取り、さりげなく葉子に差しだした。

「杏里の姉で、藤原茉莉と申します」

「これはご丁寧に。わたしは夏川葉子です」

葉子は名刺を受け取ると、「とりあえずどうぞ」と紅茶を勧めてくる。

隣の杏里が、震える指先でティーカップを持ちあげていた。茉莉も気持ちを落ち着かせようと、とりあえず紅茶を喉に流しこんだ。

そして小さく息を吐きだし、すかさず先制攻撃をしかけていく。

「あなた、妹を脅したそうですね」

こういった交渉の場合、いかにイニシアチブを取るかが重要だ。一気に捲したてて、そのまま流れを引き寄せるつもりだった。

「出るところに出てもいいんですよ。困るのはあなたのほうじゃないですか？今すぐ警察に電話しましょうか」

こちらの本気度合を示すために、あえて会社で使っている名刺を渡して身分を明らかにした。逃げも隠れもせず、脅しにも決して屈しないという意思表示だ。

だが、葉子は慌てる素振りも見せず、柔らかい笑みを浮かべていた。

「なにか勘違いなさっているようですね。わたしは脅してなどいませんよ」

「これは立派な脅迫です。実際、妹を呼びだしているではありませんか！」

強気に出る茉莉だが、呂律が怪しくなっていることに気づいて眉を顰める。チラリと横を見ると、杏里が不安そうな瞳を向けていた。

心配しなくても大丈夫よ——。

そう言おうとしたのに声が出ない。視界が急速に狭まり、光が失われていく。身体にも力が入らず、気づいたときにはソファの背もたれに身を沈めていた。

(なに……どうなってるの?)

急激な睡魔が襲いかかってくる。抗おうとする間もなく、唐突に意識がぷっつりと途絶えていた。

## 2

「ん……んん……」

茉莉は眩暈を覚えながらも、ゆっくりと重い瞼を開いた。

頭のなかに鉛を詰められたようで、思考能力がまともに働かない。自分がどういう状況に置かれているのか理解できなかった。

(ここは……?)

眩しい光が降り注ぐなか、眉根を寄せて周囲を見まわした。

見知らぬ部屋だった。六畳ほどだろうか。部屋の中央にダブルベッドが置かれており、茉莉はそこに横たわっていた。

意識が少しずつ回復してくる。

杏里といっしょに、女のマンションを訪れたはずだった。それなのに、なぜこんなところで寝ているのだろう。

(杏里は……どこ?)

瞳だけを動かして、さらに部屋のなかに視線を走らせていく。

天井の蛍光灯の他に、周囲からも強烈な光が差している。テレビドラマを撮影するときのような照明器具が、なぜかベッドの脇に立てられていた。やけに眩しかったのはこのためだ。

さらには目を凝らすと、照明器具の間にビデオカメラが見えた。本格的に三脚が立てられており、そこにカメラがしっかりと固定されている。しかも、そのレンズは茉莉に向けられているのだ。

嫌な予感がこみあげてくると同時に、頭のなかで警鐘が鳴り響く。慌てて起きあがろうとするが、そのとき異変に気がついた。

「えっ……な、なにこれ?」

身体が動かない。どういうわけか、雁字搦めに縛られていた。

両腕を背後にまわされて、肘まで重ね合わせた状態で縄が巻きつけられている。しかも服を脱がされており、一糸纏わぬ姿にされているのだ。乳房の上下にも縄が食いこんで、双つの膨らみが無残に強調されていた。

しかも脚は胡座をかくような格好に折り畳まれており、足首を重ねてきつく縛られている。その縄は首にまわされて、胡座の姿勢を崩すことができない。

小判型をした若干薄めの陰毛が剝きだしで、下から覗きこめば性器はもちろんのこと肛門まで丸見えのはずだ。女にとって、これほど恥ずかしい格好はないだろう。首以外は動かすことができず、瞬く間に心が竦みあがっていく。

「ひっ、ちょっと、やだっ……誰かっ」

パニックを起こしかけて身を捩るが、全身に巻きついた縄がゆるむことはない。それどころか、ますます皮膚に食いこんでくるような気がして、焦りばかりが膨らんでしまう。

(どういうこと？　いつの間に……まさか、あの紅茶……)

もしかしたら、睡眠薬が入れられていたのかもしれない。葉子が出してきた紅茶を飲んで、急激な睡魔に襲われたのだ。

「くっ……杏里っ、どこにいるの？　杏里っ」

妹の姿が見当たらない。どこか別の場所に連れ去られたのだろうか。あまりにも非日常的な状況に追いこまれ、どう対処したらいいのかわからない。とにかく、冷静さを失ってはならないと自分自身に言い聞かせる。

まずは情報を整理することが先決だ。

いったいどれくらい眠っていたのだろう。窓にはグリーンのカーテンがかかっており、外の様子はうかがえない。それでもカーテンの布地が、昼の陽光に照らされているのはわかった。

実際にはそれほど時間は経っていないのかもしれない。眠らされていたのは、おそらく数分のことだろう。

そのとき、眩い光を放つ照明器具の後ろから人影が現われた。

「フフッ……。茉莉義姉さん、いい格好だね」

逆光になっているので顔はわからない。しかし、その声には聞き覚えがあった。

「か、和真……和真なの？」

茉莉のひきつった声に応えるように、その人物が光のなかを歩み寄ってくる。

徐々に姿形がはっきりしてきた。ジーンズに白いポロシャツというラフな格好の少年は、義弟の和真に間違いなかった。

「よくここがわかったわね。早くほどいて」

杏里は事故のことを和真にも相談していたのかもしれない。遅れてやってきた義弟が、救出してくれるのだと信じこんでいた。

「杏里は無事なの?」

裸を見られるのは恥ずかしいが、今はそんなことを言っている状況ではない。とにかく妹の安否が気になっていた。

しかし、なぜか和真は薄笑いを浮かべるだけで、縄をほどこうとしない。それどころか、ねっとりとした目で全身を舐めまわすように見つめてくるではないか。

「やっぱり眼鏡はかけたままで正解だったな。麻縄と知的な眼鏡のギャップがいい感じだね」

「和真? あなた、いったい……」

思わず眉を顰める。胸の奥にちりちりと不安が湧きあがっていた。

「マン毛は濃すぎず薄すぎず、って感じか。アソコも意外に使いこんでないんだね。毎晩送ってくれる男たちとは寝てないんだ?」

「ちょっと、なに言ってるの! あの女が戻ってくるわっ」

茉莉は焦りを感じて、緊縛された身を捩った。

「あの女って、葉子先生のこと？　戻るもなにも、最初からここにいるよ」

和真が背後に向かって合図すると、照明器具の後ろから二人の女が姿を見せた。なぜか二人とも服を着ておらず、乳房と陰毛を堂々と曝けだしている。縛られているわけでもないのに、裸体を隠そうとしなかった。

二人が光のなかを抜け出て、ベッドサイドの和真に歩み寄る。すでに顔も身体もはっきりと見えていた。ひとりは葉子、もうひとりは……。

「あ……杏里っ、なにをしているの？　服を着なさいっ」

慌てて声をかけるが、杏里は恥ずかしげにうつむくだけで黙りこんでいる。葉子はどこか虚ろな瞳で、ぼんやりと突っ立っていた。

「和真っ、これはどういうこと？」

激しい口調で問い詰めると、和真は唇の端を吊りあげて妖しい笑みを浮かべる。そして悪びれた様子もなく、葉子と杏里の間に立って二人の肩に手をまわした。

「教えてあげるよ。この人は葉子先生。僕のクラスの担任なんだ」

和真は肩に掛けた手をずらして、葉子の豊満な乳房を握り締める。彼女の唇が微かに蠢き、「あンっ」と色っぽい声が漏れた。

「二十九歳で独身。義姉さんたちほどではないけど、結構美人でしょ？」

葉子はまったく嫌がる素振りを見せず、はるか年下の少年に胸を揉まれるままになっている。それは、あまりにも異様な光景だった。

「高校の担任教師？　その女が？」

茉莉は緊縛されて仰向けに転がされたまま、義弟に悪戯されて頬を赤らめている女を見つめていた。

「うちの高校は担任が三年間変わらないんだ。葉子先生は僕にいろんなことを教えてくれたんだよ。勉強以外のこともいろいろとね」

和真が乳首を摘みあげると、葉子はくびれた腰をたまらなそうにくねらせる。

二人が以前からただならぬ関係にあるのは明らかだった。

（ちょっと、どうなってるのよ。和真が陰でこんなことしてたなんて……）

やさしくて真面目な性格の和真が、高校の担任教師とつきあっているとは信じられない。しかし、現にこうして目の前でじゃれ合っているのだ。

「杏里は関係ないじゃない。早く服を着せるのよ！」

葉子はともかくとして、なぜ杏里が裸なのか理解できない。身体を隠そうともせずに、気をつけの姿勢を保っている。うつむかせた顔は羞恥に染まっているが、それほど嫌がっているようには見えなかった。

「どうして逃げないの？　杏里っ」

懸命に大声で語りかけるが、杏里はピクリと肩を震わせるだけで視線を向けようともしない。義弟に肩を抱かれたまま、静かに立ちつくしていた。

「杏里義姉さんは、もう僕のモノになったんだ。なにを言っても無駄だよ」

肩にまわされていた和真の手が、ゆっくりと胸もとにさがっていく。そして発展途上のささやかな膨らみを、手のひらで包みこむようにして揉みはじめた。

「ンっ……カ、カズちゃん……」

杏里が初めて口を開いた。その声には媚びるような響きがこめられている。これまで茉莉が聞いたことのないような、女を感じさせる妹の声だった。

和真は指の股で乳首を挟みこむようにして、小ぶりな乳房をねっとりと揉みあげている。指先も微妙に蠢かし、チェリーのような小さな突起を刺激していた。

「あっ……や、それ……」

「義姉さん、乳首が硬くなってきたよ。ほら、こうされるの好きなんだよね」

「はンっ、いや……カズちゃん、恥ずかしい」

それはまぎれもなく発情した女の声だった。あの清純そのものだった妹が、よりによって義弟の愛撫で甘い声をあげている。

「あ、杏里……なにがあったの？」

茉莉は血の気が引いて紙のように白くなった顔で、掠れた声を絞りだす。だが、杏里はなにも答えてくれない。その瞳は焦点を失い、和真の愛撫に完全に酔いしれているようだった。

「今は話しかけても無駄だと思うよ。茉莉義姉さんが寝てる間に、たっぷり可愛がってあげたからね」

「まさか、和真……あなた、杏里のことも……」

自分の予想が間違っていることを祈りながら、義弟に疑問をぶつけていく。しかし、艶めかしく腰を捩らせる杏里を見れば、答えを聞くまでもなかった。

おそらく、なにか弱みを握られているのだろう。脅されて何度も身体を重ねたに違いない。そうして快楽を教えこまれて、杏里は肉体的にも精神的にも支配されてしまったのだ。

「頭のいい義姉さんなら、もうわかったでしょう？」

和真は左右の手で、それぞれ葉子と杏里の乳房を揉みしだきながら、妖しい笑みを向けてくる。裸の女二人に挟まれた義弟が、見ず知らずの野蛮な男に見えて、背筋がゾゾッと寒くなった。

「わからないわ、説明しなさいっ！」

心の奥底に芽生えた恐怖を誤魔化すために、大きな声を張りあげる。茉莉は自分を奮いたたせて眉根を寄せると、義弟のニヤけ顔をにらみつけた。

「僕が杏里義姉さんに命令したんだ。茉莉義姉さんを騙して、葉子先生の部屋に連れてくるようにって。で、葉子先生に睡眠薬入りの紅茶を出してもらったのさ」

和真は得意満面で語りはじめる。

交通事故のことも、すべてが作り話だった。なにもかも、和真が用意したシナリオどおりに進んでいたらしい。法律に強い茉莉が、警察に行かずに乗りこんでくることも計算済みだった。和真は最初から寝室に隠れていたのだ。

「ちなみにこの部屋、完全防音なんだよ。ピアノとかを置けるようになってるんだって。だから、どんなに大声をあげても大丈夫だからね」

見事なまでに、和真の手のひらで踊らされていた。

義弟の冷徹な目が、縄でくびり出された乳房に向けられる。粘着質に絡みつく視線が不快でならない。しかし、両手を背後で拘束されているので、剝きだしの肌を隠すことはできなかった。

「くっ……ヘンなことしたら承知しないわよ」

茉莉は顔面蒼白になりながらも、決して諦めるつもりはない。あくまでも眼光鋭くにらみつけていく。しかし、脱出の手段は思いつかなかった。

「心配しなくても大丈夫だよ。記念の映像を撮影するだけさ」

和真が目配せすると、葉子が小さく頷いてビデオカメラの後ろに移動する。そして、なにやら操作をすると、レンズの上にある赤いランプが点灯した。おそらく撮影中を示すものだろう、つまり茉莉の緊縛姿が録画されているということだ。

「やっ、やめなさい！」

懸命に身を捩るが縄がほどけるはずもなく、身を隠す手段はなにもない。後ろ手に拘束されたうえ、両脚は胡座の姿勢を崩せないのだ。

「その縛り方、〝座禅縛り〟っていうんだ。義姉さんみたいな気の強い女の人にはぴったりでしょ。あとで〝座禅転がし〟っていうのも試してあげるね」

和真は歌うような調子で、楽しげに話している。大人しい義弟の豹変ぶりが不気味で、だんだんと恐ろしく思えてきた。

「どうして、こんなことを……」

喉が異常に渇いて、掠れた声しか出てこない。早く突破口を切り開かないと取り返しのつかないことになってしまう。茉莉は無意識のうちにカメラのレンズから視線をそらし、悔しげに下唇を噛み締めた。

杏里は和真に肩を抱かれており、相変わらず乳房を揉みしだかれている。うつむかせた顔は心なしか上気して、性的に昂ぶっているように見えた。

「杏里とわたしに、なんの恨みがあるのよ」

「義姉さんたちに恨みはないよ。僕が憎んでいるのは、ひとりだけさ」

和真の顔が、ほんの一瞬だけ悲しげに歪んだ。

「誰かに愛されて育った義姉さんたちには、どんなに説明してもわからないよ」

吐き捨てるように言った義弟の口もとは、先ほどまでと同じように妖しい笑みを形作っていた。

(恨みはない？　それなら、どうして……)

なにか心に引っかかるものを感じたが、今は考えこんでいる暇などない。

「杏里っ、わたしを助けなさい！」

妹の目を覚まさせようと怒鳴りつける。しかし、胸を弄られている杏里は、うっとりと瞳を潤ませていた。もう茉莉の声は聞こえていないかもしれない。可愛い妹の心は、完全に義弟の支配下にあるようだった。

「しっかりするのよ、杏里っ」

「茉莉義姉さん、まだわからないのかい？　ここには僕の奴隷しかいないんだよ」

和真は悪魔的な笑みを浮かべると、杏里になにやら耳打ちをした。

杏里は怯えたような視線を茉莉に向けて、いやいやと首を振る。しかし、強く乳首を摘まれると途端に静かになり、結局は涙目でこくりと頷いた。

「さあ、杏里義姉さん。茉莉義姉さんが待ってるよ」

和真にうながされて、杏里がベッドにあがってくる。童顔を悲しみに曇らせて、今にも泣きだしそうに双眸を潤ませていた。

「茉莉姉さん……ごめんなさい」

杏里は消え入りそうな声で謝罪すると、茉莉の足もとで四つん這いになった。

「謝らなくていいから、すぐに縄をほどくのよ！」

活を入れようと叱り飛ばすが、杏里の耳には届かない。ただ、妙に艶めかしい息遣いだけが聞こえていた。

「杏里、あなた、なにを考えてるの？」

茉莉は懸命に首を持ちあげると、足もとにうずくまっている妹を見やった。

全裸に剝かれたうえ、胡座を掻いた状態で縛りあげられているので、すべてが丸見えになっている。恥ずかしい部分を実の妹に間近で見られて、猛烈な羞恥心がこみあげてきた。

「茉莉姉さん、すごく綺麗……」

杏里は薄く膜が張ったような瞳で、茉莉の緊縛された身体を見つめて生唾を呑みこんだ。

「杏里義姉さん、そろそろはじめてよ。葉子先生はしっかり撮ってね」

和真の声で杏里が動いた。

茉莉は胡座を掻いて仰向けになっているため、両足が宙に浮いた状態だ。その足に顔を近づけてきたかと思うと、いきなりつま先にしゃぶりついた。

「ひゃっ……」

突然のことに、思わず裏返った悲鳴が漏れる。慌てて身を捩るが、杏里は足首を掲げ持つようにして足指を口に含んでいた。

「あむっ……はむううっ」

「な、なにを？　ああっ、やめなさい！」

生温かい吐息がつま先を包み、柔らかい舌が這いまわってくる。まずは五本の指を全体的に湿らせると、親指から順番に一本いっぽん丁寧にしゃぶっていく。

まるで清めるように、足指の間にも舌先をヌルヌルと滑らせるのだ。

「ひっ……やっ……杏里っ、ちょっと、ひああっ」

唾液がねっとりとまとわりつき、くすぐったさがこみあげる。尿意がこみあげてきて、たまらず緊縛された裸身をくねらせた。

「むはっ、姉さんの指、美味しい……はンンっ」

杏里は夢中になって足指をねぶりつづけている。反対側のつま先も口に含み、親指から小指に向かって、ネロネロとしゃぶっていった。

「杏里義姉さん、もっと他のところも舐めてあげなよ。前に僕がしてあげたみたいに、茉莉義姉さんを気持ちよくしてあげるんだよ」

和真が命じると、杏里は素直につま先を吐きだした。そして、四つん這いのまま茉莉の乳房に顔を寄せてくる。その瞳はとろんと潤んでおり、平常心を失っているような状態だった。

「いやらしい……おっぱいがこんなになって……」

普段は愛らしい声が、鼻にかかった妖艶な響きになっていた。

縄でくびりだされた乳房に、妹の指が添えられる。上下に縄掛けされた乳房は、妙な疼きを湛えており、軽く触れられただけでもたまらない刺激になってしまう。

「はぁぁンっ、やめるのよ、触らないで」

溜め息とともにつぶやくが、杏里はまったく聞く耳を持たない。柔肉をやさしく揉みしだき、裾野から頂点に向かって爪の先でツーッとなぞりあげるのだ。

「あ……あ……お、怒るわよ」

しかし、妹の指先は乳輪に触れる一歩手前で足踏みをして、ゆっくりと周囲を旋回する。そして一番感じる部分にはタッチすることなく、焦らすように魅惑的な曲線をくだっていく。

「ああンっ……」

思わず安堵と落胆の入り混じった声が漏れて、顔がカッと熱くなった。

杏里は愛撫の手を休めることなく、乳房の裾野に舌を這わせてくる。まるで汗を掬いあげるように、舌先でチロチロとくすぐってきた。

「ンっ……ンンっ……。あ、杏里、いい加減にしなさいっ」

なにを言っても杏里をとめることはできない。左右の乳房をねっとりと舐められて、疼きがじわじわと増大してしまう。

そんな茉莉の苦悶する表情を、和真がさも楽しそうに見おろしていた。

「フフッ、いい顔になってきたね。茉莉義姉さん」

「くっ……和真、こんなこと、絶対に許さないわよっ」

「怒った顔もいいね。やっぱりインテリ眼鏡がポイントになってるよ。全部録画してあるから、あとで鑑賞会を開こうか」

義弟の言葉でカメラの存在を思いだす。屈辱が胸の奥にひろがり、奥歯をギリッと噛み締める。なにしろ、実の妹に嬲られる恥ずかしい姿を撮影されているのだ。

「なにが目的なの？　あなた、なにをしようとしてるのよ！」

茉莉は乳房をねぶられて身を捩りながらも、薄笑いを浮かべる和真を問い詰めた。なんとかして、この狂宴を終わらせなければならなかった。

「目的はふたつ。ひとつは大好きな義姉さんたちを、僕だけの牝奴隷にすること。もうひとつは父さんに……まあ、これは言ってもわからないよ」

和真の心が微かに揺れたような気がする。怒りと悲しみがミックスされたような複雑な感情が、その目に一瞬だけ浮かんですぐに消えていった。

父さんに――。

確かに和真はそう言いかけて言葉を呑みこんだ。

（和真……あなた、もしかして……）

義弟の抱えている劣等感が、スッと胸に流れこんでくる。

父親に冷たくされている和真を、日頃から不憫に思っていた。気に入られようと思って、一所懸命に勉強していたのも知っている。長女の夫が次期社長と目されているのも、和真を傷つけているに違いない。

実際、修三を婿養子に迎えてから、和真の目に暗いモノが宿るようになった。

それはわずかな変化だ。しかし、出来のいい長女と比較されて育った茉莉には、義弟の抑圧された気持ちが少しは理解できた。茉莉も親の期待に応えたいと思い、必死の思いで勉学に励んできたのだ。

(お義父さんに抗議するために、わたしたちのことを?)

こんなことをしても、なにも変わらない。抗議をしたいのなら、真正面からぶつかるべきだ。

和真の顔をにらみつける。薄笑いを浮かべた目の奥には、暗い情念の炎が揺らめいていた。常人の持つ怒りや悲しみとは異なる、激しい心の慟哭だ。茉莉は一瞬気圧されて、全身の皮膚に鳥肌がひろがるのを感じた。

違う……。これは抗議ではなく復讐なのかもしれない。そうだとしたら、和真の暴走をとめる手立てはなかった。

「あぅっ、杏里、待ちなさい……はうンっ」

妹のピンク色の舌先は、乳房の裾から腋の下へと移動していた。腕を後ろにまわされているため、完全に腋を晒しているわけではない。それでも隙間に舌先をねじこんでくるのだ。

「やっ……ちょ、ちょっと……あっ……あっ……」

「ああ、義姉さんの汗の匂い……はンンっ」

杏里はうっとりとつぶやきながら、左右の腋の下をしつこく舐めつづけた。身を捩るようなくすぐったさに駆られ、全身の皮膚がじっとりと汗ばんだ。

「そこはもういいよ。そろそろ仕上げにかかろうか」

和真は杏里を制すると、茉莉の身体をいったん起きあがらせる。ちょうどベッドの上で胡座を掻いている状態だ。

「自分がしてること、本当にわかってるの？　破滅するわよっ」

卑劣な行為に走った和真を絶対に許さない。茉莉はあくまでも強気に振る舞い、義弟のニヤつく顔に鋭い視線を送った。

「さすが茉莉義姉さん。いつまでそんな顔をしてられるか楽しみだね。じゃあ、前に倒すから、眼鏡だけ気をつけてよ」

和真は茉莉の肩を支えるようにしながら、ゆっくりと前方に倒しはじめた。両腕を背後で縛られて、脚は胡座の形で縛られている。必然的に両膝と頭の三点で身体を支える状態になってしまう。むっちりとした肉づきのヒップを、無防備に高く掲げた格好だ。

「くっ……ちょっと、なにするのよ！」

茉莉は顔を横に向けて、頬をシーツに押しつけた。真後ろから見れば、性器と肛門が丸見えになっているはずだった。

「これが〝座禅転がし〟だよ。どう、恥ずかしい？」

「さ、最低っ……女にこんな格好させるなんて、和真、あなた最低よっ」

怒りを露わにして言い放つが、和真の心に届くはずもない。こんな姿をビデオカメラに撮られていると思うと、悔しくてならなかった。

「その最低の僕に、あとでヒイヒイ啼かされることになるんだよ」

「誰が、あなたなんかに……。杏里っ、しっかりしなさい！」

杏里は相変わらず焦点の合わない瞳で、ベッドの端に座りこんでいる。懸命に話しかけるが、やはり正気に戻すことはできなかった。

「杏里義姉さん、可愛がってあげて」

「はい……。茉莉姉さん、杏里が気持ちよくしてあげる」

四つん這いになった杏里が、背後から近づいてくる。そして生温かい息が尾骨にかかり、柔らかい唇がそっと触れてきた。

「あぅっ……ちょ、ちょっと、杏里?」

そのまま舌先で尾骨を舐められて、緊縛された裸体がビクッと跳ねる。身を捩ることすらできず、縛られた両手をきつく握り締めた。

「やめなさいっ、ひっ……杏里っ、なにを考えてるのっ」

必死に叫ぶが、茉莉の声など誰も聞いていない。カメラを操作している葉子も、まったくの無反応で意志が感じられなかった。

戸惑う茉莉を嘲笑うかのように、杏里の愛らしい舌が尻の谷間をじわじわと這いおりていく。このままだと、禁断の窄まり——排泄器官に到達してしまう。無駄な抵抗だと思いつつ、臀部の筋肉に力をこめていた。

「ひゃッ……」

ついに妹の舌先が肛門に到達して声が漏れる。ヌルリという感触とともに、おぞましさが全身へとひろがった。

「ひッ……そ、そこは、ひぃッ」

まともな言葉を発することができない。肛門を他人に触れられるのなど初めての経験だ。しかも、妹の舌が這いまわっていると思うと、さすがに焦りを隠すことはできなかった。

「ま、待ちなさいっ、そこはダメよ、杏里っ」

「ああっ、茉莉姉さんのお尻、はむンっ、気持ちいい？」

杏里はますます興奮した様子で、尻たぶを両手で割り開くようにしながら顔を寄せていた。まずは肛門の皺をなぞるように、唾液で濡れた舌先を中心部から外側に向かって滑らせる。刷毛でそっと掃くような繊細な動きだ。

「ひッ……ひッ……やめるのよ、こんなこと、ひンンッ」

口を開くと声が裏返ってしまう。散々焦らすような愛撫を施されて、全身の感覚が鋭敏になっていた。そんな状態に追いこまれたうえで、未開の領域を変質的に責められている。縄掛けされて身動きがとれず、強烈な汚辱感に襲われていた。

（お尻の穴まで……しかも、杏里に……ああっ、どうしたらいいの？）

気の強いことでは会社内でも一、二を争う茉莉だが、実の妹にアニリングスをされて平常心を保っていることはできなかった。

杏里は舌先を尖らせると、肛門の中心部を小突きはじめる。最初は軽くノックする程度だったが、やがて強くコッコッと叩くような感じになっていた。

「あ、杏里っ、ひンっ、やめなさい」

茉莉の怯えきった声が寝室に虚しく響く。不安が胸の奥にひろがっていた。

杏里は夢中になって肛門を責めたて、和真は妖しい笑みを浮かべながら見おろしている。高校教師の葉子は、ひと言もしゃべることなくビデオカメラで撮影をつづけていた。あまりにも非現実的な光景だった。

「茉莉姉さん……挿れてもいい？」

甘えん坊だった幼い頃のように、杏里が愛らしい声で尋ねてくる。しかし、その声音とは裏腹に、舌先は肛門に強く押し当てられていた。

「ひむむっ、ダ、ダメっ……絶対にダメよ」

座禅転がしに緊縛された茉莉は手も足も出ない。照明器具で必要以上に明るく照らされたダブルベッドの上で、情けない悲鳴をあげるしかなかった。

「挿れたいの、いいでしょ？」

「ま、待ちなさいっ、ひあぁッ、ダメっ、ひッ、ひいいッ」

硬く尖らせた舌先が、肛門の皺を伸ばすように侵入を開始した。途端にこれまで体験したことのない汚辱感がひろがり、むっちりした尻肉がブルブルと震えだす。たまらず背後で縛られた両手を握り締めて、怪鳥のような悲鳴をあげていた。

「ひいッ、やめ……あひいいッ」

さらに杏里は唇をぴったり肛門に密着させると、いきなり強烈に吸引してくるではないか。直腸まで吸いだされるような気がして、全身の毛穴から大量の汗がどっと噴きだした。

「いやっ、吸わないで、ひいッ、杏里、やめてぇっ」

排泄器官を徹底的にねぶりまわされる。茉莉はいつしか屈辱の涙を流しながら、緊縛された裸体をヒクつかせていた。

「実の妹にケツの穴を舐められる気分はどう?」

和真がからかうように声をかけてくる。杏里が施してきた愛撫は、すべて和真が教えこんだものに違いない。つまり、杏里もこの変態的な行為に晒されて、よがり啼かされたということだ。

「ゆ、許さない……和真だけは、絶対に……」

憎悪のこもった瞳でにらみつけると、義弟の目にも黒い炎が揺らめいた。

「いい目だね。僕はそんな勝ち気な茉莉義姉さんが好きなんだ。頼むから簡単に堕ちたりしないでよ」

和真は服を脱ぎ捨てて全裸になると、棍棒のようなペニスを剝きだしにする。腰を振って見せつけてから、慌てることなくベッドにあがってきた。

「なにを……する気？」

シーツに頰を埋めたまま、和真の姿を追っていく。杏里を押しのけて背後に陣取ると、尻たぶを両手で鷲摑みにしてきた。

「決まってるだろ、義姉さん。子供じゃないんだから」

「ま、まさか……本気なの？」

覚悟はしていたが、いざそのときが迫ってくると冷静ではいられなかった。

血は繫がっていなくても弟であることに変わりはない。もう八年間も同じ屋根の下で暮らしている。和真はどう思っているのかわからないが、少なくとも茉莉は本当の弟として接してきた。その和真に犯されようとしているのだ。

「くっ、触らないで……離しなさいっ」

「そんなこと言っても、義姉さんのここ、ぐっしょり濡れてるよ」

股間に視線が這いまわるのを感じる。無防備に晒された女の源泉を観察されて、羞恥と屈辱に心が震えだす。必死に隠していた秘密を暴かれた心境だった。

（ああっ、和真に見られてるなんて……）

下唇を小さく嚙んで、頰を朱色に染めあげる。

じつは杏里に全身をしゃぶられて股間が疼きだしていた。気づかない振りをしてきたが、いつの間にか濡れそぼっていたらしい。

(そんな、このままだと……)

茉莉は口惜しさを嚙み締めながら、愛する人の顔を脳裏に思い浮かべた。

小百合や和真は、茉莉が特定の恋人を作らずに遊んでいると思っているようだ。だが、実際には心に決めた人がいて、近いうち家族に紹介するつもりだった。それなのに、こんな事態に巻きこまれるとは信じられない。

「これ以上は……わたしには……」

結婚しようと思っている人がいる——。

そんなことを言ったところで、和真が翻意するとは思えない。それどころか、ますます面白がって犯すに決まっている。茉莉は喉もとまで出かかっていた懇願を、懸命に呑みこんだ。

「葉子先生、しっかり撮ってよ。杏里義姉さんはちゃんと見ててね。そのほうが、茉莉義姉さんも悦ぶと思うから」

高く掲げたヒップに義弟の指が食いこみ、剝きだしの淫裂に硬いモノが押し当てられる。ヌチャッという湿っぽい音が響き、しとどの蜜で濡れていることを嫌でも実感させられた。

「ひっ、ダ、ダメよ、和真、いい加減にしないと本気で怒るわよ!」

一喝したつもりだが声が震えてしまう。抗うことのできない座禅転がしで、今まさに義弟のペニスが挿入されようとしていた。

「なにを言っても無駄だよ。義姉さんは僕に犯される運命なんだ」

和真がゆっくりと腰を押し進める。巨大な亀頭が大陰唇を巻きこむようにして、ズブズブと沈みこんできた。

「ひいッ、いやっ、やめて、ひいいッ、挿れないでぇっ」

恥も外聞もなく絶叫を迸らせる。黒光りする和真の剛根によって、火傷するような熱さがもたらされた。ついに恐れていた瞬間が訪れたのだ。義弟のペニスを挿入された精神的なダメージは、あまりにも甚大だった。

「濡れてるから、どんどん入ってくよ。ほら、僕のチ×ポが茉莉義姉さんのオマ×コに食べられてるみたいだ」

「ひッ……あッ……ぬ、抜きなさいっ」

背徳感に苛まれながら言い放つ。しかし、和真が言うことを聞くはずもなく、長大なペニスを根元まで穿ちこまれてしまう。

「あううっ……深すぎるわ」

これほど奥まで挿入されたことはない。較べるまでもなく、今まで体験した男たちよりも太くて長い男根だった。

「うぐっ……むぅぅっ……ふ、太い……ううっ」

「僕のは大きいから、奥まで届くんだよ。どう、義姉さん?」

背後から問いかけられるが、返答する余裕はない。茉莉は溢れそうになる嬌声を、奥歯を食い縛ることで懸命にこらえていた。

(こんなの……いやなのに……)

脳裏に浮かんでいた恋人の顔が、凄まじい衝撃に霞んでいく。

屈辱にまみれているが、なぜか媚肉は太幹に絡みついてしまう。まるで歓迎しているように膣襞がざわつくのが恥ずかしい。

「ぬ、抜くのよ……くううっ」

「でも、義姉さんの身体は悦んでるみたいだけど。どんどん吸いこまれてくよ」

確かに和真の言うとおりだった。膣道はペニスを奥に引きこむように、蠕動を繰り返していた。

「カズちゃんの太いのが、茉莉姉さんのなかに……ああ、いやらしい」

杏里のつぶやきが聞こえて、新たな涙が溢れだす。茉莉は恐ろしい現実から目をそむけるように、瞼を強く閉じていった。

## 3

（やったぞ……ついにやったんだ！）

和真は心のなかで快哉を叫んでいた。

無残な座禅転がしにした茉莉を、バックから深々と貫いている。自慢の剛根に絡みついているのは、勝ち気な義姉の媚肉だった。顔を覗きこむと、知的なメタルフレームの眼鏡越しに涙が滲んでいた。

茉莉を犯したことで、ついに三姉妹全員を制覇したのだ。気の強い茉莉をいかにレイプするかが課題だった。

考えた末、まだ調教が完璧ではない小百合から引き離し、葉子のマンションに連れこんだ。この部屋は防音設備が整っているので、どんなに騒がれても声が外に聞こえることはない。朝から晩まで犯し抜き、一気に牝奴隷に堕とす計画だ。

睡眠薬入りの紅茶で[redacted]る間にハンドバッグのなかを調べると、スタンガンとＩＣレコーダーが出てきた。録音機器はあると思ったが、武器を持参していたのは予想外だ。睡眠薬を使って正解だった。

（葉子先生も、こんなところで役にたつとは思わなかったな）

和真はカメラを操作している葉子をちらりと見やる。三姉妹をレイプしたことで、この女の利用価値はなくなった。

一年前、性技を磨くためだけの目的で担任教師に近づいたのだ。成績優秀な和真が進路のことで相談を持ちかければ、親身になって聞いてくれた。真面目を絵に描いたような担任教師を騙すのなど、和真にとっては朝飯前だった。

葉子を相手に童貞を捨てたあとは、女の責め方を徹底的に研究した。結果として葉子は牝奴隷となり、捨てられたくない一心で悪の片棒を担ぐまでになった。

「義弟に犯された気分はどう？　感想を聞かせてほしいな」

根元までずっぷりと挿入して、腰をねちっこく回転させる。すると媚肉は敏感な反応を示し、ヒクヒクと妖しげに蠢いた。

「あうっ、義姉のわたしになんてひどいことを……絶対に許さないわ」

茉莉の悔しげなつぶやきが、鼓膜を心地よく振動させる。

三姉妹が苦しむほどに、父親への復讐心が満たされていく。しかし、まだまだこれくらいでは終わらない。調教が終了して三匹の美しい牝奴隷が完成したとき、本当の意味での復讐がスタートするのだ。

「杏里義姉さんもよく見ておくんだよ。茉莉義姉さんが牝になっていくところを」

隣で呆然と座りこんでいる杏里に声をかける。虚ろな目をした杏里は、小さくこくりと頷いた。

「杏里になにをしたの？　ンンっ……動かないで」

「特別なことはしてないよ。毎晩セックスしてただけさ」

和真は腰の動きを回転から抽送に切り替えながら、義姉の質問に答えていく。結合部からは、ヌチャヌチャと卑猥な音が響き渡っていた。

「ただ、杏里義姉さんはヴァージンだったから、ショックが大きかったみたいだけどね。捧げた、っていうの？　そういう気持ちが強いんじゃないかな」

実際、杏里の調教は順調だった。最初から従順で抵抗らしい抵抗もなく、ここまで堕とすことができた。

「茉莉義姉さんも、すぐに色惚けにしてあげるよ」

尻肉をがっしり摑[redacted]ピードをアップさせると、茉莉の声が淫らな喘ぎに変化する。サーモンピンクの肉ビラが、極太のペニスを咥えこんでいるのが丸見えだ。セピア色の肛門も露呈しており、視覚的にも興奮が増していく。

「くっ……和真……あなた、まさか姉さんにもひどいこと……あふっ」

「するわけないだろう。ひどいことなんて」

「本当ね、姉さんは気が弱いから……あうっ、やめてっ」

茉莉は緊縛されてバックから犯される屈辱にまみれながらも、小百合が無事だと信じて少しだけ安堵したようだ。

(ああ、本当さ。小百合義姉さんが悦ぶことしかしてないよ)

和真は心のなかでつぶやき、思わず漏れそうになる笑いを懸命に噛み殺した。

「おしゃべりの時間は終わりだよ。さあ、義姉さん、カメラの前でたっぷり嬉し泣きさせてあげるからね」

ビデオカメラを確認すると、しっかり赤いランプが灯っている。葉子が物欲しそうな瞳を向けてくるが、和真は気づかない振りを決めこんだ。

腰の動きを大きくして、長大な肉柱をスライドさせる。義姉の蜜壺をずっぽりと貫いては、ズルズルと引き出していく。徐々にスピードをあげると、茉莉の唇から苦痛とも快感ともつかない呻き声が溢れだした。

「ンっ……ンンっ……う、動かないで、ンくぅぅっ」

「義姉さんのなか、温かくてすごく気持ちいいよ」

「ううっ、和真に犯されるなんて……あうっ、ンンンっ」

茉莉は背後で拘束された両手を、悔しげにきつく握り締めている。力が入りすぎて、指先が白くなっていた。

知的でプライドの高い茉莉にとって、座禅転がしは最も屈辱的な体位だ。その高すぎる鼻をへし折るために、最初はこのポーズで犯すことに決めていた。全裸にしたのに眼鏡を取らなかったのも、より大きな屈辱を与えるためだった。

「ンくぅっ、いい加減に……ンっ……ンっ……あぁッ、ふ、太いっ」

懸命にこらえているが、濡れかたは激しくなっていた。カリで掻きだされるようにして、大量の愛蜜が溢れてくる。内腿までぐっしょりになり、卑猥な牝の匂いが寝室に充満していた。

「茉莉義姉さん、やせ我慢しなくてもいいよ。感じてるんでしょう? ほら、膣の奥がドロドロだよ」

腰の動きが自然と速くなる。平静を装っているが、和真自身も義姉を犯す興奮に射精感が高まっていた。茉莉の腕を縛っている縄を摑み、巨根を力強く送りこむ。尻たぶがパンパンッと小気味いい音をたてて、凌辱色が強まっていく。

「ひッ……あうッ、や、やめなさいっ……くうぅッ」

「たっぷり出してあげる。僕といっしょにイクんだよ」

もう遠慮するつもりはなかった。欲望にまかせて腰を振り、勝ち気な義姉の蜜壺を抉りまくる。その負けず嫌いな性格に似て、膣の締まり具合も強烈だ。

「茉莉義姉さんのオマ×コ、すごい……ううっ、なかに出すよ！」

高速ピストンを繰りだし根元まで叩きこんだ瞬間、媚肉に包まれた男根が痙攣して、ザーメンが尿道を走り抜けた。

「ひいいッ、こんなこと、許さないからっ、ひうッ、うくううぅぅぅぅぅぅッ！」

膣の奥深くに射精した衝撃で、茉莉の全身がビクンと跳ねる。懸命に声を押し殺しながらも剛根をギュルギュルと締めつけてきた。

「おおっ、気持ちいいっ、まだまだ出るよ！」

和真は遠慮することなく、まるで放尿のように精液を注ぎこんだ。茉莉が昇りつめたのは明らかで、眼鏡のレンズ越しに見える瞳から悔し涙が溢れていた。

（とりあえずは一発。これで少しは大人しくなるはず）

硬度を保ったままのペニスを引き抜くと、硬直していた茉莉の身体から力が抜けてぐったりとなった。しかし、無断で中出しされたにもかかわらず、抗議をしてくる様子はない。

プライドの高さゆえに、レイプされたショックが大きすぎるのだ。今は敗北感に打ちのめされている。しばらくの間は、反抗する気力など湧かないはずだ。

「杏里義姉さん、ほどいてあげて」

隣で黙りこんでいる杏里に顎で命じる。牝奴隷と化している杏里は、すぐさま茉莉を拘束している縄をほどきはじめた。

「ああ……なかに出すなんて……」

縄から解放された茉莉は、シーツの上にぐったりと横たわり、縄の痕がついた手首を擦っている。逃げだす気力はないらしく、双眸を悲しげに潤ませていた。

「もう降参なの？　茉莉義姉さんらしくないね」

和真はぐったりしている茉莉に覆い被さると、いきなり正常位で挿入する。そして裸の肩に手をまわし、無理やり義姉の上半身を起こして対面座位へと移行した。

「あううっ、いや……もうやめて……」

「なに言ってるのさ。義姉さんのアソコは嬉しそうに締めつけてくるよ」

和真は膝を揺すり、蜜壺を軽く抉っていく。剛根を呑みこんだ女の源泉は、本人の意志とは裏腹にしっかりと反応していた。

「あくっ、抜きなさい……許さないから……ンンっ」

膣襞がざわつき、亀頭にネチネチとまとわりつく。膣口も猛烈に締まり、茎胴を引きちぎりそうなほど締めつけていた。

茉莉の両手は和真の肩にあてがわれているが、押し返してくるわけではない。快楽に流されているのか、それとも諦念が芽生えているのか。いずれにせよ、抗う気力が萎えているのは間違いなかった。

「あっ……や、ンンっ……抜くのよ、和真」

茉莉の抵抗は口先だけで、蜜壺はしとどの蜜で濡らしていた。

「無理しなくてもいいのに。まあ、茉莉義姉さんらしくていいかな」

和真は義姉の裸体を抱き締めると、胸板で乳房を押し潰す。その状態で膝を揺すり、身体を密着させた対面座位を楽しんだ。

(そろそろ次の段階に行っても大丈夫だな)

頃合いを見計らい、ゆっくりと仰向けになる。騎乗位へと移行して、下から茉莉の見事なプロポーションを眺めまわした。

乳房は新鮮な果実のように張りがあり、じつに美味そうに実っている。先端で揺れる乳首は綺麗なピンク色でぷっくりと膨らみ、意外なほど自己主張が激しい。腰は折れそうなほど細く、臀部には脂が乗ってむちむちだ。

「へえ、義姉さんって性格は男勝りだけど、身体はすごく女っぽいんだね」

「いや……見ないで……見たら怒るわよ」

茉莉は頬をほんのりと染めて、恥ずかしげにうつむいている。双眸は虚ろで、両手を和真の腹部にそっと置いていた。

膝をシーツについた状態での騎乗位だ。体重がかかって股間がぴったりと密着するため、剛根は自然と奥深くに到達する。先端が子宮口に当たり、茉莉は苦しげに眉根を寄せていた。

「ああンっ、深い……」

「奥がいいんでしょう？　ほら、腰が動いてるよ」

「ウ、ウソよ……そんなはず……はうンっ」

軽く腰を突きあげてやると、それが呼び水になったように、茉莉は艶めかしく腰を振りはじめる。陰毛同士を擦り合わせて剛根をずっぽり呑みこんだまま、ゆっくりと前後に動かすのだ。

「あっ……あっ……やめて、和真……ああっ」

どうやら無意識のうちに動かしているようだ。自分で腰を振っているのに、和真が突きあげていると思っているらしい。知的な美貌を少し傾けて、やるせない溜め息を漏らしている。眼鏡の向こうに見える瞳は、ねっとりと潤んでいた。

「録画してるんだよ。そんなに腰を振ってもいいの？」

「こ、これは、和真が無理やり……ンあああっ」

茉莉は鼻声で訴えて悩ましく腰を振りたくる。剛根を猛烈に締めつけながら、クリトリスを押し潰すような動きも見せはじめた。

（いいぞ。もう茉莉義姉さんも僕のものだ……）

予想以上の反応だった。葉子と杏里に見られていることで、羞恥心が煽られているのがよかったのかもしれない。和真ひとりでは憤怒と憎悪が強すぎて、性感を煽りたてるのに時間がかかっただろう。

「あンっ……ああンっ……もう……ああっ」

茉莉の性感はきわどいところまで高まっている。このままでいけば、勝手に昇りつめるだろう。しかし、ただ快楽を与えているだけでは、牝奴隷に堕とすことはできない。最後の詰めが必要だった。

「この動画、父さんと義母さんに送っちゃおうかな」

和真はあらかじめ用意していたセリフを囁いた。すると、茉莉の顔が瞬く間にひきつっていく。

「これだけ腰を振って喘いでたら、義姉さんが無理やり犯られてるとは誰も思わないよね。僕が茉莉義姉さんに誘われたって言えば、みんな信じるんじゃないかな」

「そ、そんなことしたら、絶対に許さない、訴えてやるわ……はううっ」

茉莉は強がりながらも裸体をくねらせて、張りのある乳房を揺すっている。和真は下から手を伸ばして、双乳をねっとりと揉みあげた。

「ああンっ、触らないで……あンっ、はああンっ」

すでに全身が性感帯と化しているらしい。乳肉を揉まれただけで、悩ましく眉を歪めて淫らな声を響かせた。

「全部撮ってるんだよ。父さんたちに知られてもいいの？」

「ああっ、こんなの卑怯だわ……」

「僕は家を出ていくだけでいいけど、義姉さんは困るはずだよ。今までいろいろ努力してきたんだよね。小百合義姉さんに負けたくなくて」

騎乗位で腰を振っていた茉莉が言葉を失う。眼鏡のレンズ越しに見える瞳が悲しげに曇るのがわかった。

(フッ……どうやら図星だったみたいだね)

和真は八年前に三姉妹の義弟となってから、ずっと観察してきた。茉莉が人知れず努力してきたこともわかっている。茉莉は両親に認められたい一心で、歯を食い縛って勉学に励んできたのだ。

「言わなくても、もうわかってるよね。もし僕に反抗したら、父さんたちに動画を送って、小百合義姉さんにも同じことをするよ」

「か、和真……あなたって子は……」

茉莉の顔には、はっきりと恐怖が浮かんでいる。心の内面を見透かされて、精神的に追いつめられているのは間違いなかった。

「じゃ、このまま騎乗位でイッちゃおうか」

和真がヒップを叩いてうながすと、茉莉は口惜しげに下唇を噛み締める。だが、逡巡したのは一瞬だけで、諦めたように腰を振りはじめた。

「こんなこと、させるなんて……あっ……あっ……」

「気持ちいいよ。その調子でもっと締めてよ」

和真は偉そうに注文をつけながら、義姉の乳房を揉みしだく。そのボリュームと柔らかさを堪能しつつ、ときおり乳首を摘みあげる。すると女体にビクビクと卑猥な痙攣が走り抜けた。

「やっ、触らないで……ああッ、いや、どうしたらいいの？」

葉子と杏里に見られていることも、羞恥と屈辱を煽りたてているのだろう。茉莉は涙を流して困惑しながら、たまらなそうに裸体をくねらせていた。

「見ないで、ああンっ、いやよ、こんなの……あああッ」

開き直ったように、腰の振り方が激しくなっていく。喘ぎ声も大きくなり、蜜壺は剛根をしゃぶるように締めつけてくる。

「くうっ、すごい……茉莉義姉さん、もう出そうだっ」

「あッ、あッ、ダメ、なかは……ひああッ、もうダメぇっ」

茉莉はクリトリスを押し潰すように腰をしゃくりあげると、背筋を弓なりに反り返らせて絶叫した。

「ひいッ、あひいッ、和真っ、ああッ、出さないで、あひあぁぁぁぁぁぁッ！」

「おおおッ、出るよっ、ぬおおおおッ！」

義姉の下腹部が艶めかしく波打つのを眺めながら、和真は昂ぶりきった性欲を解き放った。

最深部に向けて欲望を注ぎつつ、予想以上の手応えにほくそ笑む。気の強い茉莉に腰を振らせての射精は最高の愉悦だった。男根はいつまでも脈動をつづけて、結合部からブジュッと白濁液が逆流した。

# 第四章　抵抗

## 1

葉子のマンションでレイプされてから十日後――。

茉莉は白いネグリジェに身を包み、自室のベッドに腰掛けている。ネグリジェの丈は膝上なので、むっちりした太腿がなかほどまで露出していた。

ネグリジェに着替えているのに眼鏡をかけているのは、自分を見失わないようにするためだ。キャリアウーマンとして男と肩を並べて働いてきた茉莉にとって、今の状態はあまりにも屈辱的だった。

（このわたしが、どうしてこんなことに……）

いかにも勝ち気そうな切れ長の瞳には怒りが滲んでいるが、以前のような迫力は感じられない。気を張っているつもりでも、諦念がじんわりと漂っていた。

ここ数日の疲れはメイクで隠せないほどだった。先ほど夕飯を食べているときも、小百合が心配そうに顔を覗きこんできた。

「茉莉ちゃん、顔色が悪いわよ。お仕事、がんばりすぎなんじゃないかしら？」

そんなふうに声をかけてくれる姉の目を、まっすぐに見ることができなかった。

（だって、わたし……和真に……）

口惜しさがこみあげて、思わず下唇を噛み締めた。

表面上は普段と変わらない生活を送りながらも、陰では義弟に凌辱される日々を送っている。リビングにいるときは小百合の目を盗んで身体を弄られ、夜になると部屋に押しかけてくるのだ。

連日に渡って明け方まで凌辱され、すっかり寝不足になっている。和真は夏休みなので昼間寝ているようだが、茉莉はそういうわけにいかない。気力で仕事をこなすのも、そろそろ限界だった。

しかし、凌辱のビデオを握られている以上、手も足も出ない。両親に見られて幻滅されるのが恐ろしかった。それに杏里のことも心配だ。気が弱い妹を、どうすれば救いだせるのか……。

そのとき、ドアが音もなく開き、和真が部屋に入ってきた。

Tシャツに短パンという、いつものラフな室内着だ。昼間は好青年ぶっている顔に、性欲剝きだしの下卑た笑みを貼りつけていた。

「義姉さん、今夜も楽しもうか」

和真は後ろ手にドアを閉めて、ゆっくりとベッドに歩み寄ってくる。そして、茉莉の顔から眼鏡を取りあげた。

「あ……」

「レンズが割れたら危ないからね。昨日は失神しかけてたし」

抗議する間もなく、眼鏡はサイドテーブルに置かれてしまった。途端に心細さがこみあげる。たかが眼鏡だが、茉莉はプライドの鎧を引き剝がされたような錯覚に陥っていた。

しかし、当然のことながら、和真は眼鏡のことなどまったく気にしていない。いつものように軽い調子で話しかけてくる。

「言いつけどおり、下着はつけてないみたいだね」

「これで……満足でしょ……」

茉莉は視線を向けることなく、ベッドに腰掛けたまま身を硬くしていた。

ネグリジェの薄い布地に、乳房の丸みが透けている。柔らかそうなラインはもちろんのこと、頂点に鎮座する乳首もはっきりと浮きでていた。

股間には黒々とした陰毛が茂っている。布地越しに丸見えになっているが、両手はシーツの上に置いていた。もし隠したりすれば、また理由をつけて嬲られるに決まっている。こちらからネタを提供するつもりはなかった。

昨夜は命令を破って下着をつけていた。その罰として一睡もさせてもらえず、あの黒光りする巨根で犯されまくった。気がついたときは朝食の時間で、小百合が部屋のドアをノックしたときも、対面座位で腰を振り合っていたのだ。

「暗い顔してどうしたの？　僕のこと待ってたんだよね」

和真は隣に腰掛けて、なれなれしく肩を抱いてくる。その顔には自信満々の微笑が浮かんでいた。

「触らないで……」

強気につぶやくが、手を振り払ったりはしない。義弟に逆らえないだけではなく、睡眠不足で明らかに体力が削られていた。それに騒ぎを起こせば、小百合に気づかれる可能性がある。姉まで巻きこむわけにはいかなかった。

「後ろから犯してあげる。四つん這いになりなよ」

和真がセックスフレンドに告げるような調子で囁いてくる。茉莉は反発心を覚えながらも、ベッドの上で獣のポーズをとった。

手のひらから肘までをシーツにつき、ヒップを高く掲げる。パンティを穿いていないので、双臀は完全に透けているはずだ。しかもネグリジェの丈が短く、臀裂が半分ほど覗いていた。

(また、後ろからされるのね……)

羞恥とともに屈辱がこみあげてくる。服を脱ぎ捨てた和真がベッドにあがり、背後に陣取るのがわかった。ネグリジェの裾が捲りあげられ、臀丘が剝きだしになる。二十六歳の脂が乗ってきたヒップを、義弟の目の前に晒しているのだ。

「フフッ、勝ち気な茉莉義姉さんにはお似合いの格好だね」

粘着質な視線が這いまわるのを感じる。左右の尻たぶに手のひらをあてがわれ、割り開くようにして女の源泉を覗きこまれた。

「触ってもないのに濡れてるよ。やっぱり期待してたんだね」

「くっ……」

睡眠時間を削って凌辱の嵐に晒されているせいか、卑猥な妄想が頭から離れなくなっている。しかも、ここ数日は和真の姿を見かけるだけで股間を濡らしていた。悔しくてならないが、自分の意志ではどうにもならなかった。

「これなら話は早いね。さっそく味見させてもらおうかな」

すっかり潤っている花びらに、膨張しきった亀頭が押しつけられる。二度三度と縦溝をなぞり、妖しい期待感を無理やり煽られてしまう。気持ちを落ち着かせようと息を吐きだしたとき、おもむろにズブズブと沈みこんできた。

「はあっ……ンンンっ」

思わずシーツを握り締めて、顎をクンッと跳ねあげる。黒髪のショートが微かに揺れて、甘いリンスがふわりと香った。

「おおっ、この締まり具合。茉莉義姉さんのオマ×コはやっぱり最高だね」

義弟のはしゃぐ声が屈辱感を煽りたてる。しかし、蜜壺は意志を裏切って確実に反応し、剛根を奥へ引きこむように蠕動をはじめていた。その激しい濡れ具合を証明するように、太幹はスムーズに女穴のなかに呑みこまれていく。

「あふぅうっ……」

根元まで押しこまれた瞬間、思わず艶めかしい吐息が溢れだした。亀頭の先端が子宮口に到達し、早くもたまらない疼きを生じさせるのだ。

(わたし、また和真に……ああ、義弟に犯されてる……)

疲労が蓄積しているせいだろうか。絶望感が目の前をちらつき、被虐的な愉悦が膨らみはじめる。膣奥でクチュッと新たな華蜜が分泌されるのがわかった。

「弟のチ×ポで犯されるのって最高だろ、義姉さん」

和真が背中に覆い被さり、耳もとでねっとりと囁いてくる。耳孔に熱い息を吹きこまれ、耳朶に舌を這わされた。

「あンンっ、いや……やめて」

思わず首を竦めるが、嫌悪感だけではなくゾクッとするような妖しい感覚に身震いする。うなじの産毛が逆立ち、腰に小刻みな痙攣が走り抜けた。

いよいよ本格的なピストンがはじまる。そう思って身構えたとき、枕元に置いてあった携帯電話がバイブの振動とともに着信音を響かせた。

(あ……この着信音……)

どす黒い快楽に流されそうになっていた茉莉はハッと我に返った。

この着信音を設定しているのはひとりだけ。よりによって、こんなときに電話をかけてくるなんて……。

「義姉さん、出ていいよ」

やり過ごそうと思ったのだが、和真が楽しそうに声をかけてくる。すかさず首を左右に振って拒絶すると、和真は肩越しに手を伸ばして携帯電話を奪い取った。

「この〝謙吾さん〟っていうの誰？　もしかして、彼氏？」

画面に表示された名前を見て詰問してくる。思わず答えに詰まると、和真は納得したように含み笑いを漏らした。

「へえ、茉莉義姉さんにも、ちゃんとした恋人がいたんだ」

「ち……違うわ……」

慌てて誤魔化そうとするが手遅れだ。バックから突きこまれている肉棒が、おぞましい凌辱劇を予感させるようにひとまわり大きく膨張した。

「あうっ……や、やだ、膨らんできたわ」

「話すんだ。勝手に切ったりしたらビデオを父さんに見せるよ」

和真は得意の脅し文句を囁き、通話ボタンを押してしまう。そして、茉莉の左手に無理やり携帯電話を押しつけてきた。

(ああ、どうしたらいいの？)

逡巡しながらもシーツに肘をついて、携帯を耳に押し当てる。すると、はきはきしたよく通る声が聞こえてきた。

『もしもし、僕だよ』

その声の主は、恋人の大石謙吾に間違いなかった。

茉莉と同じ日本サイバー社に勤務しており、営業畑一筋でがんばっている。二つ年上の二十八歳で、学生時代はラグビーに打ちこんできたという体育会系だ。真面目で一途なところが彼の取り柄だった。

以前、毎晩違う男の車で送ってもらっていることを指摘されたが、あれはすべてただの同僚にすぎない。そもそも男性社員に勝る仕事をこなすのに必死で、遊んでいる余裕などまったくなかった。

『もしもし、茉莉さん？』

謙吾が再び呼びかけてくる。それでも茉莉が黙りこんでいると、背後から和真が腰を突きあげてきた。

「あうっ……」

思わず小さな声が漏れてしまう。慌てて下唇を噛み締めるが、その声は謙吾にもしっかり聞こえてしまった。

『あれ、茉莉さん？』

これ以上沈黙がつづくと逆に怪しまれてしまう。茉莉は意を決して口を開いた。

「も、もしもし……」

『ああ、よかった。やっと繋がった。なんか聞こえにくくて』

どうやら電波の状態が悪いと思いこんでいるようだ。謙吾はいつもの調子で明るく話しかけてくる。声が大きく滑舌がはっきりしているので、背後で聞き耳を立てている和真にも届いているだろう。

『まだ起きてたよね？　いや、別に用事はないんだけど、ちょっと声が聞きたくなってさ』

和真の毒牙にかかってからというもの、彼に合わせる顔がなくて避けていた。距離を置かれていることを悟って、こうして電話をかけてきたのかもしれない。

『少し話しても大丈夫かな？』

「え、ええ……もちろんよ」

涙腺がゆるみそうになるのを懸命にこらえ、平静を装って言葉を返していく。

（謙吾さん、ごめんなさい……わたしは……）

彼のやさしげな声を聞いていると、申し訳ない気持ちが湧きあがってくる。しかし、現実はあまりにも残酷だった。

「フフッ、この謙吾って人、まさか茉莉義姉さんがセックスしてる最中とは思わないだろうね」

和真が反対側の耳に囁きかけてくる。そして、信じられないことに、剛根をゆっくりと動かしはじめた。

「ン……」

危ないところで声をこらえるが、媚肉は敏感に反応している。膣襞は逞しい肉柱に絡みつき、激しい突きこみを期待してしまう。

(どうしてこんなに大きいの？　ダメ……ダメよ……)

いけないと思っても、肉体は義弟のペニスにすっかり慣らされていた。謙吾のモノより、はるかに太くて長い肉柱で貫かれている。そう思うと背徳的な快感が、まるで麻薬のように全身へと伝播していく。

「うぅっ……」

ゆるゆると腰を使われて、またしても声が漏れそうになる。早く電話を切りたいが、謙吾はようやく本題に入るつもりのようだった。

『ところでさ、今度の日曜日、ご家族に僕を紹介してくれるんだろう？』

「そ、それは……」

じつは、先日プロポーズされて茉莉も受け入れていた。そこで気難しい義父に紹介する前に、まずは予行演習を兼ねて小百合と杏里に会わせようと思っていたのだ。

「じつは……わたし、体調が悪くて……」

義弟と関係を持ってしまった以上、もう謙吾と結婚する資格はない。だが、別れたいとは言いだせず、曖昧に言葉を濁そうとする。そのとき、再び和真が耳もとで囁きかけてきた。

「来いって言うんだ」

いつになく強い口調だ。それは命令に他ならない。言うとおりにしなければ、凌辱ビデオを両親に見せて、小百合のこともレイプするという脅しだった。

『茉莉さん、体調が悪いのかい？』

謙吾が少しトーンを落とした声で尋ねてくる。日曜日の予定よりも茉莉の体調を気遣うやさしい性格だった。

そんな人のいい彼を騙すことなどできない。茉莉が言い淀んでいると、和真がいきなり抽送速度をあげはじめた。結合部から卑猥な水音が響き渡り、謙吾に聞こえてしまうのではないかと気が気でない。

「くっ……ンっ……ンンっ」

喘ぎ声をこらえながら振り返ると、義弟の目には憎悪にも似た強烈な光が宿っていた。もしかしたら、謙吾の存在が気に食わないのかもしれない。

いずれにせよ、従わなければ罰として、さらに酷い目に遭わされるのは確実だ。そのときは、小百合や謙吾にまで危害が加えられる可能性もある。

『茉莉さんの具合がよくなってから、あらためて――』

「だ、大丈夫っ……ンっ……はンンっ」

激しく媚肉を抉られながら、懸命に謙吾の声を遮った。

『え？　でも体調悪そうだよ』

「に、日曜日なら、治ってるわ……だから、ンンっ、予定どおり……」

義弟のピストンは激しさを増していく一方だ。茉莉はこらえきれない呻きを漏らしていたが、謙吾は完全に誤解しており体調を気にかけてくれた。

『とりあえず寝たほうがいいね。じゃ、日曜日に。楽しみにしてるよ。おやすみ』

ようやく電話が切れた瞬間、茉莉はたまらず腰をくねらせて、恨みっぽい瞳を背後に向けていった。

「ンあっ、和真、ひどいじゃない……あふっ、電話中に……」

「ひどいのは義姉さんのほうだろ。僕に内緒で男を作ってたなんて」

和真は不機嫌そうにつぶやき、ネグリジェの上から乳房を鷲摑みにする。そして乱暴に揉みしだきながら、腰を激しく打ちつけてきた。

「ひッ……あッ……あッ……つ、強すぎ……ああッ」

「電話を切っても安心しちゃダメだよ。義姉さんたちに声が聞こえてもいいの？」

そう忠告しつつ、勢いよく剛根を穿ちこんでくる。皮肉にも恋人と電話をしながら犯されたことで、蜜壺はお漏らしをしたように濡れそぼっていた。

（いやなのに、こんなの……謙吾さん、本当よ……）

心のなかで愛する彼に呼びかける。しかし、華蜜の飛び散るピチャピチャという音を聞いていると、途端に〝愛〟という言葉が陳腐に思えてしまう。

「いやっ、ウソよ、そんな……ああッ、和真、もうやめてっ」

「オマ×コはもっとしてって言ってるよ。ほら、いやらしい音が聞こえるだろ？」

和真は鬱憤を晴らすように腰を打ちつけて、巨大な亀頭で子宮口をこれでもかと叩きまくる。茉莉は感じやすい己の肉体を呪いながら、急速に迫りくるオルガスムスの高波に怯えていた。

「あッ、あッ、やめて、お願い、和真っ、今はいやぁっ」

「なに言ってるんだ。今夜も朝まで寝かさないよ」

昨夜も犯されつづけて一睡もしていない。昼間は普通に仕事をして、疲れが蓄積している。二晩連続でセックス漬けにされたら、本当に頭がおかしくなってしまうかもしれない。

絶望感が膨らむほどに、破滅的な愉悦が大きく膨らんでいく。

「やっ、許して、あッ、ああッ、許してっ」

バックから激しく犯されて、首を左右に振りたくる。ショートカットを乱しながら、いつしか涙を流していた。

「くっ、まずは一発目だ……ぬおおおおッ！」

和真が低く唸り、膣奥で射精を開始する。ただでさえ大きい亀頭がさらに膨張したかと思うと、間歇泉のようにビュクビュクッと精液が迸った。

「あひいいッ、ダ、ダメっ、なかは、い、いいっ、ひぐうううううぅッ！」

懸命に奥歯を食い縛り、声を押し殺しながら昇りつめる。シーツを握り締めて、高く掲げたヒップに激しい痙攣を走らせた。

（わたし、イッてる……義弟に犯されてるのに、イカされてる……）

恋人を裏切っているという思いが強いせいか、背徳的なオルガスムスはいつにも増して強烈だった。

剛根が引き抜かれて、がっくりとシーツに崩れ落ちる。アクメの余韻で四肢の先までビリビリと痺れていた。

「さあ、茉莉義姉さん、ネグリジェを脱いで全裸になろうか」

和真の冷徹な声が降り注ぐ。その暗く濁った目は、残忍な光を湛えていた。

本当に朝まで犯しつづけるつもりなのかもしれない。茉莉は戦慄を覚えて肩を竦めながらも、気怠い身体を起こしてネグリジェを脱ぎ捨てた。

## 2

日曜日——。

藤原家は朝から重苦しい雰囲気に包まれていた。

三姉妹はそれぞれの思いを胸に秘めたまま、客人を迎える準備をしている。愛梨はおっぱいを飲んで満腹になり、ベビーベッドで寝息をたてていた。

小百合は料理の支度で忙しく、杏里はその手伝いをしている。家事の苦手な茉莉も、今日ばかりは部屋の掃除に余念がなかった。

「義姉さん、おはよう」

ひとり遅れてリビングに現われた和真は、全員に聞こえるように声をかけた。

「おはよう……カズちゃん」

最初に答えたのは、調教がほぼ完了している杏里だ。

キッチンのなかから、どこか焦点の定まらない瞳を向けてくる。すると、杏里の隣に立っている小百合が、消え入りそうな声でつぶやいた。

「カ、カズくん……まだ寝ていてもよかったのに……」

視線がぶつかると、怯えたようにそらしていく。小百合の調教もここまで順調に進んでいる。完堕ちするのも時間の問題だろう。

「大事な日なのに、いつまでものんびり寝てられないよ。ねえ、茉莉義姉さん」

硬い表情でテーブルを拭いている茉莉に、わざと話を振ってみる。

意識してこちらを見ないようにしているが、警戒しているのは明らかだ。殺気にも似た憤怒が全身から漂っていた。

「和真、よくもぬけぬけと……」

茉莉はキッチンを気にして歩み寄ってくると、和真にだけ聞こえるように小声で囁きかけてくる。小百合がすでにレイプされていることを知らないのだ。巻きこみたくないと考えているので、それも弱みになっていた。

「邪魔をするつもりはないよ。大石謙吾っていう人が、茉莉義姉さんに相応しい人なのか知りたいだけさ。義姉さんたちには幸せになってほしいからね」

和真も小声で返していく。

小百合にも真実は伝えていない。まさか茉莉が犯されているとは、夢にも思っていないだろう。つまり、すべてを知っているのは和真と杏里の二人だけだった。

「余計なお世話よ。結婚相手は自分で決めるわ」

強がっているが瞳は泳いでいる。毎晩念入りに行っている調教が、じわじわと効果を発揮しているのは間違いない。男勝りに気が強い茉莉も、すでに激しく抵抗することはなくなっていた。

「義姉さんたちの愛が本物なら耐えられるはずだよ。そのときは結婚すればいい」

和真は鷹揚に頷くと、壁に掛けられている時計を見やった。

「そろそろ時間だね。着替えてきたほうがいいんじゃない？」

そのひと言で、怒りを露わにしていた茉莉の顔が悔しげに歪んだ。そして瞬く間に不安がひろがっていく。

「まさか、本気で……」

「ほら、早くしなよ」

どすの利いた低い声で茉莉の抗議を遮り、うながすように顎をしゃくる。すると茉莉は下唇をキュッと嚙み、なにか言いたそうにしながらも踵を返した。

「義姉さんたちも、そろそろ準備をしてね」

念のためキッチンに向かって声をかけておく。小百合と杏里は肩を竦めて、怯えたような瞳で頷いた。


「やあ、お姉さんですね。こんにちは」

大石謙吾はリビングに入ってくるなり、満面の笑みで挨拶をした。

百八十センチを超える長身で、がっしりと胸板が厚い。今でも社会人チームでラグビーをつづけていると聞いて納得の体型だった。太めの眉がきりりとした、快活で明るいラガーマンだ。

「長女の小百合です。妹がお世話になっております」

「杏里です。茉莉姉さん……姉のこと、よろしくお願いします」

二人とも大胆なキャミソール姿だった。小百合は淡いブルーで杏里はピンク。パンティがぎりぎり隠れる丈で、スリッパも履かずに素足を晒している。しかもノーブラで、キャミソールの胸もとに双つのポッチが浮いていた。

客を迎えるには露出の多すぎる服装だ。しかし、小百合と杏里が丁寧に頭をさげると、謙吾は一瞬戸惑った様子だったが、すぐに気を取り直して「ハハハッ」と白い歯を見せて笑った。

「こちらこそ、よろしくお願いします。小百合さんに杏里ちゃん」

紺色の背広に赤いネクタイが少々野暮ったいが、どうやら人は悪くないようだ。ケーキの箱を差しだし、人懐っこそうな笑みを浮かべていた。

「キミは和真くんだね。よろしく」

謙吾は大きな声で和真にも挨拶をしてくる。

ひとりだけ血が繋がっていないことを聞かされているのか、それとも男同士の親近感なのか、とくに親しげな視線を向けてきた。

「はい、こんにちは！　和真です」

和真は優等生の仮面を被って、元気に挨拶を返す。義姉の幸せを願う、心やさしい少年を演出したつもりだ。

「茉莉さん、すばらしいご家族だね」

謙吾は満足したように頷き、背後に立つ茉莉に視線を向けた。

「え、ええ……」

茉莉はひきつった笑みを浮かべている。両手で抱えている薔薇の花束は、玄関で謙吾を迎えたときに渡されたのだろう。大抵の女性が喜ぶプレゼントだが、茉莉の表情は妙に硬かった。

原因が服装にあるのは間違いない。

茉莉は姉妹たちとお揃いの黒いキャミソールに加えて、黒のガーターストッキングを身に着けていた。

セクシーな服装にもかかわらず、メタルフレームの眼鏡をかけているのが逆に卑猥な雰囲気を増幅させている。普段の冷静沈着で知的なキャリアウーマンのイメージからは想像がつかない姿だった。

「今日はなんていうか、すごく色っぽいね。茉莉さんの新たな魅力を発見したっていうか……。惚れ直したよ」

平静を装っていた謙吾だが、恋人の姿には動揺を隠せない。場を取り繕うような褒め言葉も、どことなく歯切れが悪かった。

「いろいろ迷ったのだけれど……ちょっと、大胆だったかしら」

茉莉は頬を赤らめると、ショートカットを揺らしてうつむいた。謙吾の視線を感じることで、羞恥心が激しく刺激されているらしい。

(よく似合ってるよ、義姉さん)

和真は心のなかでつぶやいてほくそ笑んだ。

もちろん、すべては和真が命じたことだった。事前にネット通販で購入したキャミソールを三姉妹にそれぞれ渡しておいた。

お互いがレイプされていると知らない小百合と茉莉は、お揃いのキャミソールにさぞ戸惑っていることだろう。

(でも、面白くなるのはこれからだよ)

和真は三姉妹の顔を順番に見つめて、唇の端をニヤリと吊りあげた。


茉莉と謙吾が向かい合ってテーブルにつく。そして、和真は茉莉の隣に、小百合と杏里は謙吾の両側に座った。

この席順も事前に和真が考えて、義姉たちに伝えておいた。すべては、これからはじまる楽しいイベントのためだった。

テーブルの上には煮魚や肉じゃが、具だくさんの味噌汁、自家製の漬け物など、ごくありふれた料理ばかりが並んでいる。ひとり暮らしをしている謙吾のリクエストで、あえて手作り感のある家庭料理を用意したのだ。

「美味しそうですね。田舎の食卓を思いだします」

コンビニ弁当が多いという謙吾は、目を輝かせて料理を見渡している。腕を振るった小百合は、緊張しながらも懸命に笑顔を浮かべていた。

「たくさん作りましたから、おかわりしてくださいね」

「では、遠慮なくいただきます」

謙吾はスポーツマンらしく、美味そうに料理を平らげていく。体の大きさに比例して、食欲は豪快そのものだった。

和真も箸を動かすが、義姉たちはあまり食欲がないようだ。三人とも表情をこわばらせて、会話もまったく弾まない。次女の婚約者を迎えているというのに、まるで通夜のような雰囲気だ。

(いいぞ。予定どおりだ)

茉莉を結婚させるつもりなど毛頭ない。謙吾を両親に会わせる前に、二人を破局させる計画だ。三姉妹を牝奴隷に堕とし、死ぬまで飼いつづけるつもりだった。

「みんな静かだね。緊張してるの？」

和真はこみあげてくる笑いを嚙み殺し、気を遣っている振りをして口を開いた。

「小百合義姉さんの煮魚は美味しいね。この肉じゃがは杏里義姉さんの味だね。大石さん、義姉さんたちの料理はどうですか？」

「最高だよ。和真くんは毎日こんなご馳走を食べてるのか。羨ましいな」

謙吾の顔にほっとしたような色がひろがる。場を盛りあげようとする少年に同調して、うんうんと何度もおおげさに頷いた。

(フッ……馬鹿な男だな。やっぱり茉莉義姉さんとは釣り合わないよ)

和真は作り笑顔の下で毒づき、隣に座っている茉莉に視線を送った。お遊びの時間はここまでだ。そろそろ本題に入ってもいいだろう。

「茉莉義姉さんは、大石さんになにか作ってあげたりしないの?」

「わたしは、料理はあまり——あっ!」

茉莉がいきなり大きな声をあげて、身体をビクッと震わせた。ノーブラなのでキャミソールの胸が激しく揺れる。自然と全員の視線が茉莉に集まった。

「義姉さん、どうしたの?」

何食わぬ顔で問いかける。しかし、和真の右手は茉莉の太腿に乗せられていた。

(さあ、どうする? 茉莉義姉さん)

テーブルの陰になっているので、向こう側に座っている三人からは死角になっている。婚約者の前で悪戯して、精神的に追いつめるつもりだった。

ガーターストッキングとキャミソールの間の、肌が露出した部分を撫でまわす。

さらには、むっちりした肉づきを楽しもうと強く握り締めた。

「ンぅっ……」

茉莉はチラリと視線を向けてくるが、目が合うとすぐに正面を見据える。微かに眉根を寄せはしたものの、なんとか平静を保っていた。和真との禁断の関係を、よほど謙吾に知られたくないらしい。

「茉莉さん、どうかしたのかい？」

正面に座っている謙吾が、心配そうに声をかけてくる。まさか和真が悪戯しているとは、夢にも思っていないだろう。

「い、いえ……なんでもないわ」

茉莉は額に汗を浮かべながら、何事もないように答えた。

どうやら、このまま誤魔化しつづけるつもりらしい。和真にとっては、思い描いたとおりの理想的な展開だった。

内腿の間に手のひらを滑りこませると、パンティの張りついた股間へ指を這わせていく。茉莉は身体を硬くするだけで、激しく抵抗することはない。内腿の付け根のきわどい部分を指先でくすぐると、微かに艶めかしい溜め息が溢れだした。

「ンっ……はぁっ」

「茉莉義姉さん、なんか言った？」

「な、なにも……言ってないわ」

横顔はうっすらと桜色に染まり、知的な眼鏡の下の双眸は潤みはじめている。早くも性感が蕩けだしているようだった。

「小百合義姉さん、杏里義姉さん、デザートはなにかな？」

あらかじめ決めていた〝デザート〟という単語に、小百合と杏里が反応する。二人は視線を交わし合うと、少しだけ謙吾に身を寄せた。

「杏里ちゃん……デザートの準備を……」

「はい、小百合姉さん……食後は……アレ、ですね」

「デザートもあるんですか？　嬉しいな。料理もじつに美味しかったです。今度はぜひ茉莉さんの手料理を——うっ」

饒舌だった謙吾が急に黙りこむ。がっしりした肩を微かに震わせて、なにやら落ち着かない様子だ。両隣に座る小百合と杏里の顔をちらちらと交互に見やり、怪訝そうに首を傾げた。

「あ……あの……これは、いったい……」

「大石さん、なにか気になることでも？」

すかさず和真が声をかける。すると、謙吾はひきつった笑みを浮かべて「なんでもないよ」とつぶやいた。

(なんでもないって？　義姉さんたちにチ×ポを弄られてるクセに)

テーブルの下で、小百合と杏里がスラックスの股間に手を伸ばしているはずだ。もちろん和真の命令で、食事が終わるまでに射精させることになっていた。

謙吾は明らかに動揺しながらも、誤魔化すように咳払いなどをしている。そんな行動が逆に不自然なのだが、本人はバレていないと思っているらしい。

「あの、お姉さんと杏里ちゃんは……その、食べないんですか？」

「わたしたちは結構ですから、じっくり味わってくださいね」

「何度でも……おかわりできますよ」

小百合と杏里が、頬を赤らめながら答えている。謙吾は困ったように頷き、茉莉に助けを求めるような視線を送った。

「茉莉さん、その……なんか緊張しますね」

声が微かに震えている。すでにテーブルの下では、男根が剝きだしになっているのかもしれない。小百合と杏里の二人がかりでねっとりと手コキをされて、数分後には射精に導かれる運命だった。

茉莉と謙吾は、お互いが悪戯されていることを知らない。相手に知られたくないが故に、強く抵抗することができなかった。

「ンンっ……」

パンティの股間に指を押しつけると、茉莉の唇から小さな声が溢れだす。こらえようとしているが、開発が進んでいる身体は敏感な反応を示していた。

(ほうら、もう湿ってきた。感じてるんだね)

こわばっている横顔に、心のなかで語りかける。正面の謙吾に視線を向けると、やはり苦しげに顔をこわばらせて鼻息を荒くしていた。

「うっ……お、お姉さん、僕は……茉莉さんを幸せにしたいんです」

手で扱かれているというのに、謙吾は図々しくもまだ茉莉と結婚するつもりでいるらしい。夢を見るのは構わないが、和真は絶対に許すつもりなどなかった。

「茉莉義姉さんはどうなの？　幸せになれると思う？」

話しかけながら、パンティの股布の脇から指を潜りこませる。そして湿った割れ目を弄り、愛蜜を指先に絡みつかせた。

「か、和真……ンっ……」

「僕は茉莉義姉さんの幸せを願ってるんだ。心からね」

言い終わると同時に、中指をゆっくりと埋没させていく。

「ンくぅっ……や……ンンっ」

茉莉はがっくりとうつむいた。もう謙吾のことなど見ていなかった。

正面に座る謙吾も目を強く閉じ、手コキの快楽に歯を食い縛っていた。

「茉莉義姉さんの本心が聞きたいな。どう思ってるの？」

中指を根元まで押しこむと、キャミソールに包まれた身体に痙攣が走り抜ける。耳まで真っ赤に染めて、首を小さく左右に振りたくった。

「ンっ、ンっ……ンくぅぅぅぅっ」

懸命に声を押し殺しているが、軽い絶頂に達したのは明らかだ。顔面を真っ赤にしている謙吾も、ほぼ同時に筋肉質の体を震わせた。

(フフフッ。思っていたよりも、二人の相性いいみたいだね)

和真は満足げに微笑み、小百合と杏里に目配せを送った。二人はどう返したらいいのかわからない様子で、おどおどと視線をそらす。と、そのとき、頬を赤らめていた茉莉がいきなり立ちあがった。

「わ……わたし……失礼します」

婚約者の前で昇りつめたことがよほどショックだったのだろう。そのままリビングから出ていってしまった。

(義姉さん、勝手な行動は許さないよ)

和真は苦笑いを浮かべると、呆れたように溜め息をついた。

3

茉莉はリビングから逃げだして廊下を走った。

和真には警戒していたが、まさか婚約者の前で悪戯されるとは予想外だ。挙げ句の果てに絶頂へ追いやられて動揺していた。いくらなんでも、こんな酷い目に遭わされるとは思いもしなかった。

(あんまりだわ……もう、謙吾さんの顔を見ていられない……)

彼を騙しているような気がして、自己嫌悪に陥ってしまう。とにかく、今は合わせる顔がない。二階の自室に逃げこもうと階段を昇りかけたとき、追ってきた和真に二の腕を摑まれた。

「あっ……は、離しなさい」

謙吾に聞かれてしまうので、大きな声は出せなかった。せめて手を振り払おうとするが、義弟の腕力は思いのほか強い。痣ができそうなほどの握力で、逆に強く摑まれてしまう。

「くっ……痛い」

「まったく、まだ自分の立場がわかってないみたいだね」

口調は普段どおりだが、有無を言わせぬ迫力が感じられる。そのまま強引に腕を引かれて、廊下の先にあるトイレに連れこまれた。

「ど、どういうつもり？　許さないわよ」

摑まれていた二の腕を擦りながらにらみつける。もちろん、そんなことをしても和真が怯むはずもないが、されるがままになるのはプライドが許さなかった。

「今度あんなことしたら承知しないから」

「それなら、さっき言えばよかったのに。義姉さん、我慢しながらイッてたよね？」

声は懸命にこらえたが、絶頂に達したことは誤魔化せなかったらしい。ニヤつく顔で指摘されて、茉莉は悔しさに視線をそらした。

「いっそのこと、婚約者に全部教えてあげれば？　なんなら僕の秘蔵コレクション動画を見せてあげてもいいよ」

義弟の言葉で、ビデオに撮られたおぞましい過去がよみがえる。

数日前の出来事がはるか遠い昔のように感じられるのは、その後も数え切れないほど犯されたからだろう。何度も精液を注ぎこまれて、身体を根本から作り替えられたように感度がアップしていた。

初めて襲われたのは、和真の担任教師のマンションだった。レイプされているのに気づくと腰を振っていた。そして、ついには義弟の巨大なペニスを締めつけて、背徳的なオルガスムスを貪ったのだ。

「ああ、いやっ……」

茉莉は思わず頭を抱えて、激しく左右に振りたてた。

レイプされているのに感じてしまったあの屈辱的な動画を、婚約者に見せるわけにはいかない。今さら結婚できるとは思わないが、愛する人に穢れた真実を知られたくなかった。

「父さんと義母さんにも送ってあげようか？　ネットにアップしてもいいね」

和真の脅し文句で、茉莉は観念してがっくりとうつむいた。動画を握られている以上、どんなに強がったところで無駄な抵抗だった。

「なにをすればいいのよ」

怒りを滲ませながら、ぶっきらぼうに言い放つ。

なにか卑猥なことを要求されるのはわかりきっている。勢いでリビングを飛びだしてしまったが、早く戻らないと怪しまれてしまう。謙吾が捜しにきて、和真といっしょにトイレに入っているところを見られたりしたら……。

「早く言いなさい。なんでもするからっ」

どうせ拒めないのなら、一秒でも早く終わらせたい。そんな思いから、挑戦的な瞳で和真をにらみつけた。

「じゃあ、まずはストリップをしてもらおうかな」

茉莉は屈辱を噛み締めながら、キャミソールの肩紐をずらして狭いトイレの床に落としていく。ブラジャーはつけていないので、黒のガーターストッキングとパンティだけのセクシーすぎる格好になった。

羞恥がこみあげるが躊躇している時間はない。さらにパンティもおろして、ストッキングのつま先から抜き取った。

「そこまででいいよ。手は気をつけの姿勢で、絶対に隠したらダメだよ」

「くっ……」

羞恥と屈辱が湧きあがり、奥歯を強く食い縛る。自ら服を脱ぐたびに、少しずつプライドが削り取られていくような気がした。

「義姉さんは頭のよさそうな顔をしてるのに、身体はすごくエッチだよね」

和真の揶揄する言葉に、思わず顔をそむける。

身に着けているのは眼鏡とガーターストッキングのみで、なめらかな曲線を描く乳房も小判型に生えそろった陰毛も、義弟の視線に晒されていた。

「ガーターは初めて？　大石さんが見たら卒倒しちゃうかもね」

和真は無駄口を叩くばかりで、なかなか次の指示を出そうとしない。わざと焦らして楽しんでいるようなところがある。ここで反応するのは負けを認めるようで悔しいが、とにかくのんびりしていられなかった。

「早く終わらせて……」

「そんなに慌てないでよ。それとも興奮してきたのかな？」

和真は相変わらず指一本触れてこようとしない。茉莉は苛立ちを隠せず、眉間に縦皺を刻みこんでいた。

「戻らないと彼が不審がるわ」

「義姉さんが言われたとおりにできれば、すぐに終わるよ」

謙吾のことを口にした途端、和真はあからさまに不機嫌になる。そして服を脱ぎ捨てて全裸になると、茉莉を押しのけて蓋をした便座に腰掛けた。

「早く終わらせたいなら、どうすればいいのかわかるだろう？」

股間の逸物は天を突く勢いで屹立している。先端からは透明な汁が溢れて、亀頭をしっとりと濡らしていた。

「まさか……ここで？」

小百合が綺麗に掃除をしているが、それでもトイレでするのは抵抗がある。躊躇していると、和真が意地の悪い目で見つめてきた。

「対面座位だよ。義姉さんも嫌いじゃないはずだけどな」

「ふ、ふざけないでっ……嫌いよ」

間髪入れずに吐き捨てるが、にらみ合いをつづけても意味はない。

茉莉は仕方なく義弟の膝をまたぎ、屹立の根元を右手の指先で摘んだ。恥裂にあてがっただけで、「あンっ」と小さな声が溢れて赤面する。一瞬動きがとまると、すかさず和真がヒップをパシッと平手打ちした。

「ひッ……」

「ほら、ぐずぐずしないでよ。早くやりたいって言ったのは義姉さんだろ」

「そんなこと言ってない……ンンっ」

小声で抗議しながら、ゆっくりと腰を落としていく。巨大な亀頭の先端が膣口に嵌りこむと、なかから愛汁がトロリと流れだした。

「あふっ……やだ、どうして？」

いやらしい蜜が分泌されていたことに動揺する。嫌で仕方がないのに、なぜ濡れてしまうのだろう。視線が刺激になったのか、それとも亀頭が触れただけで急激に昂ぶったのか。いずれにせよ、茉莉にとってはショックな事実だった。

「僕がイクまで終わらないから、そのつもりでがんばってよ」

和真の言葉にうながされて、さらに膝を折り曲げる。亀頭は膣口をひろげるようにしながら埋没し、大きく張りだしたカリが膣壁に食いこんだ。

「はううっ……苦しい……」

いつもの強烈な圧迫感に襲われる。何度受け入れても、媚肉が馴染むまでは、苦痛でしかない。しかし、やがて苦しさから解放されると、今度は別の意味での〝地獄〟が待っていた。

もう剛直の根元を支えている必要はない。和真の肩に両手を置き、熱っぽい溜め息を漏らしながら股間を密着させた。

「ンンンっ……」

「全部入ったね。じゃあ、好きに腰を振ってもらおうかな」

和真はくびれた腰に手を添えるだけで、まったく動こうとしない。あえて自分からはなにもしないことで、茉莉に屈辱を味わわせるつもりだろう。

(でも、するしか……ないから……)

すでに息が詰まりそうな圧迫感は薄れて、しっとりと潤った媚肉が逞しい男根に絡みついていた。

茉莉は下唇を噛み締めると、屈辱のなかで腰を揺すりはじめる。最初は前後にゆっくりと動かし、膣道と剛根を馴染ませていく。砲身全体に華蜜が行き渡る頃には、いつしか肉に一体感が生まれていた。

「いい感じだよ。義姉さん」

「はあンっ……わたしに、こんなことさせるなんて……」

眼鏡のレンズ越しに、恨みっぽい瞳で義弟を見つめる。

熱い肉柱の感触に股間が戦慄き、華蜜がとめどなく溢れだしていた。妖しい疼きが下腹部から全身にひろがり、頭の芯がジーンと痺れてくる。最初に感じていた憤怒は薄れて、妙な高揚感が湧きあがっていた。

「早く、終わって……ンっ……ンンっ」

眉間に悩ましい縦皺を刻みながら、ゆったりと腰をまわしはじめる。

とにかく、和真を一刻も早く射精に導かなければならない。徐々に回転半径を大きくして、できるだけ強い刺激を送りこもうとする。だが、義弟は涼しい顔で、茉莉の顔を見つめていた。

「大石さん、どうしてるかな。そろそろ捜しに来るかもしれないね」

このままでは本当に見つかってしまうかもしれない。謙吾とは破局するしか道はないが、できれば秘密を知られず綺麗に別れたかった。

「あンっ、どうしたらいいの?」

「義姉さんが気持ちいいように動けば、僕も早く射精できるかもしれないよ」

和真の言っていることが正しいとは限らない。しかし、今はその言葉に縋るしかなかった。

茉莉は回転運動を継続しながら、膣肉を強く締めつける。括約筋に力をこめて、剛根をギュウギュウと絞りあげていく。すると膣壁への摩擦感が増し、蕩けるような快美感が沸き起こった。

「こ、これで……どう? はンンっ」

「おっ、締まってきたね。でも、これくらいじゃ、まだまだ射精できないな」

「そんな……これ以上したら……」

茉莉は眉を顰めると、意を決したように腰の動きを激しくする。和真を射精に追いこむためには、自分も感じるしかなかった。

「あっ……ンっ……やっぱり……ンンっ、太すぎるわ」

長大なペニスを根元まで呑みこんだまま、肉芽を押し潰すように陰毛同士を擦りつける。和真の肩に両手の爪を立てて、たわわに実った乳房を揺すりあげた。

(わたし、すごくいやらしいことしてる……謙吾さんが近くにいるのに……)

ふいに悲しみがこみあげてくるが、すぐに妖しい愉悦に掻き消される。悲壮感も罪悪感も、なぜか悪魔的な快楽にすり替わってしまう。彼に申し訳ないと思うほど、股間の濡れかたが激しくなっていた。

(こんなに悪い女だったなんて……謙吾さん、許して……)

茉莉は涙目になって小さく首を振りながらも、剛根を強く締めつけていった。

腰をしゃくりあげるたびに勃起したクリトリスが刺激されて、まるで感電したような快美感が走り抜ける。さらに大胆に腰をくねらせることで、鋭角的なカリを膣壁に食いこませていた。

「くううっ、なかが擦れて……あっ……あっ……」

「僕のは大きいから気持ちいいでしょ。大石さんのはどうなの？」

茉莉が返答に窮すると、和真の唇に勝ち誇ったような笑みが浮かぶ。途端に敗北感がこみあげて、思わずプイッと視線をそらしていた。

もちろん、男の価値が男根の大きさで決まるとは思っていない。それでも謙吾が負けたと思うと、悔しさと情けなさが絡み合って心を埋めつくす。

（謙吾さんは悪くない……和真が大きすぎるから……）

その差はあまりにも明白だった。ラガーマンの謙吾は筋骨隆々としているが、ペニスのサイズは〝並〟でしかない。しかし、和真はスマートな体型ながら、まるで馬のように凄まじい巨根の持ち主だった。

義弟の逞しさをあらためて実感した途端、勝手に蜜壺が収縮する。長大なペニスを咀嚼するように、蜜を湛えた媚肉が激しく蠕動していた。

「ンあぁっ、ダ、ダメ……もう……」

たまらず和真の首に両手をまわし、乳房を胸板に擦りつける。すると尖り勃った乳首が擦れて、乳房全体がジーンと熱くなっていく。全身の皮膚が火照って感度がアップし、気づいたときには汗だくになっていた。

「ずいぶん感じてきたみたいだね」

和真が楽しそうにつぶやき、一回だけ腰を突きあげてくる。その瞬間、子宮口が強く圧迫されて、強烈な快美感が背筋を走り抜けた。

「ひああっ、痺れる……あああっ」

それをきっかけに、自然と腰が上下に動きはじめる。茉莉は義弟の首にしがみついたまま膝を屈伸させて、特大の剛根をヌプヌプとねぶりあげた。

「あっ……あっ……こんなのって……」

「いやらしいね、義姉さん。やっぱりピストンが好きなんだ」

どんなにからかわれても腰の動きをとめられない。引き抜くときにカリで膣壁を擦られて、押しこむときに子宮口をノックされる感覚がたまらなかった。

「ダメ……ダメなのに……義弟なのに……」

「義姉さん、すごく気持ちいいよ。義姉さんは？」

「き、気持ちよくなんて……あッ……ああッ」

口ではどんなに否定しても、肉体は確実に反応している。決して認めるわけにはいかない。しかし、内心は激しすぎる快感に戸惑っていた。

（いやなのに……どうして、こんなに感じてしまうの？）

意志を裏切り、腰の動きは激しさを増していく。感じる場所に当たるようにピストンして、お漏らししたように愛蜜を垂れ流す。喘ぎ声は大きくなり、義弟の頭を狂おしく掻き抱いた。

「イキそうなんだね。いいんだよ、イッても」

和真が首筋から胸もとにかけてキスの雨を降らせてくる。ゾクゾクするような感覚がひろがり、ついには目尻から涙が溢れだした。

「ああッ、そんな、わたしだけ……あうッ、ダメっ、あううッ」

恐れていた快楽地獄に迷いこみ、絶頂のことばかりを考えてしまう。便座の上での対面座位で、義弟の剛根によがり狂わされる。しかも、リビングには婚約者がいるというのに、自ら腰を振りたくっているのだ。

「ひッ……あッ……ああッ……も、もう……」

異常なシチュエーションが、茉莉のプライドを打ち砕き性感を狂わせた。いきなり蜜壺がキュウッと収縮して、凄まじいまでの快感が突き抜ける。和真は涼しい顔をしているのに、茉莉はひとりでアクメの階段を昇っていく。

「もうダメっ、ひッ、あひッ、和真っ、ああッ、やっ、ひあああぁぁぁぁぁッ！」

ガーターストッキングの下肢をブルブルと震わせながら、一気に快楽の頂点に達してしまう。和真を射精させるために腰を振ったにもかかわらず、自分だけがよがり啼きを迸らせていた。

（いやよ……わたしだけなんて……そんな……）

茉莉は目もとを赤く染めあげて、弱々しく首を左右に打ち振った。屈辱と羞恥が胸を支配し、敗北感に打ちのめされていた。

「僕がイクまで終わらないって言ったよね」

和真は耳もとで囁くと、茉莉のヒップに両手をまわして、抱えるようにしながら立ちあがった。

「あひぃッ……」

絶頂の余韻で朦朧としていた茉莉は、身体が宙に浮いたことで慌てて義弟の首にしがみついた。

「しっかり摑まってないと振り落とされるよ」

「な、なに？　あううっ、刺さってくる……うううっ」

すらりとした下肢も巻きつけて、腰の後ろでしっかりと足首を組み合わせる。射精していない男根は深く挿入されたままで、過敏になった膣壁をこれでもかと擦りあげていた。

「くうっ……やめて、おろしてっ」

全体重が股間にかかることで、子宮口が突き破られそうな圧迫感に襲われる。内臓ごと押しあげられるような錯覚に陥り、たまらず髪を振り乱した。

「こんなのいやっ、ううっ、いやぁっ」

「駅弁ファックは初めてだったね。外に出ようか」

茉莉の声を完全に無視すると、和真は信じられないことにトイレのドアを開けてしまう。そして女体を抱えた状態で、廊下に足を踏みだした。

「あうっ……ちょ、ちょっと、なにを……」

「フフッ。どこに行くと思う？」

和真が歩を進めるたびに身体が揺れて、剛根がズンズンと穿ちこまれる。途端に暴力的な快感が膨らみ、思わず喘ぎ混じりの呻き声をあげていた。

「うくっ……ンううっ……ね、ねえ、まさか……」

嫌な予感がひろがるが、真下から串刺しにされて抗えない。和真は駅弁ファックのまま廊下を歩き、どんどんリビングに近づいていく。

「みんなが待ってるよ。小百合義姉さんに杏里義姉さん、それに大石さんもね」

「ウソでしょ？　そんなことしたら、うぐっ、和真、あなたもお終いなのよっ」

慌てて説得を試みるが、和真は薄笑いを浮かべて歩を進める。悪事が発覚することなど、まったく恐れていないようだ。それどころか、茉莉の恐怖に駆られた表情を楽しんでいる節すらあった。

(本気なの？　そんな、謙吾さんの前では……)

絶体絶命の状況にもかかわらず、剛根を咥えこんだ蜜壺は快感に戦慄いている。茉莉はそんな自分の身体が信じられなかった。

たっぷりと時間をかけて、ようやくリビングのドアの前に到着する。

散々突かれまくった蜜壺は、異常なほどに収縮していた。心とは裏腹に身体が反応してしまうことが、悔しくてならなかった。

「すごく締まってるよ。義姉さんも興奮してるんだね」

和真の手がドアのレバーにかかる。このドアが開くと、すべてを謙吾に知られてしまう。茉莉は顔面蒼白になり、唇を情けないほど震わせた。

「ま、待ちなさいっ、和真っ」

「さあ、見てもらおうよ。茉莉義姉さんの本当の姿を！」

「お願いっ、やめてぇっ！」

必死の懇願も虚しく、ついにリビングのドアが開けられてしまう。

茉莉は眼鏡の下で双眸を強く閉じ、恥辱の涙を溢れさせた。恥ずかしい姿を婚約者に見られる絶望感で、今にも気を失ってしまいそうだ。

目を閉じて現実から目をそむけていても、和真が歩いているのは伝わってくる。リビングのなかに入り、テーブルに近づいているようだった。

(ああっ……謙吾さん、見ないで……)

罵声を覚悟して、義弟にしがみついたまま肩を竦ませる。しかし、いつまで経っても謙吾の声は聞こえてこない。妙な静けさだけが漂っていた。

恐るおそる震える睫毛を開いていく。涙で霞んだ視界に映ったのは、綺麗に片づけられたテーブルに伏せている謙吾の姿だった。

「け……謙吾さん?」

駅弁ファックで貫かれたまま、怪訝そうに眉根を寄せる。どういうわけか、謙吾は微動だにしない。頬を天板に押しつけて、両手を無造作に投げだしていた。

彼の両側には、なぜか全裸の小百合と杏里が座っている。二人とも頬をリンゴのように赤らめて、申し訳なさそうにうつむいているのが気にかかった。

「なに……これ……どういうこと?」

「眠ってるだけだよ。小百合義姉さんが、あいつの食事に睡眠薬を混ぜたんだ」

和真は抱えあげた茉莉のヒップをテーブルの端におろしながら、事もなげに種明かしをはじめた。

「茉莉義姉さんには言ってなかったけど、小百合義姉さんも僕の奴隷だから。って言っても、まだ調教中だけどね」

剛根は深く挿入したまま、茉莉の身体がテーブルの上に仰向けにされる。ちょうど顔の位置が、突っ伏している謙吾の目の前になってしまう。

「ああ、いや……。そんな、姉さんまで……調教って……」

突然のことに驚きを隠せない。茉莉は頬をひきつらせて小百合の顔を凝視した。

「茉莉ちゃん……黙ってて、ごめんなさい」

しっかり者だが気の弱い小百合のことだ。なにか弱みを握られて、和真の言いなりになっていたに違いない。

茉莉としては、姉を守るために凌辱を受け入れていた側面もある。それなのに、小百合はとうの昔に犯されていたのだ。

(わたし……今まで、なにを……)

茉莉は全身から力が抜けていくのを感じていた。

「対面は済んだね。じゃあ、小百合義姉さんと杏里義姉さんはつづけてよ」

和真が声をかけると、小百合と杏里が眠っている謙吾に身を寄せる。そして、なにやらテーブルの下で、忙しなく手を動かしはじめた。

「ちょっと、なにをしてるの？」

不安になって声をかけるが、二人とも黙りこんで答えない。ただ妙に艶っぽい鼻息を漏らしている。淫らな空気を感じて、気持ちばかりが焦ってしまう。

「姉さんっ、杏里っ、お願い、なにか言ってっ」

「そいつのチ×ポはどうなの？　感想を聞かせてよ」

和真がニヤつきながら尋ねると、ようやく二人はうつむいたまま口を開いた。

「硬くなってるわ。眠ってるのに……」

「でも、カズちゃんのほうがずっと大きいの」

耳を疑うような言葉が返ってくる。茉莉は義弟のペニスを埋めこまれた状態で、思わず首を左右に振っていた。

「ウ、ウソ……ウソでしょ……ウソって言って！」

「手コキしてるんだよ。食事をしてるときからずっとね。あ、ちなみに茉莉義姉さんが僕の指でイクのと同時に、あいつも射精したんだよ」

和真は恐ろしい事実を告げながら、力強く腰を打ちこんでくる。異常なシチュエーションに興奮しているのか、ただでさえ巨大な男根がさらに大きくなっていた。

「ひぃッ、やっ、動かないで、ああッ」

「義姉さんのなか、ドロドロになってるよ」

「いやっ、こんなの、あうッ、やめてっ、あああッ」

テーブルの上に仰向けにされての正常位だ。しかも、すぐそこに婚約者が眠っており、姉と妹の手で男根を扱かれている。気が狂いそうな状況のなかで膣粘膜は敏感に反応し、義弟のペニスにしっかりと絡みついていた。

「すごいね。そんなに気持ちいいの？」

「あッ……あッ……気持ちよくなんて、ンああッ」

ガーターストッキングの脚が宙で揺れる。恥ずかしさのあまり顔をそむけると、意識のない謙吾の姿が視界に入った。微かに体が揺れているのは、左右から小百合と杏里に手コキをされているからだろう。

（謙吾さん……こんなことになるなんて……もう、お終いね……）

そっと手を伸ばして、投げだされている彼の腕に触れてみる。途端に眼鏡の下で瞳が潤み、こらえきれない涙が溢れだした。

「もういや……ああンっ、もうやめて……」

どんなに懇願しても、和真は腰の動きをゆるめない。それどころか、ねじりこむようにして剛根を穿ちこみ、膣粘膜を猛烈に擦りあげてくる。

「ひッ……あッ……あッ……ダ、ダメっ、強すぎ……ひあぁッ」

「茉莉義姉さん、そろそろ出してあげるよ。濃いのをたっぷりとね」

和真が死刑宣告のようにつぶやくと、小百合と杏里も手コキのスピードをアップさせた。眠っている謙吾も眉間に皺を刻み、心持ち呼吸が荒くなっていく。

「やめて、謙吾さんは……ひぃぃッ」

「人の心配してる場合じゃないよ。ほら、もうイキそうなんでしょ?」

まるで掘削機のように剛根を叩きこまれて、凄まじいまでの快感が急激に押し寄せてくる。すべてを破壊するような絶望感が、破滅的なアクメを連れてくるのだ。

「あッ、あッ、ダメっ、もうダメっ、おかしくなるぅっ」

「くうっ、茉莉義姉さんっ、出すよっ、なかに……ぬおおおッ!」

ついに和真が剛根を膣奥に埋めこんで、野性的な咆哮を響かせる。灼熱の粘液をドバドバと放出して、膣粘膜を容赦なく灼きつくしていく。

「ひぃぃッ、なかはやめてっ、ひあッ、熱いっ、ひッ、ひッ、ひあああッ!」

茉莉はテーブルの上で裸体をのけ反らすと、幼子のように涙を流して腰を激しく痙攣させた。婚約者の寝顔を見つめながら逞しすぎる義弟の剛根を締めつけて、この世の物とは思えないエクスタシーに悶え狂った。

その直後、小百合と杏里に手コキされていた謙吾が、眠ったままワイシャツの肩を微かに震わせた。

（イッたのね……謙吾さんも……）

茉莉のなかで、なにかが音をたてて崩れ去った。虚ろな瞳で婚約者の無様な姿を見届けると、胸のうちで「さようなら」とつぶやいた。

突然、赤子の泣き声がリビングに響き渡る。ベビーベッドで眠っていた愛梨が、あまりの騒がしさに目を覚ましたらしい。

すぐに小百合が立ちあがり、娘の元に駆け寄っていく。杏里は呆然と椅子に座ったまま、手のひらにべったりと付着した白濁液を見つめていた。

（こんなことが、現実に起こるなんて……地獄だわ……）

もう抵抗する気力は完全に削がれてしまった。

ぐったりして息を荒らげる茉莉の耳に、和真の声が聞こえてくる。

「まだ終わりじゃないよ。朝まで可愛がってあげるからね」

茉莉はまたもや絶望感に襲われながら、挿入されたままの義弟の男根を甘く締めつけていた。

# 第五章　肛辱

## 1

「茉莉ちゃん、気をつけてね」

小百合が声をかけても、茉莉は振り返らずに玄関を出ていった。

昨日のことを思いだすと胸が苦しくなる。和真に命じられたこととはいえ、妹の婚約者に悪戯してしまった。どうして強く拒絶しなかったのかと、後悔の念ばかりが湧きあがってくる。

夜になって目を覚ました謙吾は、恐縮した様子で帰っていった。

眠る前に小百合と杏里に手コキされたことは覚えているが、目の前で茉莉が犯されていたことは記憶にないようだ。茉莉は懸命に平静を装っていたが、謙吾の姿が見えなくなると泣き崩れた。いずれにせよ破局はまぬがれないだろう。

明日は母親が帰ってくる予定だ。しかし、藤原家の様相は一変している。気の弱い母親が和真の裏の顔を知ったら、きっと卒倒してしまうだろう。長女としてなんとかしなければと思うが、義弟の暴走を止める手立ては思いつかなかった。

「小百合義姉さん、昨日はお疲れさま」

出勤する茉莉を見送ってリビングに戻ると、和真が声をかけてきた。その腕には愛梨が抱かれている。邪気のないつぶらな瞳で、和真の顔を見あげていた。

「あ、愛梨ちゃん……」

小百合の瞳が瞬く間に潤みだす。呼びかける声は情けないほどに震えていた。

先ほどまで黙りこくって朝食を摂っていた杏里は、すでに自分の部屋に戻っているのか姿が見えなかった。

「愛梨ちゃんは可愛いね。ずっと元気でいてもらいたいよ」

和真は愛梨をあやしながら、不敵な笑みを浮かべている。彼が悪意を持って行動したとき、幼い命は簡単に絶たれてしまうだろう。

「娘を返して……お願い、カズくん……」

頬をひきつらせて懇願するが、和真は愛梨を抱いたまま隣の和室に入っていく。

そして、ついてこいとばかりに顎をしゃくるのだ。

「そんなに怖がらないでよ。なにもしないよ。義姉さんが僕の言うことを聞いているうちはね」

小百合は仕方なく、和真につづいて和室に足を踏み入れた。

「まずは布団を敷いてもらおうかな」

逆らえるはずもなく、押し入れから布団を出して敷いていく。真新しいシーツをかけながら、これから行われることを想像して心臓がドクンと音をたてた。

(今からここで……カズくんに……)

自分が嬲られる寝床を用意するのは、死刑囚が首を括る縄の準備をするようなものだ。小百合は震える指先でシーツの皺を伸ばしていった。

「服を脱いで。全部だよ」

和真の冷徹な声が聞こえてくる。口答えを許さない雰囲気が漂っていた。

小百合は娘の記憶に残らないことを祈りながらスカートのファスナーをおろし、白いシャツを脱いでいく。ブラジャーとパンティも取り去って全裸になり、両手で乳房と股間を覆い隠した。

熟れた肉体は匂いたつようで、嫌でも牡の気を惹いてしまう。和真の目は爛々と輝き、柔肌をねっとりと見つめてくる。寒気がするが逃げることもできず、義弟に視姦されるしかなかった。

「やっぱり小百合義姉さんの身体はいやらしいね。おっぱいもお尻も大きくて、ムチムチしてるところがたまらないよ」

「ああ、いやよ……カズくん、そんなに見ないで……」

義弟に裸体を品評される羞恥に、小百合は悩ましく腰をくねらせた。

「フフッ、恥ずかしいの？　本当にすごく綺麗だよ」

「やめて……からかわないで……」

「じゃあさ、愛梨ちゃんにおっぱいをあげてみてよ」

いきなり愛梨を差し出されて、小百合は驚きながらも腕に抱く。人質にとられていた娘が返ってきた。それでも心は萎縮したままで、義弟に反発しようなどとは思いもしなかった。

「あ、愛梨ちゃん……お腹空いた？」

義弟の視線を気にしつつ、愛梨の口を乳房に寄せてみる。すると小さな唇がすぐに乳首を探り当てて、チュッと吸いついてきた。

「あンっ……」

娘が夢中になっておっぱいをしゃぶる姿を見おろして、庇護欲と同時に性欲が疼きはじめる。目もとがうっすらと赤らみ、自然と熱っぽい溜め息が漏れた。

その間に和真が服を脱いで全裸になり、布団の上で仰向けになる。股間の逸物は力なく垂れさがっているが、それでも夫の修三よりもはるかに太くて長い。芯を通すと、この肉塊はさらに逞しく成長するのだ。

「カズくん……愛梨ちゃんは別の部屋に……」

小百合は消え入りそうな声でつぶやいた。

抱かれることは覚悟している。すでに何度も犯されて、数え切れないほど絶頂に追いあげられていた。今さら拒絶できるとは思っていないが、娘の前で犯されるのだけは耐え難かった。しかし、和真は恐ろしい言葉をかけてきた。

「お尻の穴でしようよ」

「……え？」

「お尻の穴で繋がるんだ。アナルセックスだよ」

肛門に男性器を挿入するなど考えられない。義弟の尽きない欲望を感じ、小百合は頬の筋肉をひきつらせた。

「ウ、ウソよね？　お尻だなんて……そんなの、ウソよね？」

祈るような気持ちで問いかけるが、和真の返事はつれなかった。

「いきなりは無理だろうから、まずは僕がたっぷり舐めて、ほぐしてあげるよ。僕の顔をまたいでくれるかな。愛梨ちゃんは抱いたままでいいから」

いったん言いだすと後に引かないのはわかっている。下手に拒絶して機嫌を損ねたら、もっと酷いことをされるかもしれない。

「お願い……目を閉じていて……」

小百合は今にも泣きだしそうになりながら、仰向けになっている義弟の顔をまたいで立った。和真の目には股間が丸見えになっているはずだ。それでも抗えず、和式便器に腰をおろすようにゆっくりとしゃがんでいく。

「見えてきた見えてきた。小百合義姉さんのオマ×コとアナルが丸見えだ」

「ああっ、いやよ、カズくん、お願いだから見ないで」

真下を見おろすと、見あげている義弟と視線がぶつかった。羞恥のあまり立ちあがろうとするが、太腿を抱えこんでがっしり摑まれてしまう。

「ほぐしておかないと、お尻の穴が裂けちゃうよ」

和真の生温かい息が尻の谷間に吹きかかる。おぞましさに身震いしたその直後、肛門にヌルリと気色悪い感触が走り抜けた。

「ひゃッ……」

思わず裏返った悲鳴が漏れる。和真が禁断の窄まりを舐めあげたのだ。

「僕が柔らかくしてあげるから安心して」

「ひッ、ダメ、舐めないで、お尻なんて、ひぃぃッ」

あまりのおぞましさに身を捩る。排泄器官に舌を這わされるなど信じられない。しかも和真は嬉々とした表情で、唇をぴったりと密着させてきた。

「あひぃッ、む、無理よ、もうやめてぇっ」

とてもではないがじっとしていられない。たまらず拒絶の声を放つと、愛梨が驚いたように口を乳首から離した。

「あ、愛梨ちゃん、ごめんなさいね。はい、おっぱいですよ……ひううッ」

娘が再び乳首にしゃぶりつくのと同時に、和真の舌が肛門内に入りこんだ。硬く尖らせた舌先が、皺を伸ばすようにしながら菊門を強引に押し開いてくる。強烈な汚辱感が突き抜けて、むっちりした尻たぶに痙攣が走り抜けた。

「ひッ……ひッ……い、いや、カズくんの舌が……ひむぅぅッ」

和真は舌先を器用に使い、硬い窄まりを丹念に舐めまわす。小百合は涙を流しながらも、愛梨を驚かせないよう、懸命に声をこらえていた。

唾液をたっぷり塗りこめられたうえで舌をピストンされると、おぞましさのなかに妖しい快美感が見え隠れする。顔面騎乗でのアニリングスで、小百合の性感は知らずしらずのうちに蕩けはじめていた。

「むはぁっ……だいぶほぐれたんじゃないかな」

「ハァ……ハァ……もう……許して……」

和真がようやく肛門から口を離すが、未知の感覚に晒された小百合は息も絶えだえだった。

「チ×ポもビンビンになったし、そろそろはじめようか」

本気でアナルセックスをするつもりらしい。和真は凄絶な笑みを浮かべて語りかけてくる。そして顔面騎乗から騎乗位の体勢へと、強引に移動させられた。

「僕がチ×ポの位置を調整してあげる。義姉さんは腰を落とすだけでいいよ」

和真はペニスの根元を摘み、亀頭の先端を唾液で濡れそぼった肛門に押し当ててくる。軽く触れられただけで、恐怖と汚辱感から尻肉がプルプルと震えだした。

「こ、こんな恐ろしいことさせるなんて、あんまりよ……」

小百合はひとしきり涙を流すと、肩にかかるふんわりとした髪を揺すりながら腰を落としはじめる。

「ひっ……ううっ、無理よ……うくぅっ」

「大丈夫、入るから。そのまま、まっすぐ降りてきて」

和真の言葉に従って、膝から徐々に力を抜いていく。愛梨を抱いているので、どこかに手をついて支えることはできない。結果として体重は、肛門と亀頭の接点に集中してしまう。

「ひぐッ……あっ……は、入って……ひむむっ」

プツッという感触とともに、放射状の窄まりが押し開かれる。急速に肛門が拡張されて、小百合は思わず双眸を大きく見開いた。

「ひッ、裂けちゃうっ……ひッ……ひぃッ」

中断して立ちあがりたくても、もう脚に力が入らない。なぜか愛梨に吸われている乳首が敏感になり、いつしか硬く勃起していた。

「もうダメ、はうっ、許して……うくううっ」

「ゆっくりだよ。もうちょっとで入るから……ううっ、きつい」

和真も苦しげな呻きを漏らしている。と、その直後、ズルリと亀頭が入りこみ、猛烈な圧迫感が排泄器官にひろがった。

「うあっ、苦し……カズくん、助けて……うむむっ」

ついに義弟の剛根を、後ろの穴に受け入れてしまったのだ。意外なことに亀頭さえ呑みこんでしまえば、痛みはそれほどでもない。ただ、全身の毛穴からは大量の汗が噴きだしていた。

（そんな、お尻の穴でなんて……）

肉体的な苦痛はもちろんだが、精神的なショックが大きかった。どうして強く拒まなかったのだろう。ふいに夫の顔が脳裏に浮かび、大粒の涙が溢れだす。出張から帰国したとき、どんな顔で会えばいいのかわからなかった。

「やった。アナルで繋がったよ。僕のチ×ポが、義姉さんのお尻に入ってるんだよ」

和真が興奮気味に声をあげている。その一方で、拡張された肛門はジクジクするような疼きを湛えていた。

「や……いや……もう許して……」

小百合は悪夢を振り払うように首を振る。しかし、鋭角的に張りだしたカリが敏感な粘膜に食いこみ、排泄器官の異物感はさらに膨らんでいた。

「ひううっ……ひろがっちゃう」

「早く終わりたかったら、腰を振って僕のことを射精させるんだ」

この苦痛から解放されるには、和真の言葉に縋りつくしかない。小百合は愛梨におっぱいをあげながら、恐るおそる腰を振りはじめた。

「あっ……あっ……擦れてる」

摩擦感が湧きあがるが、不思議なことに痛みはほとんど感じなかった。

執拗に舐められたからなのか、それとも早くも肉体が太幹に順応したのか。とにかく、これなら和真を射精に導くことができそうだ。ゆったりと腰をまわし、括約筋に力をこめてペニスをギュウッと締めあげた。

「こう？　あンンっ……これでいいの？」

愛梨は相変わらずおっぱいを吸っている。乳首を甘噛みされるたびに快感がひろがり、罪悪感が異様な興奮を生んでいた。

「あうっ……カズくん……早く……ああっ、早くイッて」

「義姉さん、気持ちいいんだろう？」

いきなり指摘されてドキリとする。見あげてくる和真の顔には、すべてを見透かしているかのような薄笑いが浮かんでいた。

「フフッ、オマ×コがぐっしょりだよ。感じてる証拠だね」

大量の愛蜜が溢れて、和真の陰毛が濡れそぼっている。自分でも気づかないうちに、アナルセックスで性感を蕩かしていた。

「そんな、お尻でなんて……あぁっ、いや……いや……はぁあンっ、ダメぇっ」

濡れていることを自覚した途端、肛門感覚が鋭敏になる。太幹で拡張された尻穴が熱くなり、異常なほどの昂ぶりが押し寄せてきた。

「ひッ……ひッ……どうしてなの？」

「わかるよ、義姉さん。乳首もアナルも、たまらないんだろう？」

和真の囁きが媚薬のように耳孔をくすぐる。もう義弟の言葉に逆らえない。まるで催眠術にかかったように、小百合は卑猥に腰を振りたてていた。

「いやなのに……ひッ、ひうッ、愛梨ちゃん、そんなに吸わないでぇっ」

胸のうちに被虐感がひろがり喘ぎ泣く。我が子にしゃぶられている乳首もたまらない。いつしか大胆に裸体をくねらせて、悪魔的な快楽を貪っていた。

「もう……あぁッ、もうダメになりそうっ」

「義姉さん、僕もそろそろ……くううっ」

和真の呻く声が引き金になった。小百合は破滅的なアクメに向かって、腰をクイクイとしゃくりあげた。

「愛梨ちゃん、許して、あああッ、ママ、もうダメっ、お尻でイッちゃううっ！」

娘に乳首を吸われながら、ついにどす黒い絶頂へと達していく。同時に和真も精を噴きあげて、肛門が灼け爛れたように熱くなった。

「くううっ……小百合義姉さんのアナル、すごく気持ちよかったよ」

義弟の声を聞きながら、小百合はふいに気が遠くなるのを感じて倒れこんだ。

「おっと危ない。義姉さん、大丈夫？」

和真が素早く上半身を起こして、小百合の身体を抱きとめた。

「あ……わ、わたし……」

義弟の腕のなかで、思わずうろたえてしまう。

アナルセックスによる強烈な快感で、失神しかけていたらしい。そのまま倒れていたら危ないところだった。愛梨にも大事はなく、ほっと胸を撫でおろす。母乳をたっぷり飲んだ愛梨は、つぶらな瞳をとろんとさせていた。

「愛梨ちゃん、お腹いっぱいみたいだね。危ないから寝かしちゃおうか」

和真が片手で小百合の腰を抱き、もう片方の手で布団をぽんぽんと叩く。

確かに、このままでは怪我をさせてしまう危険がある。我が子を肌から離すのは不安だったが、愛梨の安全を考えて布団の上にそっとおろした。

「愛梨ちゃん、ママはここにいますよ」

やさしく声をかけて頭を撫でると、愛梨は安心したように寝息をたてはじめる。これでしばらくは起きないだろう。

「ここからは大人の時間だね。今度はオマ×コで繋がろうか」

アナルに刺さったままのペニスは、射精したにもかかわらず硬度を保っている。小百合はごくりと生唾を呑みこみ、潤んだ瞳で義弟の顔を見つめた。

「カズくん……わたしは、もう……」

「何回でもイカせてあげるよ。ほら、腰を浮かせて」

くびれた腰を両手で摑まれて、強引に持ちあげられる。剛根がズルズルと引き抜かれた直後、今度は脳天まで貫くような勢いで膣にねじこまれた。

「あううッ……ダ、ダメぇっ」

アナルセックスの余韻で全身が痺れたようになっている。感度も極限までアップしているのに、いきなり剛根を奥まで挿入されたのだ。蕩けた膣壁を擦りあげられ、たまらず裸体をのけ反らした。

「小百合義姉さんのオマ×コ、すごく濡れてて気持ちいいよ。ねえ、僕のチ×ポはどんな感じ？」

「あふっ、奥まで……入ってるの……ああっ」

休む間もなく対面座位で犯される。下肢からは完全に力が抜けて、両膝をシーツにつけた状態だ。股間はぴったりと密着しており、長大な肉柱を根元まで完全に呑みこんでいた。

（やっぱり、こっちのほうが……ああンっ、すごいわ）

肛門とはまったく異なる感覚だ。破滅の恐怖と隣り合わせだったアナルセックスとは違い、安心感のある愉悦がひろがっていた。

和真が軽く腰を突きあげただけで、巨大なカリが膣壁を抉り、亀頭の先端が子宮口を押しあげる。凄まじいまでの快感が下腹部を波打たせて、たまらず義弟の背中を掻き抱いた。

「あっ……あっ……カズくん、つ、強すぎるわ」

「フフッ……でも気持ちいいんでしょ？」

和真は不意を突くように剛根を穿ちこみ、気が遠くなりそうな快感を送りこんでくる。小百合はそのたびに喘ぎ狂い、義弟の背中に爪を立てていた。

「ひううッ、ダメぇっ、奥ばっかり……ンああッ」

さらにむっちりした尻肉を鷲掴みにされて、円を描くように揺さぶられる。カリが膣壁に食いこみ、蜜壺全体が意志とは無関係に収縮していく。

「あッ……ああッ……そ、それ、あああッ」

「これが気持ちいいんだね？　義姉さん、たまらないんでしょ？」

念を押すように何度も言われて、小百合はこらえきれずにガクガクと頷いた。

「あぁっ……恥ずかしい」

耳まで真っ赤に染めあげるが、蜜壺は義弟のペニスを強く締めつけている。腰も無意識のうちに揺らして、自ら膣壁を擦りたてていた。

「僕のチ×ポは最高だろ？　ねえ、教えてよ、義姉さん」

「いやンっ、許して……そんなこと聞かないで」

ゆるゆると首を振り、栗色がかった髪を波打たせる。しかし、和真は返答を強要するように、剛根を乱暴に突きあげてきた。

「なんとか言いなよ。気持ちいいだろ？」

「ひぃいッ……い、いいっ、気持ちいいですぅっ」

たまらず喘ぎながら答えてしまう。心まで蕩けるような愉悦が、抵抗力を根こそぎ奪っていた。巨大な男根で串刺しにされた状態では、抗いつづけることなど到底不可能だった。

「へえ、そんなにいいんだ。義兄さんのチ×ポよりもいい？」

和真はヒップを抱えこんで、剛根を力強く穿ちこんでくる。小百合の熟れた身体はバウンドするように揺れて、激しいピストンの嵐に晒されていた。

「ひいッ……あひッ……いいっ、あ、あの人よりもずっと……ああァッ」

小百合はついに夫よりも感じることを認めてしまう。たまらず義弟の胸板に乳房を擦りつけると、腰を卑猥にしゃくりあげていた。

「僕のチ×ポのほうが、義兄さんよりも大きいでしょ？」

「は、はいっ、大きいです、カズくんのほうが、太くて長くて、ああッ、すごいっ」

自分でもなにを言っているのかわからない。ただ本能のままに腰を振り、思い浮かんだことを口にしていた。

「やっと素直になってきたね。小百合義姉さん、可愛いよ」

「ああンっ、気持ちいいっ、カズくんのオチン×ン、すごく気持ちいいっ」

本音を吐露したことで感度がさらにあがり、いきなり大量の愛蜜がプシャァァッと飛び散った。

「ひいいッ、ダメっ、もうダメぇっ」

「潮を噴くほどいいんだね。もっと気持ちよくしてあげるよ」

和真のピストンが本格化して、凄まじいまでの快感が突き抜ける。小百合も息を合わせて腰を振り、涙まで流して快楽に没頭していく。蜜壺は激しく蠕動して、逞しい男根を奥に引きこもうとしていた。

「ううっ……義姉さん、僕が種付けしてあげるよっ」

「カズくんっ、すごいっ、ひッ、ひいッ、すごくいいっ」

「義姉さん、なかに出してもいいよね？　二人目は僕の子供だよっ」

和真が恐ろしい言葉を口走るが、今は昇りつめることしか考えられない。

義弟の精液を注ぎこまれて種付けされる。あまりにも背徳的な妄想が、禁断の快楽を一気に加速させた。

「ひいいッ、なかに……なかに出してください！」

現実的な問題は頭から吹き飛んでいる。ただ、心から義弟の精液を欲していた。

熱い迸りを注ぎこまれて、えも言われぬエクスタシーを味わいたかった。

「カズくんっ、来て、あああッ、お願い、来てぇっ」

「くっ……義姉さんっ、奥にかけてあげるよ……くおおおッ！」

「ひあああッ、出てる、なかでドクドクって、熱いっ、ひッ、ひいッ」

対面座位で強く抱き合い、お互いに腰を激しく痙攣させる。奥まで嵌りこんだ剛根が暴れて、煮えたぎった子種を思いきり放出していた。

「あッ、あッ、また……ああッ、またイキそうっ、あああッ、イ、イクううッ！」

小百合は歓喜の涙を流しながら、あられもないよがり啼きを響かせる。義弟の頭を掻き抱いて、禁忌を犯すどす黒い快楽に溺れていった。

## 2

茉莉は残業せずに仕事から戻ると、まっすぐ二階の自室へと向かった。

今は誰にも会いたくない。会社でも必要最小限の会話しか交わさず、謙吾のことも避けつづけた。もう結婚などできるはずがない。いずれ別れ話を切りださなければならないが、今日はその気力すらなかった。

力尽きたようにベッドに腰掛けると、思わず深い溜め息が溢れだす。

数々の仕打ちが脳裏によみがえり、激烈な憤怒と羞恥に襲われる。とくに昨日の出来事は強烈だった。まさか婚約者の前で嬲られるとは思いもしなかった。しかも、自分と杏里だけではなく、すでに小百合まで餌食にされていたのだ。

紺色のスカートスーツを着替えようともせず、床の一点をじっと見つめていた。

このままでは死ぬまで食い物にされてしまうのではないか。

(もう、逃げられない……それなら……)

眼鏡のブリッジを指先でそっと押しあげると、意を決して立ちあがる。デスクのペン立てに突っこんであったカッターナイフを摑み、ジャケットのポケットにそっと忍ばせた。

黙って嬲られつづけるような性格ではない。屈辱にまみれて生きるくらいなら、名誉ある死を選ぶ。それが小百合と杏里を救うことにもなるはずだ。

廊下に誰もいないのを確認すると、和真の部屋のドアをノックした。

しかし、しばらく待っても返事がない。ためらいつつもドアを開けてみると、和真は電気をつけたままベッドに横たわっていた。

よほど疲れているらしい。茉莉が部屋に入ったことにも気づかず、静かな寝息をたてている。後ろ手にドアを閉めたとき、小さな音がして焦るが、それでも和真は身じろぎひとつしなかった。

茉莉は拍子抜けして、思わず肩から力を抜いていた。

足音を忍ばせてベッドに歩み寄り、仰向けになっている和真を見おろしていく。

Tシャツに短パン姿の義弟は、微かに胸を上下させていた。

（ちょっと、なんで寝てるのよ……）

気合いを入れて乗りこんできたにもかかわらず、怒りの対象は気持ちよさそうに眠っているのだ。もしかしたら、昼間に小百合か杏里を嬲り抜いたことで、疲れ果てている可能性もあるだろう。

それでも、無邪気な子供のような寝顔を見せられると、あれほど大きかった憤怒が急速に萎えていく。そして、セピア色の想いが胸にこみあげてきた。

和真と初めて会ったのは八年前のことだった。

あの日、母親に見知らぬ男性を紹介された。その男性の連れ子が和真だった。

当時十歳の和真は可愛らしい少年だった。

淋しそうな目を、今でもはっきりと覚えている。いきなり義母になる女性と三姉妹に引き合わされて不安だったのだろう。おどおどして可哀相だとも感じた。

――助けてあげたい。

当時の記憶がよみがえってくる。十八歳だった茉莉は、捨て犬のように怯えている和真のことを、温かい瞳で見つめていた。

――この男の子を助けてあげたい。やさしいお姉さんになってあげよう。

あのとき確かにそう思った。震える和真の目の奥に、なにか自分と通じるものを感じたのだ。

しかし、手を差し伸べることができないまま八年が過ぎた。和真が父親に冷たくされているのを知っていながら、やさしい言葉すらかけてあげなかった。ずっと見て見ぬ振りをして生きてきた。

（どうして、助けてあげなかったんだろう……）

茉莉自身も長女の小百合と較べられて、自分の居場所を確保するのに必死だったというのもある。それでも、父親に好かれようとして必死な和真を、庇ってあげることくらいできたのではないか。

（わたし……ひどい義姉だった……）

和真が凶行に走った原因は、自分にもあるような気がする。助けてもらえなかった怒りと悲しみが復讐心を育て、挙げ句の果てに性的欲求を満たすという形で暴走しているのかもしれない。

ポケットの上からカッターナイフにそっと触れた。

可哀相な義弟を、これ以上傷つけることなどできない。今の和真に必要なのは癒やしだ。ささくれだった心を鎮めてあげれば、昔の心やさしい少年に戻ってくれるような気がする。

茉莉はベッドのかたわらにひざまずくと、義弟の股間をじっと見つめた。これからの自分の行動が、小百合と杏里を助けることにもなる。もちろん、和真に対する贖罪の意味合いもあった。

そっと手を伸ばすと、和真を起こさないように短パンをずりさげる。つづいてボクサーブリーフも膝のあたりまで引きさげた。剝きだしになった陰茎は力なく頭を垂れているが、それでも驚くほどの大きさだった。

「和真……癒やしてあげる……」

眠っている義弟に囁くと、萎えた肉塊に指を添える。そして、ゆっくりと顔を寄せて、吐息を吹きかけるようにしながら唇を被せていった。

「はむうぅっ……」

口内に男性器特有の饐えたような匂いがひろがる。微かに眉根を寄せるが、吐きだそうとは思わない。舌をねっとりと絡みつかせて、まだ柔らかい男根に唾液をまぶしていく。和真は眠っており、フェラチオされていることに気づいていなかった。

(自分から、こんなことするなんて……でも……)

どうせ謙吾とは別れるしか道はない。それならば、和真が心の安定を取り戻すまで、今度こそ手助けしてあげたいと思う。

「ン……ンン……」

唾液でコーティングされた男根に唇を密着させて、ゆっくりと扱きあげる。ヌルヌルと滑らせるうちに、少しずつ芯が通りはじめるのがわかった。亀頭はまるで風船に空気を入れるように膨らみ、茎胴もあっという間に太さを増していく。

（ああ、すごい……こんなに大きくなるのね）

口内は膨張した肉塊で占められている。顎がはずれそうなほど大きく口を開き、息苦しさと闘いながらも熱の入ったフェラチオをつづけた。

「はむンっ……おふっ……むふンっ」

ゆるゆると口唇ピストンしていると、和真の鼻息が微かに荒くなった。茉莉はここぞとばかりに舌を使い、カリの裏側を重点的に舐めまわす。舌先でくすぐるようにしながら、同時に太幹を強烈に吸引した。

「ううっ……」

ついに和真の唇から快楽の呻きが漏れる。身じろぎをして目を開けると、慌てたように己の股間に視線を向けた。

「えっ……ちょっと、茉莉義姉さん？」

普段は憎たらしいほど冷静沈着な和真も、さすがに驚きを隠せない。フェラチオしている茉莉を、怪訝そうに凝視している。事態は呑みこめないようだが、快楽を否定する様子もない。どうやら流れに身をまかせるつもりのようだ。

茉莉は義弟に見つめられる羞恥に顔を熱くしながら、照れ隠しのように首の振り方を激しくした。もちろん舌も使って、献身的な奉仕を施していく。

「うっ、き、気持ちいい……義姉さん、すごくいいよ」

和真の呻き声が聞こえると、茉莉は唇で強く肉胴を締めつけた。舌先で尿道口をチロチロとくすぐり、頬を窄めて吸茎する。さらには吐き気をこらえて、亀頭を喉の奥まで呑みこんだ。

「うわっ、ま、茉莉義姉さん……くぅっ、イッちゃうよ」

「むはぁっ……いいのよ、和真。わたしのお口に出しなさい」

いったん男根を吐きだすと、ねっとりとした視線を義弟に注ぐ。そして、舌を伸ばして見せつけるように亀頭を舐めまわす。視線を意識して羞恥にまみれながらも、再び唇を被せていった。

「あむううっ……」

「すごいっ、ううっ、気持ちよすぎるっ」

和真の声が切羽詰まる。茉莉は激しく首を振りたてて、酸欠になるほど猛烈に吸いあげた。

「も、もうダメだっ……出る、出ちゃうよ……くうううぅッ！」

亀頭がさらに膨張したかと思うと、凄まじい勢いで白濁液が噴きあがる。剛根全体が激しく脈打ち、ホースで水を撒くような勢いで口内に精液が注ぎこまれた。

（すごい量だわ……ああっ、窒息しそう）

強く閉じた双眸から涙が溢れるが、それでも男根を吐きだすことはない。ぴっちりと咥えこんだまま、火傷しそうな精液を喉奥に浴びつづけた。

「うぐッ……うぐううッ……」

茉莉は義弟の射精を受けとめながら、懸命に喉を鳴らして呑みくだす。そうやって和真が悦ぶように奉仕することが、贖罪になると信じていた。

尿道に残っていた精液もチュッと吸いあげる。大量のザーメンを一滴残らず嚥下すると、茉莉はようやく男根を吐きだした。

「茉莉義姉さん、すごくよかったよ。でも、どうして？」

和真が満足そうにつぶやき、ねっとりとした視線で見つめてくる。疑問を口にしながらも、その目はすべてを見透かしているように鋭い光を放っていた。

「まだできるでしょ？」

じっと見つめられると、生来の勝ち気さが頭をもたげてくる。どうしても素直に謝罪することができず、ぶっきらぼうに言い放っていた。

「和真は動かないでいいから」

羞恥を誤魔化すように素早く服を脱ぎ捨てる。ブラジャーとパンティも取り去って全裸を晒すと、ベッドにあがって義弟の腰をまたいでいく。そして両膝をシーツにつき、呆れたような義弟の顔を見おろした。

（わたし、なにをしているのかしら……）

ふと疑問が湧きあがる。いくら罪滅ぼしのためとはいえ、こんな娼婦のような真似までする必要はないのではないか。

しかし、フェラチオしたことで興奮しているのは事実だった。義弟のペニスを咥える背徳感のなかで、股間をしとどの蜜で濡らしていた。濃厚なザーメンの香りを嗅ぎながら、密かに内腿を擦り合わせていたのだ。

「僕のこと、騎乗位で犯すの？」

大の字になっている和真が、冷やかすように見あげている。唇の端には薄笑いを浮かべていた。

「黙りなさい。無駄口を叩いたら承知しないから」

どうしてもやさしい言葉をかけてあげることができない。茉莉は自分自身に苛立ちを覚え、メタルフレームの眼鏡をはずして素顔を晒す。知的に見せるためのアイテムは、義弟の前では必要なかった。

（ありのままのわたしでいたい……和真の前では……）

右手を股間に伸ばし、硬度を保ったままの屹立をそっと摑む。位置を調整して膣口にあてがい、ゆっくりと腰を落としていく。

「犯してあげる……はあンっ、出したばっかりなのに、硬い」

思わず鼻にかかった溜め息が漏れる。たっぷりの愛蜜で潤った蜜壺は、あっという間に熱い肉塊を呑みこんでいった。

「僕のチ×ポが義姉さんのなかに……ああっ」

和真が快楽に呻いて腰を震わせる。もしかしたら、受け身の経験は少ないのかもしれない。たまらなそうに顔を歪めているのが意外だった。

「動いたらダメよ。わかったわね」

茉莉は主導権を渡さないように、何度も和真に言い含めた。

恥丘を擦りつけながら、ねっとりと大きく腰をまわしはじめる。大きな乳房を大胆に揺らし、義弟の剛根を媚肉でねぶりあげるのだ。

「あふっ……あンっ……どうなの、和真。気持ちいいでしょ？」

「いい……すごくいいよ……僕、義姉さんに犯されてるんだね」

和真が掠れた声で快感を訴える。その恍惚とした顔を見ることで、茉莉の興奮も高まっていた。愛蜜の分泌量が増えて、結合部はぐっしょり濡れている。腰をまわすことで、卑猥な水音が響き渡った。

「これからは、わたしが癒やしてあげる……はンンっ」

媚肉と男根を擦り合わせてるうちに、身体が溶け合ったような一体感がこみあげてくる。茉莉は腰の振り方を上下動に変えて、剛根を激しく搾りあげた。

「あっ……あっ……和真っ」

義弟の腹筋に両手をつき、ヒップをリズミカルにバウンドさせる。快感を与えるはずなのに、いつしか茉莉自身が感じる部分を擦りつけていた。

「ンああッ、すごい、わたしまで……あッ……ああッ」

「くっ……義姉さんっ、僕、またイキそうだよ」

和真も射精感を昂ぶらせているらしく、奥歯をきつく食い縛っている。茉莉は腰の動きを大きくして、長大な肉柱を力強く扱きあげた。

「もう出るよっ、茉莉義姉さんっ……くううっ、出る、出るううッ！」

追いこまれた和真が、ついに腰をガクガクと震わせる。媚肉に包まれて精液を噴きあげる快感に、顔を真っ赤にしながら喘いでいた。

「いいっ、和真の精液っ、すごくいいっ、ひあぁッ、イクっ、イクうううッ！」

精液を注ぎこまれて、茉莉も絶頂に昇りつめていく。

(和真……ごめんね……)

心のなかでは謝っているのに、それを素直に口にするのは難しい。

とにかく、今できることをするだけだ。義弟を気持ちよく射精させることで、復讐心に凝り固まった心をほぐせると信じていた。

## 3

杏里は一日中、部屋にこもっていた。

テニスサークルの練習があったのだが、顔を出す気にはならなかった。ひとりで悶々としているうちに、気づくと深夜になっていた。誰にも会いたくなくて、食事とトイレ以外は一歩も部屋から出なかった。

昼間、和真が小百合を抱いていたのを知っている。

よがり声が聞こえてきたのは、茉莉が出勤してすぐのことだった。小百合の乱れ方は激しく、朝から晩まで延々と淫らな声を聞かされた。

和真のことばかり考えてしまう。

意地悪な視線、手つき、熱い吐息、心臓の鼓動、射精するときの顔……。女の悦びを教えこまれた杏里は、密かに欲情を募らせていった。

心のどこかで義弟が来てくれるのを待っていた。

淡いピンク色のフレアスカートは、以前和真が「可愛いね」と言ってくれたのでお気に入りだった。きっと喜んでもらえると思う。それなのに、散々射精して疲れたのか、夜になると和真は自室から出てこなくなってしまった。

（カズちゃん、ひどいよ……）

まったく相手にされず、悲しくなってしまう。杏里は泣きだしたい気分でベッドに寝そべり、股の奥を濡らしながら身を捩りつづけた。

茉莉が会社から帰宅したのは、いつもより早い時間だった。

珍しく定時に退社したのだろうか。「ただいま」のひと言もなく、まっすぐ部屋に入った。気の強い茉莉でも、昨日のことは相当応えているに違いない。

謝罪したかったのだが、少し時間を置いたほうがいいような気もする。そんなことを考えていると、微かな物音がして茉莉が廊下に出たのがわかった。

少し間を置いて、ドアをノックする音が聞こえた。おそらく和真の部屋だ。茉莉は静かにドアを開けて、部屋に入っていった。

二人きりでなにをしているのだろう。

杏里はいけないと思いつつ廊下に出ると、いつの間にか和真の部屋の前に立っていた。ドア越しに聞こえてきたのは、茉莉のあられもない喘ぎ声だった。

双眸から溢れる涙を抑えきれない。杏里は自室に戻ると、枕に顔を押しつけて嗚咽を漏らした。和真は小百合につづいて茉莉を抱いている。その事実を受け入れるのは容易ではなかった。

どれくらい時間が経ったのか、また廊下で物音がした。茉莉が足音を忍ばせて自室に戻り、和真が一階におりていった。シャワーを浴びるのかもしれない。

（カズちゃん……わたしのことだけ見てよ……）

杏里は泣き腫らした目を擦ると、意を決して身を起こした。

緊張しながら脱衣所に入ると、ドアの磨りガラス越しにシャワーを浴びる和真の姿が見えた。

急に恥ずかしくなって決心が鈍ってしまう。シャツのボタンに指をかけたまま躊躇していると、隅に置かれている洗濯籠が目に入った。黒いボクサーブリーフが一番上に乗っていた。

(これって……もしかして……)

思わず生唾を呑みこんだ。これまで何度も抱かれてきたが、義弟の下着に興味を持ったことは一度もない。だが一日中悶々としていたせいか、妙に惹きつけられるものがあった。

気づいたときには、ボクサーブリーフを手に取っていた。

顔がかっと熱くなり、目もとが赤く染まっていく。自分の無意識の行動が信じられない。それでも、すぐに洗濯籠に戻そうとは思わなかった。

手にした下着から和真の体温が伝わってくる。羞恥と罪悪感に駆られながらも、そっと布地をひろげていた。

股間のペニスが触れていたあたりに、うっすらと染みができている。そっと顔を近づけると、尿と精液のミックスされた匂いが鼻腔に流れこんできた。

「はぁっ……カズちゃんの香り……」

下腹部でクチュッと音がして、恥裂から華蜜が滲みだす。すでにパンティの股布は絞れるほどぐっしょりと濡れていた。

もうためらうことはない。杏里はシャツを脱いでスカートをおろすと、ブラジャーとパンティも取り去って全裸になる。そして、小さく息を吐きだし、バスルームのドアをそっと開いた。

立ち籠めていた湯気が一気に流れだす。壁のフックにかけられたシャワーヘッドから噴きだしている湯が、和真の胸板を勢いよく叩いていた。

「あれ……杏里義姉さん、どうしたの？」

和真が驚いた様子で振り向くが、すぐにやさしく微笑んだ。杏里は剝きだしの胸を手のひらで隠し、うつむき加減に足を踏み入れた。

「すぐに出るから、ちょっとだけ待って——」

和真の言葉を遮るように、無言のまま濡れた背中に抱きついていく。熱いシャワーが二人の身体に降り注ぎ、一瞬にして心まで濡らしていった。

「義姉さん……？」

和真が戸惑ったように問いかけてくる。その穏やかな声を、杏里は背中に耳を押し当てて聞いていた。

（やっぱり怒らないんだね……）

最初は確かにレイプだった。でも、抱かれるたびに心惹かれてしまう。

杏里は知っている。どんなに悪ぶったところで、本当の和真は心やさしい少年だということを……。

姉妹の誕生日には、必ず花を贈ってくれた。少ない小遣いを貯めて、姉妹のために使っていたのだ。普段はクールな茉莉も、花を受け取るときは嬉しそうに微笑んでいた。小百合などは感極まって涙を流したこともある。

「ちょうど出ようと思ってたところだから」

シャワーをとめようとした和真の手を、杏里はそっと掴んだ。

（やさしいけど……意地悪……）

気持ちをわかっていながら、わざと気づかない振りをしている。和真はいつもそうやって苛めるのだ。

「いっしょに、お願い……」

掠れた声で囁くと、和真は体を反転させて抱き締めてくれた。

杏里は義弟の背中に手をまわし、火照った頬を胸板に押しつける。二人はしばらく無言で抱き合っていた。

「わたしが洗ってあげる」

先に口を開いたのは杏里だった。

シャワーは全開のままなので、セミロングの黒髪はすっかり濡れそぼっている。

上目遣いに見やると、和真の顔には薄い笑みが浮かんでいた。

「どうせ洗ってくれるなら、タオルじゃなくておっぱいで洗ってもらおうかな」

「え……？」

一瞬、意味がわからなかった。しかし、その姿を想像した途端、眩暈にも似た羞恥がこみあげてくる。

（でも……それがカズちゃんの望みなら……）

もしかしたら手のひらで踊らされているのかもしれない。そう思いながらも、杏里は慌てて視線をそらし、顔を赤らめながらボディソープを手に取った。よく泡立てると自分の胸に塗りたくり、そっと義弟に抱きついていく。

「あンっ……」

乳首が胸板に触れただけで、思わず甘い声が漏れてしまう。すでに硬く尖り勃っており、感度がかなりあがっている。こうして抱きついただけでも、痺れるような快感がひろがっていた。

「や……許して……」

義弟の背中に両手をまわしたまま、身動きが取れなくなってしまう。少しでも動くと乳首が擦れて、いやらしい声が溢れてしまいそうだ。

「義姉さんが言いだしたんだよね。洗ってくれるって？」

和真が楽しそうに声をかけてくる。決して手を出そうとはせず、まっすぐに立っているだけだ。あくまでも受け身の立場だが、杏里は精神的に責めたてられていた。

（カズちゃん、やっぱり意地悪だ……）

涙目になりながら、下唇をキュッと噛み締める。

仕方なく身体を動かしはじめた。ボディソープにまみれた乳房を、円を描くようにゆっくりと滑らせていく。

「ンっ……こう？　ンンっ……これでいい？」

「フフッ、本当に洗ってくれるんだ。気持ちいいよ、義姉さん」

和真が唇の端を吊りあげてつぶやいた。

発展途上の柔らかい乳肉が、義弟の胸板に押しつけられてひしゃげている。勃起した乳首が擦れて、痺れるような快感が湧き起こっていた。

「そう、いい感じだよ。タオルで洗うよりも、ずっと気持ちいいよ」

ボディソープでヌルヌルになった乳房で、義弟の体を洗っていく。猛烈な羞恥に襲われるが、杏里は決してやめようとしなかった。

(カズちゃんが悦んでくれるなら……これで、振り向いてくれるなら……)

その卑猥な行為の裏には、決して言葉に出すことのできない純粋な恋心が秘められていた。義理とはいえ弟に想いを寄せるなど許されない。だからこそ、命じられることにはすべて応じようと決めていた。

「あンっ、擦れちゃう……ンっ……ンぁっ」

乳首はますます硬くなり、今にも血を噴きそうなほど膨らんでいる。こらえきれない喘ぎが漏れるが、それでも和真は涼しい顔で見おろしていた。

「もちろん、チ×ポも洗ってくれるんでしょ?」

当たり前のように言われて、杏里は思わず息を呑んだ。

先ほどから、硬いモノが下腹部にぶつかっている。熱く滾る肉の塊だ。その正体は見なくてもわかっていた。

「義姉さんのおっぱいで綺麗にしてくれるかな。僕のチ×ポ」

「ああ……本当にしなくちゃいけないの?」

杏里は消え入りそうな声でつぶやくと、答えを待たずにしゃがみこんでいく。拒絶するどころか、悦ばせたいという気持ちが強かった。

和真のペニスはすでに芯を通し、激しく反り返っていた。

（すごい……もうこんなに……）

一日中妄想していた義弟の男根が、目と鼻の先で揺れている。小百合と茉莉を啼かせてきた逞しすぎる肉柱が、凶暴そうに鎌首をもたげていた。

杏里は胸が高鳴るのを感じながら、乳房の谷間に男根を押し当てる。ささやかな膨らみだが左右から押すことで、かろうじて挟みこむことができた。その途端、肌を灼かれそうな感覚がこみあげてくる。

「ああンっ、火傷しそう」

乳房全体が熱くなり、その熱気が全身へと伝播していく。たまらず双眸を潤ませて訴えるが、義弟の耳には聞こえていないようだった。

「挟んでるだけじゃダメだよ。上下に動かして扱いてくれないと」

シャワーの湯とともに、非情な声が降り注ぐ。やらなければ嫌われてしまう。そんな強迫観念が杏里を動かしていた。

和真の声に従い、ゆっくりと上半身を揺すりはじめる。ボディソープの滑りを利用して、棍棒のような男根を擦りあげた。

「いいね、上手だよ。もう少しおっぱいが大きかったら完璧だな。そうだ、今度は小百合義姉さんにパイズリしてもらおう」

和真がひとり言のようにつぶやくのを聞いて、杏里は思わず泣きそうになる。やはり男の人は大きな胸が好きなのだ。それは和真も例外ではない。三姉妹のなかで一番乳房が小さいのは杏里だった。

「ンっ……ンっ……カ、カズちゃん」

杏里は懸命に胸を上下させた。今日一日、自分だけ相手にされなかったのは、乳房の大きさが関係しているのかもしれない。その考えに思い至ると、居ても立ってもいられなかった。

「こう？　はンンっ……もっと強くするの？」

小さな乳房でも、気持ちよくさせればいい。そう自分に言い聞かせて一所懸命に男根を扱きあげた。しかし、和真は鼻息を荒らげることもなく仁王立ちしている。どこか退屈そうに見えるのは気のせいだろうか。

杏里はいつしか嗚咽を漏らしていた。このままでは和真に嫌われてしまう。そう思うと、溢れる涙をこらえることができなかった。

「カズちゃん……嫌いにならないで……うっ、うぅぅっ」

その直後、和真の両手が腋の下に差し入れられて、強引に身体を起こされた。

気持ちよくないからやめろ――。

そう言われるような気がして耳を塞ぎたくなる。杏里は義弟の顔を見ることができず、がっくりとうつむいたまま涙をこぼした。

「杏里義姉さん、どうして泣いてるの？」

和真がシャワーヘッドを手に取り、乳房のボディソープを流しながら尋ねてくる。

「だって……わたし……おっぱい、小さいから……」

このまま見捨てられるような気がして怖かった。

「お願い、カズちゃん……嫌いにならないで……」

華奢な肩を震わせて、しゃくりあげながら言葉を絞りだす。みっともないと思われてもいい。とにかく嫌われたくなかった。

「馬鹿だな、義姉さんは」

和真はシャワーヘッドをフックにかけると、杏里の小さな顎に指を添えてくる。

湯は全開で降り注ぎ、二人の身体をしっぽりと濡らしていた。

「だって、わたしなんて――ンンっ！」

突然のことだった。うつむかせていた顔をあげられ、なんの前触れもなく唇を奪われた。驚きに目を見開くが、舌を差し入れられて身体から力が抜けていく。

「ンふっ、カズちゃん……ンンぅっ」

杏里も遠慮がちに舌を差し出すと、あっという間に絡めとられた。シャワーを浴びながらの濃厚なディープキスで、お互いの吐息をたっぷりと交換する。杏里はそれだけで恍惚となり、夢中になって和真の唾液を嚥下した。

「むはぁっ……ハァ……ハァ……」

ようやく唇を解放されて、潤んだ瞳で義弟を見あげていく。頭の芯が痺れたようになり、理性はすっかり麻痺した状態だった。

「わたし……どうしたらいいの……」

「心配しなくても大丈夫だよ。僕が杏里義姉さんのこと、嫌ったりするはずないじゃないか。義姉さんは、ずっと僕といっしょだよ」

和真が瞳を覗きこむようにして囁きかけてくる。杏里はまたしても涙を流して、義弟の体に抱きついた。

「嬉しい……カズちゃん」

「義姉さん、淋しかったんだね」

やさしい言葉をかけられて、心が温かくなっていく。杏里は夢中になって何度もうんうんと頷いていた。

「楽にして。慰めてあげる」

「あっ……こ、ここで？」

左の太腿を抱えられて、片脚立ちの不安定な姿勢を強要される。ふらつきそうになり、思わず義弟の首にしがみついた。

「バスルームでするのは初めてだったね。じゃ、挿れるよ」

和真は膝を曲げて腰を落とすと、下腹部をぴったりと密着させてくる。そして鉄のように硬くなった剛根を、真下からねじこんできた。

「ひッ……そんな、立ったままで……あッ……ああッ」

熱いシャワーに打たれながら、立位で義弟のペニスに貫かれていく。蜜壺は待ちかねていた刺激に反応し、さっそく奥に引き入れようと激しく蠢きはじめた。

「あうッ、は、入ってくる、カズちゃんのが……あううッ」

「すごいね。そんなに欲しかったの？　チ×ポが吸いこまれてくよ」

和真はからかうような言葉をかけながら、休むことなく剛根を送りこんでくる。

蜜壺はグチュグチュと愛蜜を噴きこぼし、男根をいとも簡単に呑みこんでいった。

「ひううッ……こんなに、奥まで……」

長大な肉柱が根元まで突き刺さると、まるで太い杭で身体を貫かれたような錯覚に陥ってしまう。

内臓を突き破られているのではないか。亀頭が口から出てくるのではないか。そんなことを考えて戦慄しながらも、こみあげてくる快感に腰を捩らせていた。

「あふっ、カズちゃん……ああンっ、カズちゃん」

うわごとのようにつぶやくと、和真が腰をゆっくりと振りはじめる。杏里が焦れていることをわかっていて、わざとスローペースで抽送するのだ。

「あっ……あっ……擦れてる……ああっ」

乳房を押しつけながら、自ら腰をしゃくりあげる。巨大な亀頭を膣壁にゴリゴリと擦りつけて、恥も外聞もなく快楽を貪った。

「したかったの？　義姉さん、したかったんでしょ？」

和真は肉柱を根元まで押しこむと、耳もとでしつこく尋ねてくる。卑猥なことを言わせようとしているのかもしれない。〝の〟の字を描くように腰をまわし、疼いている蜜壺にとろ火で炙るような快美感を送りこんできた。

「ンああッ、ダ、ダメ、それ……あああッ」

快感は強烈だが、決して達することはできない。蜜壺全体を擦りあげられているのに、このままでは永遠にアクメは訪れない。気が狂いそうな焦らし責めだった。

「ねえ、教えてよ。僕としたかったの？」

「し、したかった……カズちゃんとしたかったのぉっ」

杏里は涙を流しながら答えていた。膣道は激しく収縮して、義弟のペニスを締めつけている。華蜜は壊れた蛇口のようにとめどなく溢れて、二人の下半身をぐっしょりと濡らしていた。

「義姉さん、僕のチ×ポは好き？」

和真も興奮が高まっているらしく、鼻息が荒くなっている。それでも腰は相変わらず焦らすようにまわされていた。

「あぁンっ、す、好き……カズちゃんの……お……おチ×ポ、大好きよっ」

もっと強い刺激が欲しくて、涙を流しながら懸命に叫んだ。

すると、ようやく満足したのか、和真が力強く腰を突きあげてきた。真下から剛根を叩きこみ、女体を激しく揺さぶり抜かれる。杏里は待ちかねていた刺激に、あられもないよがり啼きを迸らせた。

「ひッ……ひッ……い、いいっ、これ、すごくいいっ」

「くぅっ……締まってきた。義姉さんのオマ×コ、すごく締まってきたよ」

和真も射精感が高まってきたのか、凄まじい勢いで腰を叩きつけてくる。二人はシャワーを頭から浴びながら、息を合わせて腰を振りたくった。

「ひッ、あひッ、カズちゃん、好き、カズちゃん、好きなの、あああッ」

杏里が秘めたる想いを吐露した瞬間、和真の男根がビクンッと跳ねた。さらにひとまわり大きく膨張して、蕩けた膣襞に巨大なカリが食いこんでくる。

「ひゃうッ、す、すごっ……ひいッ、あひいいッ」

押し寄せてくる快感の高波に戦慄しながら、杏里も激しく膣道を痙攣させた。

「杏里義姉さんっ……くうッ、もう出そうだっ」

いよいよ限界が近づいたらしく、和真がラストスパートの杭打ちに突入する。姉弟は下半身をぴたりと密着させて、呻き声をあげながら快楽の頂を昇っていく。

「ううッ、義姉さんっ、出すよ、なかにっ……くおッ、ぬおおおおッ！」

「ひあぁッ、カズちゃん、杏里も、あッ、あッ、イクっ、イッちゃううッ！」

膣奥に熱い精液を注がれるのと同時に、杏里も下腹部を波打たせながらオルガスムスに達していた。

（わたし……ずっと前から……）

気持ちが本当に伝わったのかどうかは定かでない。それでも、秘めてきた想いを曝けだすことができただけで満足だった。

# 第六章　義母

## 1

翌朝、杏里は起きることができず、いつまでも横になっていた。

寝過ごしたわけではない。とっくに目は覚めている。姉たちと顔を合わせづらくて、部屋に閉じこもっているのだ。

昨夜、バスルームで和真に抱かれて、はしたなくよがり啼いた。おそらく、あのときの声は家中に響いていただろう。小百合も茉莉も気づいているはずだ。もしかしたら、告白の言葉も聞かれているかもしれなかった。

カーテンを閉め切ったままなので薄暗い。朝食の時間はとっくに過ぎているが、家のなかはシーンと静まり返っていた。

今夜は母親が帰国することになっている。しかし、どんな顔で迎えればいいのかわからなかった。

部屋のドアがノックされた。

杏里はベッドの上で身体を起こし、息を呑んで肩を竦める。廊下に立っているのは果たして誰だろう。祈るような気持ちだった。

「どうぞ……」

震える声で告げると、ドアがゆっくり開きはじめた。

胸の鼓動が高鳴る。願いが天に通じたのかもしれない。顔を覗かせたのは、期待していた人——義弟の和真だった。

「杏里義姉さん、おはよう」

和真は勝手に部屋に入ってくると電気をつけた。そして、ベッドの脇に立って見おろしてくる。杏里は自分が選ばれたような気がして、頬をポッと赤らめた。

「お、おはよう……カズちゃん」

照れ臭かったが、目をまっすぐに見つめて挨拶する。すでに想いは伝えてある。今さら自分の気持ちに嘘をつく必要はなかった。

和真に恋愛感情があるのかどうかはわからない。だが、「ずっといっしょ」だと言ってもらえた。それだけで充分だった。

義弟を見つめる杏里の瞳が熱く潤んでいく。

抱いてもらえるのかもしれない。そんな甘い期待感が胸にひろがっていた。しかし、和真の口から出たのは意外な言葉だった。

「茉莉義姉さん、こっちにおいでよ」

開け放たれたままのドアに向かって声をかける。すると、紺色のパンツスーツに身を包んだ茉莉が、おずおずと部屋に入ってきた。

「え？　どうして……茉莉姉さんが……」

杏里は戸惑いを隠せず、茉莉と和真の顔を交互に見やった。

いつもなら茉莉はすでに出勤している時間だ。実際、会社に行くつもりだったので、スーツを着ているのだろう。仕事に情熱を注いでいる茉莉が急遽休むのだから、和真が絡んでいるのは間違いない。

しかし、杏里を一番驚かせたのは、茉莉の瞳だった。あの気の強い茉莉が、怯えたように視線をさ迷わせている。知的なメタルフレームの眼鏡では誤魔化しきれないほど、弱気になっていた。

「二人とも黙りこんでないで、朝の挨拶くらいしたら？」

和真にうながされても、杏里は口を開くことができなかった。

（どういうこと？　まさか、茉莉姉さん……）

嫌な予感が胸の奥にひろがっていく。

茉莉の心境に大きな変化があったのは間違いない。他者を寄せつけないクールな美貌に、媚びるような女の色香が滲んでいた。

「おはよう……杏里……」

茉莉が沈黙を破るが、視線は床に落としたままだった。杏里がなにも答えずにいると、見かねたように和真が口を開いた。

「今日は仮病で会社を休んでもらったんだ」

和真の命令で欠勤したというのは予想どおりだ。だが、茉莉が女の顔になっているのはどういうことなのか。弱みを握られて仕方なく従ったのなら、敵意を剥きだしにしているはずだ。

（茉莉姉さんも……カズちゃんのこと……）

杏里は泣きだしたい心境だった。昨夜、バスルームで抱かれたことで、自分が一番親密になれたと思いこんでいた。

そのとき、上品で遠慮がちな声が響き渡った。

「遅くなりました」

なぜか小百合が申し訳なさそうな顔で部屋に入ってくる。慌てていたのか、額にはうっすらと汗が光っていた。

「愛梨ちゃんにおっぱいをあげて寝かしつけてたの……ごめんなさい」

その言葉は杏里でも茉莉でもなく、和真に向けられたものだった。

（どうして、小百合姉さんまで……）

長女の登場に、杏里はますます混乱してしまう。無意識のうちに、小百合の胸もとに視線が吸い寄せられる。白いシャツが大きく膨らんでおり、その豊満さがひと目でわかった。

「あんまり遅いから、もう来ないのかと思ったよ」

和真がからかうように声をかけると、小百合は困ったように小さく肩を竦めた。

「カズくん、意地悪言わないで……」

授乳直後のせいか、顔が妙に火照っているのが気にかかる。心なし和真を見つめる瞳に、誘うような女の匂いが感じられた。

「小百合義姉さん、あれ持ってきてくれた？」

「はい。どうぞ」

小百合がなにかを和真に手渡した。黒い革製の下着のような代物だ。いったい、なにがはじまろうとしているのだろう。杏里は戦々恐々としながら、義弟の顔を見あげていった。

「杏里義姉さん、これを穿いてくれるかな」

口調こそやさしいが、その目には有無を言わせぬ光が宿っている。杏里は差し出された黒い革製品を仕方なく受け取った。

「え……なに、これ？」

思わず小さな声が漏れる。それは、やはりパンティだったが、股間の部分になにかが取りつけられていた。

「双頭ディルドウって言うんだよ。チ×ポの代わりになるんだ」

和真はこともなげに語りかけてくる。その唇には笑みさえ浮かんでいた。股間から伸びている巨大な物体はシリコン製だ。黒光りしており、不気味に反り返っている。しかも、内側にも似たような物が突きだしていた。

杏里は双眸を見開き、言葉を失っていた。初めて目にする淫らな道具に、嫌悪感がこみあげてくる。

「ほら、内側のは少し小さいだろう。だから初めてでも簡単に挿入できるよ。穿いてる人も気持ちよくなれるんだ。試してみなよ」

和真の言葉を、なかば呆然としながら聞いていた。こんな物を穿かせて、なにをするつもりなのだろう。

(カズちゃん、わたしのことなんて……)

気持ちを伝えただけで浮かれていたことが情けなくなってくる。和真にとっては自分など、欲望を解消するための玩具でしかないのかもしれない。

いずれにせよ逆らえないのはわかっている。杏里は瞳を潤ませてパジャマと下着を脱ぎ、瑞々しい裸体を晒していった。

ベッドの上で体育座りをした状態で、革製のパンティに脚を通していく。小百合と茉莉に見られているのはつらいが、和真が目でうながしていた。

「あっ……」

ディルドウの先端が恥裂に触れて、思わず手がとまってしまう。すると、すかさず和真が声をかけてきた。

「これは杏里義姉さんにしか頼めないことなんだ。お願いだよ。僕のために穿いてくれないかな」

どこまで本心なのかは怪しいものだ。おそらく口先だけの言葉だろう。それがわかっていても、想いを寄せる義弟の言葉には抗えなかった。

尻をシーツから浮かせて、革パンティを引きあげる。ディルドウの先端がズブリと沈みこむが、和真の巨根に慣らされているので苦しくはない。条件反射的に華蜜が分泌されて、一気に根元まで呑みこんだ。

「あンンっ……は、入っちゃった」

疼くような感覚が、股間にどんよりと漂っている。ディルドウによってもたらされていると思うと薄気味悪いが、性感が刺激されているのは間違いなかった。

「フフッ、杏里義姉さんの股間からチ×ポが生えてるよ。いやらしいね」

和真がからかいの言葉を投げかけてくる。小百合と茉莉も、驚いたように目を丸くして見つめていた。

「いやン、見ないで……はンンっ」

身じろぎすると、埋めこんだディルドウに膣壁を擦られる。痺れるような感覚がひろがり、少しずつ理性を蝕んでいた。

「じゃ、茉莉義姉さん。はじめようか」

「本当に……するの？」

あらかじめ言い含められていたらしく、和真のひと声で茉莉がスーツを脱ぎはじめる。眼鏡だけ残して全裸になると、なぜかベッドにあがってきた。そして四つん這いでヒップを後方に突きだす姿勢をとった。

「ま……茉莉姉さん？」

「杏里……恥ずかしいから……」

訴えてくる声は掠れていた。くびれた腰をくねらす姿は、あの男勝りの茉莉とは思えないほど艶めいている。反発せずに命令に従うのも妙だった。いったい、なにが茉莉を変えたのだろう。

（カズちゃんと、なにかあったんだ……そうに決まってる）

胸のうちにもやもやとした感情が渦巻いている。義弟を取られたような気持ちになり、涙が溢れそうになってしまう。

そんな杏里の顔を覗きこみ、和真がこれまでにない妖しい笑みを向けてきた。

「杏里義姉さん、ディルドウで茉莉義姉さんのアナルを犯すんだ」

耳を疑うような言葉だった。杏里は頬がひきつるのを感じた。

「い、いくらなんでも、そんなこと……」

この人工のペニスで実の姉の、しかも肛門を犯すことなどできるはずがない。

しかし、杏里の動揺とは裏腹に、茉莉は黙って尻を高く掲げている。こうして従っているということは、事前にすべてを了承しているということだ。

（茉莉姉さん……もしかして、カズちゃんのこと……）

和真のことを本気で愛しているから、どんな命令も受け入れようとしているのかもしれない。そう考えると、茉莉の行動にも納得がいく。二人はいつの間に、それほど仲を深めたのだろうか。

「や……そんな……わたしだって、カズちゃんのこと……」

怒りにも似た激しい感情が湧きあがってくる。杏里は身体を起こすと、茉莉の背後で膝立ちの姿勢をとった。

「そうだよ、杏里義姉さん。そのチ×ポを……杏里義姉さんのチ×ポを、茉莉義姉さんのお尻の穴に突き刺すんだ」

それはまさに悪魔の囁きだ。異常なことだというのはわかっている。しかし、膨れあがる破壊衝動に抗うことはできなかった。

「アナルを犯ってないのは、茉莉義姉さんだけだからね」

和真の声に背中を押されるように、茉莉のくびれた腰に手をかける。なめらかな肌に触れただけで、心臓がドクンッと音をたてた。

（わたしが……茉莉姉さんのお尻を……）

臀裂にセピア色の肛門が見えている。杏里は生唾を呑みこむと、股間から生えている人工の亀頭を、姉の裏門にそっとあてがった。

「あぅっ……」

茉莉が小さな声を漏らし、怯えたように裸体を震わせる。頬をシーツに押しつけて、双臀を高く掲げた卑猥な格好だ。眼鏡のレンズ越しに見える瞳は、弱々しく涙で潤んでいた。

「ああ、怖いわ……杏里、乱暴にしないで」

茉莉のこんな声を聞くのは初めてだ。懇願するように言われて、煮えたぎるような感情が少しだけ鎮まった。だからといって、和真の命令に背くわけにはいかない。茉莉の腰を両手でしっかり摑み、亀頭をググッと押しつけた。

「ンうっ……あ、杏里……」

「茉莉姉さん、挿れるね」

腰に力をこめると、黒い亀頭が肛門の皺を伸ばすようにして沈みこむ。茉莉はよほど苦しいのか両手でシーツを握り締めて、臀部の筋肉をキリキリと収縮させた。

「苦し……うくっ……や、やっぱり無理よ」

「大丈夫、力を抜いて……ンンっ」

杏里は嗜虐的な気分に浸りながら、さらに腰を押し進める。傷つけるつもりはないが、気の強い姉の苦しむ姿に惹かれるものがあった。杏里自身も小さなディルドウで膣壁を刺激されて、密かに愛蜜を溢れさせていた。

「あうっ、裂けちゃう……うぐぐっ」

「ゆっくりだから、あンっ、そんな簡単に裂けないよ。ほら、どんどん入ってく」

「待って、ダメ、くぅっ……杏里、お願い……あううっ」

茉莉の狼狽ぶりは凄まじい。いったんは和真に命じられて受け入れる覚悟をしたのだろう。しかし、今になって懸命に尻を振って矛先をずらそうとしているのだ。

「動くと危ないから……あっ、先っぽが入った……ああンっ、すごい」

杏里は興奮していた。双頭ディルドウで膣を刺激されていることもあるが、実の姉のアナルを犯していると思うと、異様な興奮が湧きあがってくる。腰をがっしりと摑み、さらに股間を押しつけていった。

「うくぅっ……やめて、お尻、ひろがっちゃうっ」

苦悶する茉莉を見おろしながら、じんわりとディルドウを埋没させた。

少し太めの亀頭部分さえ入ってしまえば、あとは簡単だった。軽く体重をかけるだけで、ズブズブと挿入することができた。

「あアンっ、入った……茉莉姉さん、奥まで入ったよ」

大きく拡張された茉莉の肛門に、シリコン製の黒いディルドウがずっぽりと突き刺さっている。杏里はその異様な光景を見つめて鼻息を荒らげていた。

「き、きついわ……抜いて、お願い……」

茉莉が掠れた声で哀願する。肛門は侵入を拒絶するように強く収縮しているが、もちろんそんなことで拒めるはずもなかった。

「すごいね。姉妹で繋がった気分はどう？」

和真が薄笑いを浮かべながら声をかけてきた。結合部を覗きこみ、さも楽しそうに唇の端を吊りあげている。もちろん、繋がっただけで許すはずもなく、さらなる行為をうながしてきた。

「せっかくだから動いてあげなよ。遠慮しないで気持ちよくなっていいんだよ」

和真の言葉が終わると同時に、杏里はゆっくり腰を振りはじめる。

茉莉の苦しむ姿も、膣を抉るディルドウの刺激も、和真に見られていることも、なにもかもが興奮を煽りたてていた。

「あンっ……ああンっ……茉莉姉さん」

「ンっ……ンっ……ダ、ダメ、動かないで」

茉莉は全身汗だくになり、低い声でうなっている。

初めてのアナルセックスというだけでも戸惑うのに、その相手は実の妹である杏里なのだ。あまりにも異常なシチュエーションに茉莉の理性は崩れはじめていた。

「もうやめて、杏里……ンンっ、苦しいの、お願い、やめて」

「ダメなの、カズちゃんの命令だから……あふっ……あンンっ」

腰を引くと、肛門が捲り返るようにしてディルドウが抜きだされる。反対に押しこむときには、まるで肛門全体がブラックホールにでもなったように、ズルズルと内側に巻きこまれた。

肛門がこれだけ異なる表情を見せるとは驚きだ。締めつけも強烈で、杏里の膣も同時に挟られる。高まる興奮のなか、少しずつ抽送速度をあげていく。

「茉莉姉さん……ああンっ、気持ちよくしてあげる」

「うくっ、擦れる……ンううっ、もうやめてぇっ」

茉莉が啜り泣きを漏らしはじめる。実妹によるアナルセックスの衝撃で、ついに理性が崩壊したらしい。普段の気の強さは消え去り、肩を震わせてしゃくりあげた。

「うっ、ううっ……お願い、もう許して……うぅぅっ」

それでも杏里は腰の動きをとめようとしなかった。自身の膣も摩擦されて、強烈な背徳感と快美感が湧きあがっている。もう、どうしようもないところまで性感が高まっていた。

「茉莉ちゃん、そんなに痛いの？」

それまで黙って見ていた小百合が声をかけてくる。おっとりした調子だが、妙に艶めかしい響きをともなっていた。

いつの間にか服を脱いで、グラマーな肢体を曝けだしている。和真に命じられたのだろう、恥ずかしげに頬を染めながらベッドにあがってきた。

「お尻が痛いのね。可哀相に」

小百合は長女らしく茉莉のことを気遣い、やさしく髪を撫でていく。すると茉莉は縋るような瞳を向けて、ますます幼子のように泣きじゃくった。

「うぅっ、姉さん……わたし、お尻が……あううっ」

「大丈夫よ。わたしが痛みをやわらげてあげる。杏里ちゃんはそのまま動いてね。

二人とも仲良くするのよ。いいわね」

「小百合姉さん？　あっ……あアンっ」

杏里は戸惑いながらも腰を振りたてていく。早くも昇りつめそうになっており、自然と腰の動きが加速してしまう。

小百合は茉莉の隣で仰向けになる。そして、這いつくばった裸体の下に潜りこみ、茉莉の乳房にしゃぶりついた。

「ひむぅっ、ね、姉さん……あンっ、ダメ、そんな……はあンっ」

茉莉の反応が明らかに変化する。苦しげな声に甘い響きが混ざりはじめていた。妹にアナルを犯されながら、姉に乳房を吸われている。その想像を絶するアブノーマルな行為が、性感を急激に追いこんでいた。

「ひッ……ひッ……やだ、姉さん……あうッ、杏里、お尻が……ひううッ」

「気持ちよくなってきたの？　ねえ、茉莉姉さん、お尻が気持ちいいの？」

杏里自身も激しく昂ぶり、腰の振りを大きくする。ディルドウで茉莉のアナルを抉りまくり、同時に自分の蜜壺も反対側のディルドウで掻きまわす。すると、たまらない愉悦が急激にもりもりと膨らみはじめた。

「茉莉ちゃん、おっぱいも気持ちいいんでしょう？　はむううっ」

「あうッ、姉さんっ、ひンッ、杏里っ……も、もうっ、ひあぁッ」

小百合が乳首を口に含み、チュウチュウと音をたてて吸引する。茉莉は激しく身を捩り、あられもない嬌声を振りまいた。

「茉莉姉さんっ、あぁンっ、杏里も気持ちよくなっちゃうっ」

もはや腰の動きはこれ以上ないほど激しくなっている。ディルドウを猛烈な勢いで抽送させて、極彩色のアクメに向けて一気に駆けあがった。

「あぁあッ、姉さんもいっしょに、杏里はもう、あぁッ、イク、イッちゃうッ！」

「ひッ、ひぃッ、強すぎ、お尻なのに、あひぃッ、イクっ、イクイクううッ！」

杏里と茉莉は双頭ディルドウで膣とアナルを繋げたまま、同時にオルガスムスへと昇りつめた。激しく腰を振りたくり、背徳的な愉悦に悶え狂った。

「茉莉ちゃん、杏里ちゃん……二人とも気持ちよくなれたのね」

小百合が涎れにまみれた口もとを拭いながら、ポツリとつぶやくのが聞こえた。

「杏里義姉さん、すごかったね。茉莉義姉さんのアナルはどうだった？」

和真が薄笑いを浮かべながら声をかけてくる。杏里は絶頂の余韻のなかで、徐々に理性を取り戻していた。

（わたし……茉莉姉さんのお尻を……）

絶望感がこみあげてくる。義弟を取られたような気になり、嫉妬に駆られて茉莉の肛門を犯してしまった。

いくら命じられたこととはいえ、猛烈な自己嫌悪に襲われる。力尽きたように崩れ落ち、後悔に歪んだ顔をシーツに擦りつけた。

「杏里……」

そのとき掠れた声が聞こえて、誰かに手を握られる。恐るおそる顔をあげると、すぐ隣に倒れこんでいる茉莉がやさしい笑みを浮かべていた。

「茉莉姉さん……うっ、ううっ」

思わず涙が溢れだす。あんなに酷いことをしたのに許してくれたのだ。たまらず茉莉の肩口に額を押し当てて、こらえきれない嗚咽を響かせていた。

## 2

「僕も興奮してきたよ。みんなで順番にしゃぶってもらえるかな」

和真は鼻息も荒く口走ると、Tシャツと短パンを脱ぎ捨てた。

ボクサーブリーフの股間はもっこりと膨らみ、大きな染みができている。三姉妹が絡み合う姿を目の当たりにして、陰茎は痛いくらいにいきり勃っていた。

杏里と茉莉はベッドに倒れこんでおり、ひとり絶頂に達していない小百合はしどけなく横座りしている。その瞳は物欲しそうに和真の股間を凝視していた。

「義姉さんたちも舐めてみたいでしょ。僕のチ×ポ」

見せつけるようにしながらボクサーブリーフをおろすと、反り返ったペニスが下腹部を打つ。先端から透明な先走り液が溢れて、亀頭全体をヌラヌラと妖しげに濡れ光らせていた。

(ここまでは順調だな。あとは三人をどこまで堕とせるか……)

和真は胸底でつぶやくと、ベッドにあがって仁王立ちする。そして三姉妹を見おろし、決して声を荒らげることなく命令した。

「さあ、食事の時間だよ。みんなで仲良く味わうんだ。一番上手くできた人にはご褒美をあげようかな」

最初に反応したのは小百合だった。

妹たちの絶頂を見届けただけで、昂ぶった欲望を持て余しているのだろう。身体を起こして正座をすると、肉柱の根元に白魚のような指を絡めてきた。

「カズくん、わたしが……ご奉仕します」

小百合は濡れた瞳で見あげると、そっと睫毛を伏せて股間に顔を寄せてくる。そして躊躇することなく、赤い唇を亀頭の先端に触れさせた。

「ンっ……苦いわ……ンンっ」

「義姉さん、気持ちいいよ」

透明な汁をチュッと吸いあげられて、鮮烈な快美感が突き抜ける。さらに亀頭をぱっくり咥えこまれると、腰骨にブルブルと痙攣が走った。

「ううっ……大胆なんだね。そんなに欲しかったの？」

「はむンっ、だって、わたしだけ……おむううっ」

小百合はもどかしそうに腰を捩らせて、拗ねたような瞳を向けてくる。そして再び剛根を口に含み、首を大きく振りはじめた。まるで欲求不満の人妻のように、夢中になって陰茎を吸いまくる。舌も使ってカリの裏側をくすぐってきた。

「すごいね。小百合義姉さん、僕のチ×ポは美味しい？」

義姉の生温かい口腔粘膜を楽しみながら、わざとからかうような言葉を浴びせかける。亀頭は破裂せんばかりに膨らみ、大量の先走り液を湧出していた。

「むはっ……美味しいわ、カズくんの……お、おチ×ポ……」

小百合は男根を吐きだすと、和真を悦ばせるような言葉を口にする。その媚びるような態度を見ただけで、調教が順調に進んでいることがわかった。

「つづけていいよ。もっとしゃぶりたいでしょ？」

「ンっ……ンふっ……むふふンっ」

小百合はうっとりと瞳を閉じて、激しく首を振りたくる。このまま射精に追いこむつもりなのかもしれない。頬をぼっこりと窄めて、ジュルジュルと猛烈な勢いで吸茎していた。

（そんなにがんばっても、簡単には呑ませてあげないよ）

和真は余裕綽々の表情で見おろして内心ほくそ笑む。小百合が熱心にフェラチオすることで、ほかの二人に影響を及ぼすことは確実だ。現にぐったりしていた杏里と茉莉から、粘りつくような視線を感じていた。

「やっぱり小百合義姉さんのフェラは最高だよ」

わざと煽りたてるようなセリフを口にする。と、そのとき、杏里が気怠そうに身を起こした。幼さの残る横顔には絶頂の余韻が色濃く残っている。その欲情で濡れた瞳には、嫉妬の炎がはっきりと揺らめいていた。

「小百合姉さんばっかりずるいよ……わたしにもおしゃぶりさせて」

仁王立ちしている和真の前に這い寄ってくると、小百合を押しのけて肉柱を握り締める。双頭ディルドウ付きの革パンティを穿いたままで、股間から黒光りする男根が伸びているのが異様だった。

「へえ、杏里義姉さんにしては、ずいぶん積極的だね」

和真が見おろすと、杏里は恨みっぽい視線を返してくる。目もとを恥ずかしそうに染めあげて、そっと睫毛を伏せていく。そして吐息を吹きかけるようにしながら、いきなり小さな唇を亀頭に寄せてきた。

「カズちゃんの意地悪……あむぅっ」

ピンク色の唇に包まれた途端、たっぷりの唾液が絡みつき、早くも蕩けるような快感がこみあげてくる。口内に唾液を溜めてのフェラチオは、和真が教えこんだテクニックだ。

「おおっ……やっぱり上手だね。杏里義姉さんは覚えが早いよ」

思わず相好を崩して、杏里の黒髪をやさしく撫でまわす。またもやカウパー汁が溢れだし、義姉の口内を穢していった。

「ンくっ、お汁がいっぱい……ンっ……ンくっ」

杏里は健気に喉を鳴らし、先走り液を嚥下していく。まるで子供が特大の飴玉をしゃぶるように、頬を膨らませてクチュクチュと音をたてていた。

「杏里義姉さんはチ×ポとかザーメンの匂いが好きなんだよね」

「むふぅっ……どうして、そんなこと……」

「フフッ……当たりみたいだね。見てればわかるよ」

匂いが強いほど杏里は興奮する質だ。本気で調教するつもりなら、それくらいのことを見逃すはずがない。フェラチオのとき、密かに深呼吸を繰り返していることに以前から気づいていた。

「臭いザーメンを呑みたいなら、杏里義姉さんが射精させるしかないよ」

そうやってうながすと、杏里は素直に首を振りはじめる。小さな唇を肉胴に密着させて、懸命に出し入れを繰り返す。唾液を潤滑油の代わりにして、絞りあげるようにスライドさせるのだ。

「ンっ……ンっ……気持ちいい？　はむううっ」

「いい感じだよ。その調子でつづけられたら出ちゃうかもしれないな」

実際にはまだまだ射精するほどではない。そうやって期待を持たせることで愛撫に熱が入り、より強烈な口唇ピストンを味わうことができる。牝の悦びを植えつけてしまえば、コントロールするのは簡単なことだった。

そのとき、視界の隅で茉莉が身体を起こした。杏里にアナルを犯されたことで、すっかり呆けて脱力している。それでも呼吸を乱しながら、なんとか杏里の隣まで這ってきた。

「わ……わたしも……」

汗の浮いた額にショートカットが張りついている。眼鏡はかけているが、普段の知的な雰囲気は皆無だった。

「茉莉義姉さん、どうしたの？」

突き放すように言うと、茉莉は今にも泣きだしそうな顔で脚に縋りついてくる。そして太腿に頬ずりをしながら、懸命に訴えはじめた。

「ああ……わたしにも舐めさせて……」

「舐めるって、なにを？」

「和真の……お……おチ×ポ、ああっ」

茉莉は声を震わせながらつぶやくと、恥ずかしそうに睫毛を伏せる。しかし、身体を離そうとはせず、顔を股間へと近づけてきた。

「仕方ないな。杏里義姉さん、代わってあげてよ」

和真はおおげさに顔をしかめると、溜め息混じりに命令する。すると杏里は剛根を吐きだして、名残惜しそうにしながらも場所を空けた。

「杏里、ごめんね……我慢できないの」

アナルヴァージンを失ったことで人格が変わったのか、茉莉はしおらしい声で謝罪する。そして和真の男根を両手で掲げ持ち、震える舌を伸ばして裏筋をねっとりと舐めあげた。

「はあンっ……美味しい」

「茉莉姉さんは欲張りだね。三人で仲良くって言っただろう」

「和真がいけないのよ……わたしのこと、こんなふうにして……あむううっ」

茉莉は上目遣いに甘くにらみつけてくると、一気に剛根を頬張った。亀頭が喉の奥まで入りこみ、眉間に苦しげな縦皺が刻まれる。唇で肉胴を締めつけてくるが、それ以上はどうすればいいのかわからず戸惑っているようだった。

「咥えてるだけじゃダメだよ。もっと動かないと」

わざと冷徹に言い放てば、茉莉はぎこちない動きで首を振りはじめる。

あまり経験を積んでいないのは明らかだが、あの男勝りな義姉にフェラチオさせていると思うだけで快感は大きくなった。

「舌も使わないと。ほら、唇が緩んできた」

「ンふっ……はンっ……ンむむっ……こ、こう？　和真、これでいいの？」

眼鏡越しに見える瞳は不安そうだ。これまでの生活では一度も目にしたことのない、茉莉の困り果てた表情だった。

「茉莉義姉さんはもう少し練習が必要みたいだね。こんなフェラで射精できるわけないよ。自分がしゃぶりたいだけで、気持ちよくしようと思ってないでしょ」

情け容赦のない言葉に、茉莉は奉仕を中断して肩を落とした。

さすがに落ちこんでいるようだ。エリート街道を歩んできた茉莉は、人から注意や指摘されることに慣れていない。ましてや姉妹たちの前で叱責されたとなれば、ショックは相当なものだろう。

「ごめんなさい……」

茉莉は消え入りそうな声でつぶやいた。その瞳には涙さえ浮かんでいる。和真は心のなかでほくそ笑みながら、幼子にするように義姉の頭をそっと撫でた。

「でも、毎日練習すれば、すぐに上達すると思うよ」

やさしい言葉をかけるのも忘れない。飴と鞭を使いわけるのが、女を従順な牝奴隷に躾けるためのコツだった。

「今のところ、小百合義姉さんが一歩リードかな」

和真の言葉で、三姉妹の表情が変化する。小百合は微かに微笑み、茉莉は暗い顔でうつむいた。杏里に至っては不服そうに頰を膨らませている。

「でも、まだ決まったわけじゃないよ」

ここで終わらせるのは勿体ない。せっかく競争心を煽っているのだから、これを利用して調教を進めるつもりだ。三姉妹は順調に奴隷化している。これから先は、ひとつのプレイごとに依存心が深まっていくと踏んでいた。

「今度はオマ×コに挿れたいな。誰が射精させるか競争しようか。さっきのフェラと合わせて、優勝者にはご褒美だよ」

三人の顔を見渡して言うと、和真はベッドの上で仰向けになった。

まず最初に反応したのは杏里だ。フェラチオ競争の結果がかなり不満らしい。双頭ディルドウ付きの革パンティを脱ぐと、まっ先に和真の腰をまたいでくる。

「カズちゃん、今度こそわたしが気持ちよくしてあげる」

両膝をシーツにつき、ゆっくりと腰を落としはじめた。ディルドウを咥えこんでいた膣口は充分練れており、瞬く間に亀頭を呑みこんでいく。

「すごく硬くなってるぅ……あぁンっ」

「一番手は杏里義姉さんか。オマ×コがトロトロだね」

男根を生温かい媚肉に包まれながら、和真は小ぶりのバストに手を伸ばす。手のひらに収まる乳房を揉みしだき、頂点で尖り勃つ乳首をキュッと摘みあげた。

「ひンっ……き、気持ちいい……あふンンっ」

ディルドウでの摩擦が効いて、膣内が過敏になっているらしい。まだ挿入しただけだというのに、膣襞がうねるように蠢いている。まるで吸引するような激しさで、ペニスの根元から搾りあげられていく。

「すごく締まってる。処女みたいにきつくなってるよ」

「いやンっ、恥ずかしい……カズちゃん、ヘンなこと言わないで」

杏里はしきりに照れながらも、和真の腹筋に両手を置き、ねっとりと腰をくねらせはじめる。顔立ちは清純そのものだが、腰つきはあまりにも淫らがましい。まるで娼婦のように、妖艶な匂いさえ漂わせていた。

「なかが擦れて……はああンっ、いいっ」

鼻にかかった声を漏らし、腰の動きが少しずつ大きくなる。回転運動からしゃくりあげるようなピストン運動に変わる頃には、締まり具合もますます強くなり、亀頭が食いちぎられそうなほどになっていた。

「ずいぶん激しいんだね……くぅっ」

「あっ……あっ……だって、わたし、カズちゃんのこと……」

杏里は頬を染めながら、眉を困ったような八の字に歪めて言い淀む。そして、一拍置いて裸体をたまらなそうにくねらせた。

「ううっ……杏里義姉さんっ」

さすがに射精感がこみあげてきたとき、杏里の喘ぎ声がいっそう高まった。

「あうッ、ダ、ダメ……あううッ、気持ちいいっ、そんな、わたし……」

どうやら騎乗位で腰を振りたくることで、自分の感じるポイントを重点的に刺激してしまうらしい。早くもアクメの波が押し寄せて、杏里は自分勝手に桃源郷への急坂を昇りはじめていた。

「ああッ、もう、カズちゃんも、お願いっ、イキそう、イクっ、イッちゃううううッ！」

杏里はあられもないよがり啼きを響かせながら、腰をガクガクと痙攣させる。剛根をこれでもかと締めつけて、尖り勃ったクリトリスを押し潰し、瞬く間にオルガスムスへと達していった。

和真は奥歯を食い縛り、なんとか射精感をやり過ごした。暴力的な締めつけに、危うく暴発するところだった。

「もうイッちゃったの？　惜しいところまで来てたのに残念だったね」

涼しい顔を装ってからかうと、杏里は力尽きたように胸板に崩れ落ちてきた。

「ああン……カズちゃん、ひどい……わたしだけなんて……」

拗ねた口調が可愛らしい。それでも、ここで甘い顔を見せるわけにはいかない。どんなに懐いたところで、所詮は牝奴隷だ。

「順番がつまってるんだ。どいてくれるかな」

脱力した杏里の身体を、横に転がすようにしてベッドの隅に追いやった。杏里はまた頬を膨らませるが、無視して茉莉に視線を送る。先ほどから身体を起こして出番を待っていた茉莉は、遠慮がちにうつむきながら這い寄ってきた。

「あの、和真……わたしも、いい？」

「オマ×コしたいんだね。いいよ。その代わり、自分で挿れるんだよ」

茉莉はコクリとうなずき、和真の腰をまたいだ。恥じらいながら右手で陰茎を摑むと、膣口にあてがって腰を押しつけてくる。杏里を手本にしたような、両膝をシーツにつけた騎乗位だ。

「ンっ……ンンっ……入ってくる、和真の……ンあぁっ」

股間がぴったり密着すると、結合部がブチュッと卑猥に鳴って華蜜が溢れた。ディルドウでアナルを犯されたことで、性感が蕩けているのだろう。膣のなかは溶けたバターのようにドロドロになっていた。

「お尻の穴を犯されて興奮したのかな？」

「ヤンっ……そんなはず……」

茉莉はゆるゆると首を振って否定する。すかさず和真はヒップを抱えこむと、尻の谷間に指を這わせた。

「あっ……ま、待って……」

「どうしたの？　そんなに動揺して」

薄笑いを浮かべながら、右手の中指を肛門にあてがった。途端に茉莉は「ひっ」と裏返った悲鳴をあげて、騎乗位で繋がった裸体を硬直させる。

「あうっ……そこ……お、お尻……」

「もしかして、お尻の穴が感じるようになっちゃったのかな？　ねえ、アナルがクセになっちゃったの？」

畳みかけるように質問しつつ、指先をアナルに埋めこんだ。

「あひいッ……ダメ、そこは、もう……ひむむっ」

拒絶する声を無視して、中指をズブズブと挿入する。自然と括約筋に力が入り、指と剛根を猛烈に締めつけてきた。

「いやっ、くううっ、やめ……ひううッ」

「やっぱりアナルが感じるんだね。真面目な茉莉義姉さんが、こんな変態だって知ったら、会社の人たち驚くだろうなぁ」

和真が声をかけるたび、茉莉は涙目になって首を振る。しかし、肛門に指を埋めこんだことで、無意識に腰を捩りたてていた。

「ひッ……ひッ……そ、そんなこと、されたら……あひッ、ダメになっちゃう」

よほど感じているのだろう、乳首は触れてくれとばかりに勃起して、乳房は汗でヌメ光っている。知的な美貌は欲情で火照り、首筋まで桜色に染まっていた。

「ダメになるって、どういうこと？　もしかして、イキそうなの？　ケツの穴に指を入れられてイッちゃいそうなの？」

アナルに挿入した中指を抽送してやると、茉莉はたまらなそうに激しく腰を振りたくる。極太の剛根を強烈に締めつけて、自ら子宮口を圧迫するように股間を強く押しつけてきた。

「ひうッ、和真っ……お願い、そこは敏感だから、ひッ、くううッ」

「アナルを弄られてイッちゃうの？　ねえ、肛門が気持ちいいの？」

「ひいいッ、イキそうなの、ひッ、ひッ、お尻、もうダメっ、イックうううッ！」

茉莉は汗にまみれた裸体をのけ反らせると、涙を流しながら絶叫する。和真の腹筋に爪を立てて、二穴責めのどす黒いアクメを貪った。

「茉莉義姉さんも先にイッちゃったんだ。僕のことイカせてくれないと、ご褒美はあげられないな」

和真はまたしても射精感をこらえると、茉莉の裸体を先ほどと同じようにベッドの隅に転がした。

「さてと、小百合義姉さんはどうするの？」

あえて強要はしない。牝奴隷が自分で繋がってくるように仕向けていく。もし拒絶するなら、そのときは脅して犯せばいいだけの話だ。

「わ、わたし……わたしは……」

小百合は逡巡しながらも、和真の腰をそっとまたいで頬を染めた。

もう逃げられないことがわかっているのだろう。それに、杏里と茉莉の淫らな姿を見て欲情を抑えられなくなっているのだ。なにしろ、まだ小百合だけが一度も達していないのだから。

「カズくん……お願いだから内緒にして……はンンっ」

足の裏をシーツにつけて、和式便所で用を足すときのようなスタイルだ。小百合は極太に指を添えると、恐るおそる腰を落としてきた。

「義兄さんに内緒で、弟とセックスしちゃうんだ。義姉さん、悪い人妻だね」

「ヤンっ、違うの……あンっ、太い……あううっ」

豊満なバストが大きく揺れる。乳首は紅色を濃くして、乳輪までぷっくりと膨らんでいた。小百合は物欲しげな裸体を悩ましく捩りながら、長大な肉柱をゆっくりと呑みこんでいく。

「あっ……ンンっ……す、すごい……カズくんの大きいわぁ」

むっちりしたヒップが完全に降りると、柔らかい媚肉がペニス全体をやさしく締めあげてきた。

「うくぅぅっ……やっぱり人妻は大胆だね」

「からかわないで……ンっ……ンっ……」

予想していたとおり、かなり性欲が昂ぶっているらしい。小百合はいきなり腰を上下に振りはじめて、肉唇で剛根をねぶりあげにかかった。愛蜜がジュブジュブと溢れだし、結合部が瞬く間に濡れそぼっていく。

「欲求不満なのかな。そうじゃなかったら淫乱だよ」

「あふっ、ヤンっ、恥ずかしい……ああンっ、カズくん、見ないで……」

口では羞恥を訴えているが、腰の動きはとまらない。それどころか、蔑むような視線を向けてやると、膣の締まりがよくなるのだ。

「小百合義姉さんは好き者なんだね。義兄さんが出張中に、弟にまたがるなんて」

「あっ……あっ……こ、これは、カズくんが……」

「あれ？　僕のせいにするんだ。いやなら、やめてもいいんだよ」

和真は意地悪く囁くと、目の前で揺れる大きな乳房を両手で握り締めた。硬くなった乳首を指の股に挟みこみ、ねっとりと揉みあげてやる。すると、すぐに乳首から母乳が滲みだしてきた。

「ああンっ、ダメ、許して、ああぁっ」

「したいの？　ねえ、僕とオマ×コしたいの？」

返答を強要するように、乳首を強く挟みこむ。すると小百合は母乳を滴らせて、艶っぽく腰を捩りたてた。

「ああっ……し、したいです……カズくんと……オ、オマ×コしたいです」

「よく言えたね。じゃあ、好きに腰を振っていいよ」

許可を与えた途端、腰の動きが激しくなった。熟れたヒップを踊らせるように、股間の上でリズミカルにバウンドする。剛根を強烈に締めあげられて、和真も思わず歯を食い縛っていた。

「くっ……義姉さん……ちょっと激しすぎない？」

やんわりと指摘しても、もう小百合はとまらない。和真の胸板に両手をつき、欲望のままに腰を振る。亀頭が抜け落ちる寸前までヒップを浮かし、一気に根元まで呑みこんだ。

「あンっ、いいっ……ああンっ、いいっ……カズくん、すごくいいっ」

亀頭を子宮口に打ちつけて、同時にクリトリスを押し潰す。直線運動にねじりも加えて、貪るように男根を食い締めてくる。

「ううっ……さ、小百合義姉さんっ」

さすがの和真も、こみあげてくる射精感を抑えきれない。たまらず真下から腰を突きあげて、義姉の蜜壺を貫いた。

「ひいッ、ひああッ、感じすぎちゃうっ、も、もうイキそうっ」

「いいよっ、義姉さんっ、いいよっ」

和真も苦しげな声を搾りだす。小百合の蜜壺からは大量の華蜜が噴きだして、シーツまでぐっしょりと濡らしていた。

「ああッ、カズくんと、弟としてるのに、ひッ、ひッ、あひいいッ、イク、イクッ、もうイッちゃうっ、ひいいッ、あひあぁぁぁぁぁぁぁぁッ！」

小百合が耳をつんざくような嬌声を響かせて、禁断のオルガスムスに昇りつめていく。同時に和真も腰を突きあげながら、剛根を激しく脈動させた。

「くううっ、義姉さんっ……で、出るっ、くおおおおッ！」

三姉妹に次々とフェラチオされ、騎乗位で代わるがわる繋がった。いかに精力絶倫の和真でも、この波状攻撃には耐えられない。ついに小百合の生温かい媚肉に包まれて、膣奥にドクドクとザーメンを注ぎこんでいた。

「ふぅっ……我慢できなくて射精しちゃったよ。ご褒美は小百合義姉さんだね」

胸に倒れこんできた小百合の裸体を抱き締める。そして柔らかい髪をそっと撫でながら、にやりとほくそ笑んだ。

（残るはあとひとりだな……）

和真は義姉の耳朶を甘噛みして、耳孔に舌を差し入れる。しかし、頭のなかでは今夜帰国する義母のことを考えていた。

## 3

「あら、みんなはどうしたの？」

奈都子はがらんとしたリビングを見まわして首を傾げた。

海外出張中の夫の様子を見にいって、たった今帰ってきたところだ。夫たちはまだ仕事が残っているので、一週間遅れで帰国することになっていた。

フライトの疲れが鉛のように蓄積している。それでも、三十代後半にしか見えない美貌は輝いていた。

マロンブラウンの髪はふんわりして、グレーのシックなスーツの肩に柔らかくかかっている。胸の膨らみは大きいのに腰はキュッとくびれており、タイトスカートに包まれた豊満な尻にかけてまろやかな曲線を描いていた。

全体的に丸みを帯びた女体から、隠しきれない熟れた色香が漂っている。三人の娘を生んで完熟した肉体は、本人が気づかないうちに牝のフェロモンをむんむんと放っていた。

「小百合ちゃんは？　茉莉ちゃんと杏里ちゃんも帰ってるんでしょう？」

奈都子はおっとりした口調でつぶやきながら背後を振り返った。

「義姉さんたち、なんだか疲れてるみたいなんだ。もう部屋で休んでるよ」

スーツケースを運んでくれた和真が、申し訳なさそうにつぶやいた。

まだ十時過ぎだというのに、娘たちはもう寝てしまったらしい。せっかくお土産を渡そうと思っていたのに、少し拍子抜けだった。

「ちょっと残念だわ。カズくんだけね、待っていてくれたのは」

唇を尖らせておどけてみせると、和真はにっこりと微笑んだ。

「僕でよかったら土産話を聞かせてほしいな。父さんと義兄さんは元気だった？」

「二人とも元気だったわよ。でも、仕事に夢中でわたしはお邪魔だったみたい」

「そうなんだ。じゃあ、父さんとはゆっくりできなかったんだね」

さらりと言ってのけるが、和真の口から夫の話題が出るのは珍しかった。

夫は前妻との間にできた子である和真を、早く家から出したいと思っている。

奈都子に気を遣ってのことだが、実の父親に冷たくされる和真が不憫でならない。

だから奈都子は、娘たちと同じように和真を可愛がってきた。

「とりあえず楽な格好に着替えておいでよ。僕、お茶の準備をしておくからさ」

「そうさせてもらうわ。お話は後でゆっくりしましょう」

リビングを後にすると、娘たちを起こさないよう静かに二階の寝室へ向かう。

三姉妹の部屋からは、物音ひとつ聞こえてこなかった。

夫婦の寝室に入ると、ダブルベッドを見つめて小さく息を吐きだした。

夫は元気そうで安心したが、どうせなら一度くらい抱いてほしかった。修三がいたので無理なのはわかっている。それでも熟れきった肉体の疼きは、耐え難いほど膨らんでいた。

クローゼットの前で服を脱ぎ、ストッキングもおろしていく。黒のブラジャーとパンティも取り去ると、ようやく長時間のフライトから解放された気分になった。

鏡に映った裸体は、自分の目で見てもいやらしいと思う。

乳房はずっしりとしており、濃い紅色の乳首はまるで牡を誘っているようだ。尻は年齢とともに脂が乗って、つきたての餅のように柔らかい。陰毛が濃すぎるのも卑猥だった。

熟れた裸体には下着の食いこんだ跡が残っていた。しかも長旅で汗を掻いたため牝の匂いが濃厚になっている。和真の待つリビングに行く前に、シャワーでさっぱりしたほうがいいだろう。

そう思ったとき、いきなり寝室のドアが開いて和真が入ってきた。

「きゃっ……」

慌てて自分の身体を両手で抱き締める。右腕で乳房の膨らみを、左手で陰毛が生い茂る股間を覆い隠した。義理の息子に肌を見られる羞恥が、一瞬にして全身を火照らせていく。

しかし、和真は悪びれる様子もなく、無遠慮な視線を向けてくる。そして薄笑いを浮かべて舌なめずりした。

「着替え中だったみたいだね。ちょうどいいや」

そう言うなり手首を摑まれる。有無を言わせぬ勢いで、強引に窓際へと連れていかれた。

「義兄さんが邪魔で、父さんとセックスできなかったんでしょう?」

「な、なにを言ってるの?」

突然のことで状況が把握できない。顔をひきつらせながら、とにかく手を振り払おうとするが、義息の力は思いのほか強かった。

「父さんの代わりに、僕が義母さんをよがり啼かせてあげる」

和真の顔には妖しい笑みが浮かんでいる。まるで別世界に迷いこんでしまったようだ。恐ろしい言葉を浴びせかけられて、激しい目眩に襲われた。

「おっと危ない。ここに手をついて」

カーテンが開け放たれて、窓ガラスに両手をつく姿勢を強要される。和真は真後ろに立って、くびれた腰に両手を添えてきた。

「な、なに？　カズくん、どうしちゃったの？」

「義母さんは僕にやさしくしてくれたからね。恩返しさせてよ」

訳がわからないまま、脇腹を撫であげられる。それだけでゾクゾクするような感覚が走り抜けて、腰が砕けそうになってしまう。

「はンンっ……や、やめなさい、わたしは母親なのよ」

「母親っていっても、血は繋がってないから大丈夫だよ」

義息の豹変が信じられない。しかも窓の外には隣家の窓が見えている。レースのカーテンがかかっているが、部屋には明かりが灯っていた。

「あンっ、いやっ、見られたら困るわ」

またしても爪の先で腰のラインをなぞられる。膝が震えて今にもくずおれてしまいそうだ。危険な状況だというのに、熟れた身体は敏感な反応を示してしまう。

「ああンっ、カズくん、ふざけないで……はうっ」

無意識のうちに腰をくねらせながら訴える。すると和真は腰をグイッと後方に引き、強引にヒップを突きださせた。

「父さんはこんなことしないだろう？　ほら、外から見られちゃうかもしれないよ」

「そんな、なにを考えてるの？　あっ、や、やだ、カズくんっ」

尻の谷間に硬い物が触れてハッとする。和真はいつの間にか服を脱ぎ捨てて、いきり勃ったペニスを押しつけていた。

「これが欲しいんでしょ？　無理しなくていいんだよ。欲求不満の義母さんを、僕が可愛がってあげるよ」

膨張しきった亀頭が、臀裂に沿って上下する。隣家から見られてしまう恐怖と、義息の肉塊に触れる背徳感が混ざり合う。ショックでなにも考えられなくなっている間に、亀頭の先端が恥裂にぴったりと押し当てられた。

「あンンっ、ダ、ダメっ、待って、それだけは絶対にダメっ！」

「でもオマ×コは挿れてほしくて涎れを垂らしてるよ。ほら」

和真が腰を押しつけると、ジュブッという卑猥な水音とともに亀頭が沈みこんでくる。ろくに愛撫もされていないのに、まるで発情したように濡れていた。

「ああっ、いやっ、わたしたち親子なのに……はうっ、は、入っちゃう」

膣口が押しひろげられ、大きく張りだしたカリが膣壁を擦りながら埋没する。ガラス窓に爪を立てて身をよじるが、義息の腕力からは逃れられなかった。

「本当は欲しかったんでしょ。オマ×コぐっしょり濡らしていやらしいね。息子のチ×ポを挿れられる気分はどう？」

和真は言葉でも辱めながら、剛根を押しこんでくる。夫とは比べ物にならない大きさだ。膣道を極太で埋めつくされていく感覚にぶるるっと身震いする。義理とはいえ息子のペニスを挿入されて、発狂しそうな感覚に襲われた。

「はああッ、い、いやっ、もう挿れないで……あああッ」

「そんなに喘いでいいの？　義姉さんたちが起きてくるかもよ。僕は義母さんに誘惑されたって言うからね。どっちにしろ軽蔑されるだろうなぁ」

「ああっ、そんな、娘たちには……いけないわ、こんなのって……あううッ」

根元までズンッと埋めこまれた瞬間、たまらず背筋が反り返る。罪の意識が、なぜか快感へと置き換わってしまう。立ちバックでずっぽり挿入された剛根を締めつけて、無意識のうちに腰を振りたてていた。

「したかったんだね。こんなに腰振るなんて。それに、すごく締まってるよ」

和真は腰をぴったり押しつけたまま、熟れたヒップをねちねちと撫でまわす。

ときおり背筋にキスをして、ゾクッとするような快美感を送りこんできた。

「あンっ、ダメぇ、カズくん、許して……どうしてこんなこと……はああンっ」

「義母さん。あの窓、誰の部屋か知ってる？」

和真が腰をまわしながら、粘着質な声で囁きかけてきた。

「あの部屋は……正太くんの……あンンっ」

「へえ、よく知ってるね。意識してたりして」

真正面に見えている隣家の窓は、和真の同級生、正太の部屋だった。

十八歳にしては童顔で、いかにも気の弱そうな少年だ。純情そうな顔立ちは、奈都子の母性本能を密かにくすぐっていた。会えば必ず挨拶してくる礼儀正しさにも好感が持てる。同年代よりも年上の女性にモテるタイプだった。

「もうすぐ十一時か。正太の奴、まだ起きてるよな」

和真がそうつぶやいた直後、レースのカーテンの向こうで人影が動いた。

「も、もうやめて、こんなところを見つかったら……あンンっ」

「減るもんじゃないし、見せてあげれば？」

「あうっ、ダメ、あンンっ……カズくん、こんなことやめて」

剛根をスローペースで抽送されて、背徳的な摩擦感と愉悦がこみあげる。隣家の男子高校生に見られてしまう恐怖が、なぜか快感を倍増させていた。

(お願い……気づかないで……)

義息にピストンされながら懸命に祈った。その直後、隣家のカーテンが左右に開け放たれて正太が顔を覗かせた。

「ああっ、いやぁぁっ」

思わず右手で顔を覆い隠す。しかし、剛根を強く突きこまれると、片手ではバランスを保っていられない。再び右手も窓につき、犯されている顔を晒してしまう。

「そんな、いやっ、カズくん、離してぇっ」

「とうとう見つかっちゃったね。ククッ……正太の顔、傑作だな」

正太は呆然とした様子で立ちつくしている。隣家の親子が交わっている姿を目撃したのだから、驚くのは当然のことだった。

「正太くん、見ないでぇっ！　あうっ、抜いて、お願い……あううっ」

奈都子の声を無視して、和真が腰を振りつづける。意志に反して蜜壺は濡れそぼり、義息の剛根を嬉しそうに食い締めていた。

「いやっ、ああっ、いやなのに、どうして？」

涙ながらに激しく首を振りたくる。あまりにも異常な状況に追いこまれ、心臓が破裂しそうなほど鼓動が速くなっていた。全身の毛穴からは冷や汗が噴きだし、頭のなかはパニック寸前だ。

窓の向こうから正太の好奇に満ちた視線を感じている。破滅の恐怖とどす黒い快楽がミックスされて、膝の震えがどんどん大きくなっていく。

「あっ……あっ……ダメっ、そんなに動かさないで、いやぁっ」

「正太って時間に正確なんだ。今も十一時きっかりだったね」

和真が聞こえよがしにつぶやいた。

「え？　それって、どういう……はあンっ」

巨大なカリで膣壁を摩擦されながら、濡れた瞳で振り返る。義息の言葉の裏になにかを感じたが、疑問は激しさを増すピストンに呑みこまれてしまう。

「あうっ、いや、カズくん、苛めないで、ああっ」

「あれ見て。正太がなんかやってるよ」

和真にうながされて正面を見ると、正太がズボンとブリーフをおろしていた。童顔を真っ赤に染めて、先端が生赤いペニスを一心不乱に扱いている。

「義母さんがあんまりエッチだから、我慢できなくなったみたいだね」

「あううっ、いや、正太くん、いけないわ、お願いだから、やめてぇっ」

泣き叫びながらも、和真の力強い抽送に感じてしまう。愛蜜をジュブジュブと響かせて、膣道を卑猥に蠕動させていた。

「ううっ、オマ×コすごいよ。正太に見られて興奮してるんだね」

「ヤンっ、違う、ああンっ、違うわ、そんなはず……ああぁッ」

口では否定しながらも、身体は激しく反応している。義息の抜き差しに合わせて腰を振り、豊満な乳房をタプタプと揺すってしまう。いけないと思っても、熟れた女体は逞しい肉柱の抽送に翻弄されていた。

「あッ……あッ……あッ……カ、カズくん」

「もうイキそうなの？　父さんとはこんなスリル味わえないだろう。あ、正太もそろそろイクみたいだよ」

和真の言葉に釣られて視線を向けると、正太は今にも泣きだしそうな顔で右手を動かしている。その切羽詰まった表情からも、絶頂が近いのは明らかだった。

「そんな、正太くん……あぁッ、ダメっ、カズくん、突かないでぇっ」

隣家の純情そうな少年が陰茎を扱いている。もちろん男のオナニーを見るのは初めてだ。自分がオナペットにされていると思うと、なぜか異様な興奮が湧きあがる。和真の抽送も激しくなり、ついに頭のなかで眩い火花が飛び散った。

「あああッ、こんなのって、いやなのに、ひああッ、イクっ、イッちゃううッ！」

はしたなく叫びながら腰をガクガクと震わせる。窓の向こうでは、正太が童顔をしかめながら白濁液を噴きあげていた。

力尽きてがっくりとうなだれる。しかし、剛根を穿ちこまれているので、腰を落とすことはできなかった。

「義母さん、ずいぶん興奮してたね。息子のチ×ポでイッた気分はどう？」

背中に覆い被さるようにして、耳もとで囁かれる。そうしながら、ねっとりと腰を使い、絶頂直後の蜜壺を掻きまわされた。

「ひううっ、や、やめて……敏感になってるから、ンあぁっ」

首を弱々しく振りたくる。まさか義息に犯されて、アクメを迎えてしまうなんて信じられなかった。

「正太に言っておいたんだ。いいものを見せてやるから、十一時になったらカーテンを開けてみろってね」

「そんな、最初から見せるつもりで……ひどいわ……うっ、うぅぅっ」

「心配しなくても大丈夫だよ。正太は誰にも言わないから。たまにこうして見学させてあげるだけでいいんだ」

和真は平然と恐ろしいことを言ってのける。

「定期的にセックスしているところを見せてやるから、誰にもバラすなって言ってある。だから、これからもちょくちょくセックスしないとね」

「ま、まさか……ああっ、もういや……お願いだから許してぇ」

奈都子は倒れこむようにして、熟れた乳房を窓ガラスに押しつけていた。恥ずかしいが、すでに両腕で身体を支える気力は残っていなかった。

「サービス満点だね。正太からおっぱいが丸見えだよ」

和真が剛根を激しく突きこんでくる。腰をがっしりと支えられているので倒れることは許されず、またしても見せ物にされてしまう。

「ひッ……あッ……そんな、また、親子なのに……ひああッ」

「僕のチ×ポ、気に入ってくれたみたいだね」

「ウ、ウソよ、そんな……ああっ、カズくん、どうしてなの？」

「言っただろう、義母さんに恩返しがしたかったんだ。欲求不満の義母さんにね」

「いやぁっ、ああンっ、ひどい……ひどいわ、カズくん、あッ、ああッ」

双眸から涙が溢れて頬を濡らす。全身に悲しみがひろがっているが、同時に膣感覚も鋭敏になっていた。

「あうッ、もうダメよ、わたしたち親子なのよ……ひいッ、あひいッ」

極太の肉柱が往復するたび、感電したような愉悦がビリビリと四肢の先端に向かって走り抜ける。大量の華蜜が溢れて、内腿をぐっしょりと濡らしていた。

「でも、オマ×コはすごく締まってるよ。もう父さんのことなんて忘れて僕のものになっちゃいなよ」

さらに膣奥を力強く抉られる。蕩けそうな膣襞を摩擦されながら、子宮口を連続して叩かれた。下腹部の奥が熱くなり、身体が浮きあがるような錯覚に襲われる。怖くなって身を捩るが、この快楽からは逃れられない。

「うああッ、ダメっ、また、ひいッ、ひいいッ、もう狂っちゃうっ」

窓ガラスでひしゃげた乳房に、正太の血走った視線が這いまわる。勃起した乳首を押し潰されるのもたまらない。義息のペニスだとわかっているが、もう我慢することなどできなかった。

「カ、カズくん、いいっ、ひああッ、すごくいいっ、もう、もうイキそうなのっ」

たまらず窓ガラスに爪を立てて掻き毟る。歓喜の涙がこみあげて、蜜壺がギリギリと剛根を締めつけた。

「くうッ……義母さん、僕が出すと同時にイクんだっ」

和真も息を荒らげながら、ラストスパートの抽送に突入する。凄まじい勢いで長大な肉柱を打ちこみ、一気に快楽の頂点へと駆けあがった。

「くおッ、義母さんっ、くううッ、出るっ、出るううッ！」

「ひンンッ、カズくんっ、あひぃッ、狂っちゃううっ、イクっ、イクイクううッ！」

義息の熱い精液を注ぎこまれて、またしてもオルガスムスに昇りつめていく。

奈都子は背徳的な愉悦にどっぷり浸りながら、熟したヒップをぶるぶると揺すりたてていた。

# 第七章　崩壊

## 1

和真はキングサイズのベッドに全裸で寝そべっていた。

右側には小百合が、左側には茉莉が添い寝している。そして大きく開いた脚の間には、杏里が座りこんでいた。もちろん、三姉妹は一糸纏わぬ全裸だ。

「カズくん、男の人もおっぱい気持ちいいの？」

胸板に顎を乗せた小百合が、上目遣いに見つめてくる。人差し指で乳首を弄りながら、口もとに微かな笑みを浮かべていた。

「うん。小百合義姉さんに触ってもらうと、すごく感じるよ」

長女の調教具合は完璧だった。世話好きの小百合は、和真を悦ばせることが嬉しいらしく、性感帯の開発に余念がない。

「和真の乳首、硬くなってるわ。噛んであげる……はむっ」

茉莉が囁きかけてきたかと思うと左の乳首を甘噛みする。途端に電流にも似た快感が走り抜けた。

「ううっ……ま、茉莉義姉さん」

「なあに？　文句ないわよね」

茉莉は小悪魔的な笑みを浮かべ、甘くにらみつけてくる。

トレードマークの眼鏡は、本人の意志でかけていない。プレイのときは着飾る必要がないということだろう。茉莉は乳首を舐めあげて唾液をまぶすと、再び前歯を食いこませてきた。

「い、痛っ……くぅっ」

「痛いのが気持ちいいクセに。もっとして欲しい？」

次女の調教も完了しているが、責めにまわっているときは元来の勝ち気さが顔を覗かせる。だが、いったん責められる側になると、秘められたマゾ性を曝けだす。このギャップが絶妙の味わいとなっていた。

「小百合義姉さんも茉莉義姉さんも、すごく気持ちいいよ」

和真は二人の背中をやさしく撫でて、労をねぎらうように声をかける。すると、脚の間に座っている杏里が拗ねたように尋ねてきた。

「もう、カズちゃん。こっちはどうなの？」

首を持ちあげて見おろすと、やはり杏里が頰を膨らませている。先ほどから剛根に指を絡めて扱いているが、あえて声をかけなかった。甘えん坊で嫉妬深いので、姉たちが褒められると対抗意識を燃やして奉仕に熱が入るのだ。

「わたしだって……気持ちよくしてあげるんだから」

杏里は亀頭に涎れを垂らすと、それを潤滑剤にして手コキを加速させた。

「うっ……杏里義姉さん、上手になったね。すごく気持ちいいよ」

硬直したペニスをねっとりと擦られて、蕩けそうな快楽がひろがった。

三女は完全に調教されており、どんな命令にも従うようになっている。ここまで来れば、もう和真から離れることはないだろう。

（こんな生活が一生つづくんだ。義姉さんたちは僕のものになったんだ！）

心の底から勝利感がこみあげてくる。すべては和真の思い描いたとおりになっていた。三姉妹から同時に奉仕を受けるのは最高の快楽だった。

今日は朝から小百合のマンションを訪れていた。

夫婦の愛を確かめ合う寝室で、三姉妹と義弟による淫らな遊戯が行われている。愛梨はリビングのベビーベッドで眠っており、ぐずったときは三姉妹が交代であやすことになっていた。

義母につづき、父親と義兄も一週間ほど前に海外出張から帰国している。予想通り父親は娘たちに大量のお土産を買ってきたが、和真には声すらかけてこなかった。相変わらず無視されているが、以前のように腹は立たない。どんな冷遇を受けても笑顔で流すことができた。

なにしろ、父親が溺愛する三姉妹と義母をモノにしたのだから。

もはや復讐などという、つまらない感情すら消え去った。今はただ純粋に、この最高の快楽を楽しむつもりだ。義兄は夜になるまで帰ってこない。茉莉には有給休暇を使わせて、こうして昼間から揃って4Pに耽っていた。

「ああ、義姉さん……気持ちいい」

小百合が右手の指を一本いっぽん丁寧にしゃぶっている。まるでフェラチオをするように口に含み、ねっとりと舌を絡めていた。

「カズくん、指も美味しいわ……はンンっ」

「小百合義姉さんの舌、いやらしいね。指の先から精液が出ちゃいそうだ」

奉仕をすることで小百合も感じているらしい。艶っぽい溜め息をついて、瞳をとろんと潤ませていた。

「耳も気持ちいいでしょ。ねえ、和真、どうなの？」

茉莉が気を惹こうとするように、左耳に息を吹きこみながら尋ねてくる。耳孔に舌を差し入れて、ヌルヌルと抽送させていた。

「うっ……耳も感じるよ。茉莉義姉さん」

たまらず身じろぎすると、茉莉は満足そうに笑みを漏らす。そして耳朶にしゃぶりつき、唾液まみれにしてから甘噛みした。

「カズちゃん……ここも感じるの？」

杏里が恥ずかしそうに囁き、和真の両膝を立てさせる。なにをするのかと思えば、股間に潜りこむようにして肛門に吸いついてきた。さらに尖らせた舌先が、肛門に挿入される。条件反射的に勃起がヒクつき、大量の我慢汁が溢れだした。

「うあっ……くううっ」

突然のことで言葉にならない。強烈な快感に腰をぶるるっと震わせた。

三姉妹の熱烈な口唇奉仕を受けて、全身が唾液でしっとりとコーティングされていく。手の指から耳の穴、口はもちろん肛門や足指、さらには鼻の穴まで、ありとあらゆる場所を舐めしゃぶられた。

しかし、まだペニスだけは舐められていない。軽く手コキをされたが、それっきり唇と舌による愛撫は意識的に避けられていた。

「義姉さんたち……そろそろ……」

我慢できなくなって声をかけると、三姉妹の顔に妖艶な笑みが浮かんだ。焦らし抜くことで、その後の快感が高まることを経験上知っている。だからこそ、こうして和真が身悶えるまで前戯をつづけていたのだろう。

「カズくん、たまらなくなっちゃったの?」

「どうして欲しいのか言ってごらん、和真」

「カズちゃん、お汁がいっぱい溢れてるぅ」

三人は口々につぶやき、和真の下半身へと移動する。裸体を密着させて並ぶと、そそり勃つ肉柱の前で仲良く顔を寄せ合った。

勃起の向こうに義姉たちの美貌が見えている。右から小百合、茉莉、杏里。三姉妹が和真のために微笑んでいる。これほど幸せなことはなかった。

「義姉さん、意地悪しないで気持ちいいことしてよ」

懇願するような口調で語りかける。命令するのではなく、義姉たちとの駆け引きを楽しんでいた。

「して欲しいの？　どうしようかしら。ねえ、茉莉ちゃん」

「そうね。わたしたちも散々苛められたしね。杏里はどう思う？」

「うん。でもカズちゃん、すごく苦しそうだよ」

先走り液で濡れた尿道口に、杏里が指先をチョンと触れさせる。それだけで、腰がビクッと跳ねるほどの快美感が走った。

「くぅっ……ね、義姉さん、頼むからしてよ」

両手でシーツを握り締めると、情けない声を漏らしていた。

時間をかけてじっくりと調教を施した義姉たちは、焦らし責めもなかなかの領域に達している。もし縛られていたらと思うとゾッとする。きっと、さらにしつこく嬲られていたことだろう。

「みんなでカズくんのこと、気持ちよくしてあげましょう」

長女の言葉を合図に、三人がピンク色の舌先を覗かせる。吐息を亀頭に吹きかけながら、まるで三人でひとつのソフトクリームを舐めあげるように、巨大な亀頭に舌腹を触れさせた。

「おううっ……」

ようやく待ち焦がれていた刺激を与えられ、快楽の呻き声が溢れだす。途端に先走り液の湧出量が増えて、亀頭がヌラヌラと光りだした。

「カズくんのお汁、苦くて美味しいわ……はンンっ」

「こんなに濡らして、ずいぶん興奮してるみたいね……はむっ」

「ンンっ……どんどん溢れてくる。舐めきれないよぉ」

義姉たちは競うように、カウパー汁を舐めとっていく。そのたびにカリから尿道口にかけてを、三枚の舌で撫であげられるのだ。

「くっ……三人にしてもらうと、気持ちよさは三倍どころか三十倍以上だよ」

恥ずかしいほど饒舌になっていた。しゃべっていないと、どうにかなってしまいそうな気がする。腰が浮きあがりそうな快感だった。

やがて義姉たちの舌が、カリを重点的に責めはじめた。いつもは容赦なく膣壁を抉るカリを、生温かい舌で舐められている。くすぐったさをともなう快感がひろがり、またもや声が漏れてしまう。

「そ、それ、いいね……ううっ」

さらにカリの裏側にまで舌先を這わされる。亀頭はパンパンに膨張し、無意識のうちに腰を捩りたてていた。

「ああンっ、カズくん、じっとして」

「動くと舐めにくいでしょ。和真、大人しくしなさい」

「ここがいいの？　ねえ、カズちゃん、ここの裏が気持ちいいの？」

カリを散々責めた後、三人の舌は肉竿をゆっくりとくだっていく。胴体部分を舐めまわされて、瞬く間に唾液まみれにされてしまった。太幹はさらに太さを増し、青筋を浮かびあがらせる。増大した快感が今にも暴走してしまいそうだ。

「そんなにされたら……ううっ、気持ちよすぎて……」

懸命にこらえながら訴えるが、義姉たちはまったく聞く耳を持たない。それどころか妖しい笑みを漏らして、さらに舌を絡みつかせてくる。

「これくらいで音をあげるなんて、カズくんらしくないわ」

小百合が肉竿を舐めあげてつぶやけば、茉莉も裏筋にキスをして鼻で笑う。

「フッ……まだまだイカせてあげないわよ」

自分たちが責め嬲られたことを根に持っているのか、呆れるほど執拗な愛撫を施してくる。決してとどめを刺そうとはせず、とろ火で炙るように微妙な快感だけを送りこんできた。

「すごく熱くなってる。カズちゃんのオチン×ン……はむっ」

杏里が顔を傾けて、太幹を唇で挟みこんだ。そのままハーモニカを吹くように、ゆっくりとスライドさせる。

「うっ……くぅっ……もう、イキたいよ」

たまらず掠れた声で訴えると、ようやく許す気になってくれたらしい。三姉妹はいったん顔をあげて、和真の下肢をM字型に押し開いた。まるで蛙が仰向けになったように、股間をだらしなく曝けだした格好だ。

「ちょ、ちょっと、義姉さん?」

困惑して見おろすと、小百合と杏里の手が内腿に添えられ、真ん中の茉莉がギラつく瞳で亀頭を凝視していた。

「恥ずかしい格好ね、カズくん。お尻の穴まで丸見えよ」

「出したくて仕方ないって感じ? でも、もう少し我慢してもらうから」

「気持ちよく、お射精させてあげるからね」

三姉妹の唇が再び股間に寄せられる。まずは小百合と杏里が陰嚢に吸いついた。さらに睾丸をそれぞれの口内に収めて、飴玉のようにしゃぶりはじめる。

「こうすると感じるでしょう? あむうっ」

「カズちゃん、恥ずかしがらないで声を出してもいいよ……はむううっ」

玉袋ごと舌で転がされる快感は強烈だ。左右を別々に舐められているので、心地よい刺激が不規則に突き抜ける。予測できない愉悦に、触れられてもいない肉竿がビクビクと跳ねまわった。

「こ、これは……すごい……ううっ」

こみあげてくる射精感を、奥歯を食い縛ることで懸命にやり過ごす。すると、今度は亀頭に熱い吐息が吹きかけられた。

「すぐにイッたら許さないから……あむううっ」

茉莉は甘くにらみつけてから、躊躇することなくカウパー汁にまみれた肉亀をぱっくりと咥えこんだ。すぐに肉胴を唇で締めつけると、亀頭に舌を絡みつかせてねぶりまくってくる。

「おううっ、茉莉義姉さんっ、くっ……やばいっ」

顔をしかめて臀部の筋肉に力をこめた。全身の毛穴から冷や汗が噴きだし、無意識のうちに腰が浮きあがる。腰骨に疼きが走るが、それでもぎりぎりのところで踏みとどまった。

「カズくん、苦しそうだけど、もうイキそうなの？」

「タマタマがキュウッてあがったよ。感じてるんだね」

小百合と杏里が睾丸を弄びながら囁いてくる。そして再び口に含み、やさしくクチュクチュとしゃぶりまわしてきた。

「くうっ……たまらないよ、金玉が蕩けそうだ」

息を弾ませながら告げると、茉莉の愛撫も加速する。唇の締めつけを強くして、テンポよく首を振りはじめた。

「ンっ……ンっ……ンっ……あむううっ」

肉柱の先端部分を浅く三回スライドさせてから、四回目に根元まで咥えこむ。男根で蜜壺を責めるときの、いわゆる〝三浅一深〟のテクニックをフェラチオで再現しているらしい。

「す、すごい、茉莉義姉さんのフェラ……くううっ」

先端で焦らされてからのディープスロートは強烈な快感だった。しかも茉莉はただ咥えるだけではなく、ズチューッと強烈に吸引する。魂まで吸いだされそうな感覚は、射精への欲求を猛烈に掻きたてた。

「もうっ……ううっ、もう我慢できないよっ」

双つの睾丸と陰茎を舐めしゃぶられて、急激に限界が近づいてくる。和真の切羽詰まった声を聞き、義姉たちも口唇愛撫を加速させて一気に追いこみにかかった。

「むはぁっ……カズくん、気持ちよくなっていいのよ」

「すごく美味しい、カズちゃんのこれ……はむンっ」

　小百合と杏里の舌が皺袋を這いまわり、口に含んだ睾丸を転がしつづける。茉莉も激しく首を振りたくり、艶っぽい瞳で見あげてきた。

「ンっ……ンっ……和真、イキたいんでしょ。いいよ、イッても……ンンっ」

　鼻にかかった声で言われて、さらに強烈に吸茎される。先走り液を吸われるのがわかり、腰骨が小刻みに痙攣をはじめていた。

「くううっ……義姉さんっ、もうイキそうだよっ」

　三姉妹による濃厚な口唇奉仕を受けて、これ以上耐えられるはずがなかった。またしても射精感が押し寄せると、和真は欲望のままに腰を突きあげた。

「うっ、うああっ、出るっ、出るよっ……ぬおおおおおッ！」

　雄叫びをあげると同時に、剛根を咥えていた茉莉が口を離す。すると、ぱっくり開いた尿道口から、まるで噴水のように白濁液が噴きあがった。

「あンっ、すごいわ、カズくん……あああっ」

「こんなにいっぱい……ああンっ、和真、いやらしい」

「カズちゃんの精液、この匂い……はあンっ、たまらない」

三人の義姉たちは降り注ぐザーメンを浴びながら、嬉々とした表情でつぶやいた。

「義姉さんっ……ああっ、義姉さんっ」

和真は蕩けそうな快楽に酔いしれて、二度、三度と腰を震わせる。そのたびに射精を繰り返すと、ようやく興奮が鎮まり腰を落とした。

「ふぅっ……すごくよかったよ。義姉さん」

満足して息を吐きだすが、ペニスは硬度を保ったままだった。

三姉妹はうっとりと瞳を閉じ、ザーメンの付着した顔に恍惚感を漂わせている。

和真が達したことで、奉仕の悦びを噛み締めているようだった。

和真はサイドテーブルに視線を走らせた。そこには仲睦まじそうな長女夫婦の結婚写真が飾られている。

(義兄さん、悪いけど絶対に手放さないよ)

写真のなかの旦那に語りかけると、和真はあらためて勝ち誇った笑みを浮かべるのだった。

## 2

「カズくん、本当にお尻でするの？　あうっ」

奈都子は両肘をシーツについた四つん這いで、義息に肛門をしゃぶられていた。帰国してから毎日犯されつづけて、すっかり巨根に慣らされてしまった。夫が仕事をしている日中や寝静まった後、娘たちの目を盗んで嬲られていた。

義理の息子にレイプされたことなど、絶対誰にも知られてはならない。

その思いが和真を調子づかせているのはわかっている。しかし、若いペニスからもたらされる快感は絶大だ。仕事で忙しい夫が抱いてくれない以上、和真のセックスに流されていくのはごく自然なことだった。

今日も夫が出勤すると、すぐに夫婦の寝室に連れこまれた。

小百合は修三が帰国したのでマンションに戻っており、茉莉は仕事、杏里は大学に行っている。今この家には奈都子と和真の二人しかいなかった。

「義母さんのアナル、すごく美味しいよ」

和真が肛門をしゃぶりながらつぶやいた。先ほどからジュルジュルと下品な音をたてて、アナルがふやけるほど舐めまわしている。むず痒いような刺激が、尻たぷをぶるぶると震わせていた。

「あンンっ、いやよ、お尻なんて……」

そう言いながら、奈都子は獣のポーズを崩さなかった。

尻の穴を舐めるなど、夫だったら絶対に許さない。しかし、和真が悦んでくれることは、自分自身の悦びとして感じられるようになっていた。

「どうして、お尻なんて……あっ、やンっ」

アナルセックスの経験など一度もない。そもそも、肛門でセックスできることすら知らなかった。

「義母さんのすべてを僕のものにしたいんだ。いいでしょう?」

和真は肛門の皺を舌先でなぞりながら、縋るような声で囁きかけてくる。

「あンっ、もう……カズくんがどうしてもって言うなら……」

「どうしてもだよ。どうしても、義母さんとお尻でしたいんだ」

懇願されると逆らえない。娘たちと違って、どうしても甘やかしてしまう。

我が子のように可愛がっているが、血は繋がっていない。だから、どこかで遠慮があり、同時に肉体関係を持っても許されると無理やり自分を納得させていた。

熟れた肉体を持て余している奈都子にとって、精力絶倫の若者は理想的な相手だった。

「甘えた声を出せばいいと思ってるでしょ……でも、いいわ」

義息の狡猾さをわかっていながら了承する。酷いことをされても、なぜか許せてしまうところが和真にはあった。

（カズくんがこんなことをするなんて……でも、なんか憎めないのよね……）

ダブルベッドの上で尻を突きだして、義息の舌から送りこまれる快楽に身をまかせる。和真が望むなら、どんなことでも応じるつもりだ。

「義母さん、お尻の穴を舐められるの気持ちいい？」

臀裂から顔をあげた和真が尋ねてくる。思わず振り返ると、義息の口もとは唾液で濡れ光っていた。

「そんなこと聞かないで……ああっ」

再び鮮烈な感覚が突き抜ける。顎が跳ねあがり、背筋がビクッと反り返った。和真は尻たぶに両手を添えて割り開き、硬く尖らせた舌先で不浄の窄まりを小突いていた。

「どうなの？　アナルを舐められるって気持ちいいの？」

中心部をネチネチと舐められて、たっぷりの唾液をまぶされる。肛門を責められているという嫌悪感は常にあるが、それ以上に背徳的な快感のほうが強かった。

「あっ……あっ……い、いいわ」

掠れた声で口走る。素直に認めることで、全身の感度がさらに高まっていく。そして肛門の疼きが大きくなったとき、和真の含み笑いが聞こえてきた。

「フフッ……お尻の穴がヒクヒクしてるよ。父さんが見たら驚くだろうね」

「いやン、あの人のことは言わないで……はンンっ」

指摘されたことで、アナルが蠢いていることを自覚する。羞恥がこみあげて、たまらず腰を捩りたてた。しかし、放射状にひろがる皺を舌先でなぞられると、ますます肛門に力が入ってしまう。

「あっ、やンっ、動いちゃうから……ああっ」

義息の舌先は確実に快感を送りこんでくる。まるで肛門の皺に唾液を染みこませるように、中心部から外側に向かって執拗に舐めまわされていく。さらには唇をぴったりと密着させて、強烈に吸引されてしまう。

「あううっ、ダ、ダメ、もう……ねえ、カズくん、はああンっ」

「いやらしい声が出てるね。息子にこうやって吸われるのがいいんだ?」

またもや卑猥な質問を浴びせかけられるが、いまさら抗ったところでどうにもならない。奈都子は潤んだ瞳で振り返り、義息の顔を恨みっぽく見つめていた。

「ああンっ、そ、そうよ……吸われるのが気持ちいいの」

「へえ、ずいぶん素直なんだね。義母さんはお尻でも感じちゃうんだ」

和真の呆れたような声が胸に突き刺さる。欲求不満を見抜いているのだろう。義理とはいえ息子にからかわれるのはつらかった。

「あっ……あっ……カズくん、もう苛めないで……はああンっ」

たまらずヒップを振りたてる。肛門に焦れたような疼きを抱え、さらなる刺激を欲していた。

「アナルが感じるんだね。でも、この穴からウンチをするんでしょ?」

「やっ……ヘンなこと言わないで」

トイレで用を足す自分の姿が脳裏に浮かび、思わず首を左右に振りたくった。急に現実に引き戻された気がして、顔が燃えあがったように熱くなる。しかし、和真が許してくれるはずもなく、アナルにキスの雨を降らせてきた。

「義母さんもトイレに行くんだよね」

「あっ……あっ……やめて……ああっ」

汚辱感がこみあげて背筋に寒気が走り抜ける。それでもアニリングスを継続されているうちに、その汚辱感すら妖しげな愉悦に変わっていく。

「ねえ、どうなの？　義母さんもウンチをするの？」

「す、するわ……ああっ、いやよ、言わせないで」

そう答えるしかなかった。セックスになると義息は執念深くなる。誤魔化しきれないことはわかっていた。

「その汚い穴を息子に舐められてるんだよ。恥ずかしくないの？」

和真は薄笑いを漏らしながら、なおも言葉を重ねてくる。徹底的に辱めるつもりなのかもしれない。

「恥ずかしいわ、すごく……でも……でも、気持ちいいの、あああっ」

答えるたびに感度があがっていた。こらえきれず、はしたない声をあげて腰をくねらせてしまう。涙腺もゆるみ、いつしか双眸から涙が溢れていた。

「じゃあ、もっと恥ずかしくて気持ちいいことをしてあげるよ」

「ひいッ……ダ、ダメっ、それは……」

排泄器官であることを充分意識させせられてから、尖らせた舌先を挿入される。おぞましくも甘美な感覚がひろがり、全身の皮膚がぞわぞわと粟立った。

「ひあッ、入ってくるわ……ひああッ」

肛門の内側を舐められて、急速に理性が崩れはじめる。たまらず声が裏返り、高く掲げたヒップに玉の汗を浮かべていた。

「すごい反応だね。そんなに感じるの？」

和真は執拗にアナルのなかを舐めしゃぶると、今度は指を窄まりの中心部にあてがってくる。指の腹で圧迫して、今にも挿入しそうな素振りを見せた。

「あっ……や、挿れないで……」

「本当は挿れてほしいんでしょ？　どうして反対のこと言うのかな」

奈都子の言葉は一蹴されて、肛門に触れている中指に力がこめられる。

「あうっ、ダメ……ひっ、入っちゃう……ひううっ」

充分ほぐれているアナルはいとも簡単に押し開かれて、義息の指を咥えこんでしまう。そのままずぶずぶと挿入され、全身の毛穴からどっと冷や汗が噴きだした。

「簡単に入るもんだね。ほら、もう第二関節だよ」

「ひっ……そんな、深い……ひンンっ」

シーツを強く握り締める。鼻先から汗がポタポタと滴り落ちた。

「カズくんの指が、お尻に……ああ、おかしくなりそう」

すでに思考能力は鈍っており、まともな判断ができなくなっている。肛門を指でほじられる妖しい快感が、獣のポーズで震える裸体に蔓延していた。

根元まで押しこんだ指を捻るようにしながら、ゆっくりと抜き差しされる。膣を嬲られるのとは異なる強烈な感覚だ。華蜜がとめどなく分泌されて、お漏らしをしたように内腿を流れ落ちていた。

「オマ×コが涎れを垂らしてるよ。義母さん、どうする？」

「あぁンっ……ねえ、もう……」

奈都子は息を荒らげて振り返り、涙ながらに訴える。すると和真もさすがに憐れに思ったのか、ふと力を抜いたような笑みを浮かべた。

「お尻に挿れてほしくなったんだね？」

ほっとするようなやさしい声だった。その声を聞いた瞬間、胸がじんわりと温かくなっていく。もう夫のことなど頭からすっかり消えていた。

「挿れて……お尻に……カズくんのオチン×ン、お尻に挿れて」

怖くないと言えば嘘になる。まだ指しか挿れたことがないのに、巨根が収まるのか疑問だった。それでも、和真とひとつになりたいという思いが膨らんでいく。

中指が引き抜かれると、すぐに熱い肉の塊が触れてくる。亀頭をあてがわれたのだとわかり、思わず腰に震えが走った。

「や、やさしくして……怖いの、お願い……」

「僕にまかせておけば大丈夫だよ。じゃあ、挿れるよ」

和真は腰をがっしり摑むと、剛根をむりむりと押しこんでくる。途端に肛門が内側に押されて、亀頭の先端が侵入を開始した。

「ひッ……ま、待って……ひぃぃッ、さ、裂けちゃうっ」

想像していたよりも、はるかに強い刺激が突き抜ける。指とは比べ物にならない強烈な圧迫感に襲われていた。

「力んだらダメだよ。息を吐きだして。そうすると力が抜けるから」

「で、でも……ひッ……ひッ……」

懸命に肛門から力を抜こうとするが、痛みはいっこうに去ってくれない。それでも、和真がやさしく声をかけてくれるだけで、多少なりとも気持ちを落ち着かせることができた。

「痛いのは最初だけよ。すごく気持ちよくなるから」

義息の言葉にうんうんと頷いた直後、ズプッという感触とともにロストヴァージンのような激痛が突き抜けた。

つ「あうゥ……」

「ふぅっ……亀頭が入ったよ」

和真のほっとしたような声が聞こえる。どうやら、挿入に成功したらしい。ついに義息と肛門で繋がったのだ。

「カ、カズくんを……お尻で……はううっ」

痛みは溶けるようにやわらいだが、圧迫感が消えることはない。和真がゆっくり腰を振りはじめると、重い息苦しさが下腹部にひろがった。

「くっ……あうっ……苦し……うむっ」

「だんだん気持ちよくなるよ。すぐに慣れるから心配しないで」

長大なペニスで肛門を犯される異物感は凄まじい。身体の奥まで掻きまわされる感覚が、奈都子の心を急激に追いつめていく。

「あううっ、待って、カズくん……あうっ、そんなに奥まで……」

「大丈夫だよ。お尻の穴はどんなに奥まで挿れても、行きどまりがないから」

和真は薄笑いすら浮かべて、じわじわと抜き差しをつづけている。

唾液をたっぷり塗りこめられてほぐされたせいか、すでに痛みは感じなくなっていた。ただ、内臓を押しあげられるような圧迫感が、奈都子の不安を煽りたてる。それは未知なる体験に遭遇した怯えだった。

「も、もういやよ、抜いて……ひううっ」

「そろそろ慣れてきたんじゃないかな。お尻の穴が柔らかくなってきたよ」

確かにスローペースで抽送されているうちに、苦しさだけではなく妖しい疼きが湧きあがってくる。無意識のうちにヒップを揺らし、拡張された肛門で太幹を締めつけていた。

「少しだけ速くしてみようか」

和真がピストンスピードをアップさせる。その途端、アナル周辺に滞っていた疼きが、どす黒い愉悦となってひろがった。

「ひッ……ダ、ダメっ、そんなに動いたら……ひあぁッ」

「締まってきたよ……くぅっ」

和真も興奮してきたらしく、声を上擦らせて腰の振り方を激しくする。もはや遠慮は見られない。膣を犯しているときと同じように全力での抽送だ。

「ううっ……アナルヴァージンを僕にくれたんだね。嬉しいよ、義母さん！」

どうやら、射精感がこみあげてきたらしい。剛根を猛烈にスライドさせて、肛門をこれでもかと抉りたててきた。

「ヒッ、ひッ、好きにして、ひぃッ、もうカズくんの好きにしてぇっ」

　興奮した和真の言葉に答えて、奈都子もよがり啼きを迸らせる。アナルヴァージンを捧げたことで、義息に対する新たな気持ちが芽生えはじめていた。

「いいっ、お尻がいいの、あああッ、もうダメ、おかしくなっちゃうっ」

「義母さんっ、僕もいいよ、くううっ、義母さんっ！」

　和真も苦しげに呻きながら、極太のペニスを根元まで叩きこんだ。途端に肉胴が激しく脈動して、先端から熱い粘液がドクドクと噴きあがる。一瞬にして直腸粘膜を灼きつくされ、奈都子は背筋を大きく反り返らせた。

「いひいいッ、すごいっ、お尻なのに、あああッ、イクっ、イックうううッ！」

　初めてのアナルセックスで、ついにオルガスムスへと昇りつめていく。あられもないよがり啼きを迸らせて、高く掲げたヒップを激しく痙攣させた。

「あううっ……い、いい……はぁっ、カズくん」

　半開きの唇から涎れが垂れて糸を引き、とろんと潤んだ瞳からは歓喜の涙が溢れだす。どういうわけか、清々しいほどに心が軽くなっていた。

　これからは義息のことを一番に考えるつもりだ。

　和真が悦ぶことなら、どんなに恥ずかしいことでも応じられると思う。夫に対しては、ここまで献身的な気持ちになれなかった。だが、今は義息のことを心から大切に思っていた。

「義母さん……すごくよかったよ」

和真はペニスを引き抜くと、やさしく囁いてうなじにキスをしてくれる。それだけでうっとりとした気持ちになり、奈都子は膣口から愛蜜を滴らせた。

## 3

小百合は獣のポーズで、隣の妹たちに視線を向けた。

右から順に杏里、茉莉、そして小百合が並び、ヒップを掲げて義弟のペニスを待ち受けている。誰もが早く貫かれたくて、物欲しそうな顔をしていた。

この日も夫の修三が出勤した後、夫婦の寝室で狂宴が繰りひろげられている。和真のペニスに妹たちといっしょに奉仕をして、今まさに貫かれようとしていた。

「カズくん……お願い……」

小百合は潤んだ瞳で振り返り、義弟に向かって懇願する。女の部分が逞しい男根を求めてヒクついた。

「小百合義姉さん、長女なのに、そんなに慌てないでよ。妹たちに笑われるよ」

和真が呆れたようにヒップをぴたぴたと叩いてくる。小百合は恥ずかしくなり、肩を竦めてうつむいた。

そのときだった。突然寝室のドアが開いて、全裸の女性が入ってきた。

「えっ……お、お母さん、どうして？」

思わず絶句してしまう。茉莉と杏里も目を見開いたまま顔をひきつらせていた。

「ご、ごめんね……お母さん、もう……」

奈都子は内腿をもじもじと擦り合わせながら、ベッドに歩み寄ってくる。息遣いが荒くなっており、明らかに様子がおかしい。豊満な女体からは、牝のフェロモンがむんむんと放出されていた。

「僕が呼んだんだよ。義姉さんたちの仲間に入れてあげようと思って」

和真がにやにやしながらさらりと語る。三姉妹だけでは飽きたらず、母親のことまで調教していたらしい。小百合は四つん這いの姿勢で、思わず首をゆるゆると左右に振っていた。

「弱いお母さんで……ごめんなさい」

「ああ、そんな……お母さんまで……」

驚愕の事実だが、小百合たちに母親を責めることはできなかった。和真の巨根でレイプされたら、どんな女でも必ず虜にされてしまう。そのことを嫌と言うほど思い知らされているのだから……。

和真の指示で、母親も姉妹たちといっしょに這いつくばった。右から杏里、茉莉、奈都子、小百合という並びだ。

「さてと、端から順番にやろうか。杏里義姉さんからだね」

背後で和真が移動する気配がする。そして、杏里の嬉しそうな声が聞こえてきた。

「カズちゃん、挿れてくれるの？」

「もっと後ろに突きだして、じゃあ、いくよ」

「あっ……あンンっ……入ってくるぅっ」

杏里が挿入されたのは間違いない。巨大な亀頭が媚肉を掻きわけながら膣道を前進する様子が、必要以上に生々しく伝わってきた。

「あうっ、おっきい……ああンっ、おっきいっ」

妹の甘ったるい声が夫婦の寝室に響き渡る。小百合はもどかしさに身を捩り、内腿を擦り合わせた。

（ああ、こんなのって……カズくん、早くして……）

働いている夫には悪いと思う気持ちもある。しかし、今は義弟に対する愛情のほうが、はるかに大きかった。でも、離婚をするつもりはない。和真が「愛梨ちゃんのためを思うなら」と言って反対したのだ。

小百合にしても今の関係をつづけられるのなら、仮面夫婦でも構わないと思っている。もう義弟なしでは生きられない身体になってしまった。とにかく一秒でも早く抱いてほしい。こうしている間も、絶えず肉体は発情しているのだから。

「はぁっ……和真、まだなの？」

茉莉も焦れているらしい。先ほどから熱い溜め息を漏らしては、下肢をもじつかせていた。

「茉莉ちゃん、大丈夫？」

「姉さん……わたし、我慢できなくなりそう」

あの勝ち気な茉莉が弱気になって涙ぐむ。やはり和真なしでは生きていけなくなってしまったのだろう。

「ああ……わたしも……」

奈都子も掠れた声でつぶやいた。

母親の横顔はピンク色に染まり、牝の匂いが全身から漂ってくる。もはや欲情を隠せなくなっていた。

「こんなお母さんで、本当にごめんなさい」

「謝らないで……だって、わたしたちも……」

小百合は涙声でつぶやき首を振った。

強い牡に組み敷かれたいと思うのは女の本能だ。普段は澄ましていても、心の奥底では太いペニスに服従したいと願っている。それが女の悲しい性だった。

「茉莉ちゃん……お母さん……」

小百合は自身も欲情しながら、妹と母親に視線を送る。二人は内腿を擦り合わせながらも、こっくりと頷いてくれた。

そのとき、杏里の喘ぎ声が一オクターブ高くなった。もしかしたら、絶頂が近づいているのかもしれない。

「あッ……あッ……カズちゃん、気持ちいいっ」

「杏里義姉さんのオマ×コ、嬉しそうにキュウウッて締まってるよ」

「だって、ああンっ、だって気持ちいいから……あッ……ああッ」

杏里の声はさらに艶を帯び、聞いている者の心にまで深く浸透してくる。

茉莉と奈都子、そして小百合はゴクリと喉を鳴らし、杏里のよがり狂う声に聞き耳を立てていた。

「もっと気持ちよくなりたい？　ほら、おねだりしてみなよ」

抽送速度をゆるめて、恥ずかしい言葉を強要する。和真のいつものやり方だ。こうして焦らされているうちに、快感は際限なくどこまでも膨らんでいく。

「はうぅっ、カズちゃんの意地悪……あンっ、もっと気持ちよくしてください」

杏里はセミロングの黒髪を振り乱し、高く掲げたヒップをくねらせている。さらなる快楽を求めて、腰を卑猥に振りたてていた。

「杏里義姉さんは素直で可愛いよ。ご褒美をあげる。そらっ！」

「ひいッ……あッ、あッ、そんな、いきなり……激し、あああッ」

華蜜の弾けるヌチャヌチャという音が、寝室の空気を淫らに震わせる。杏里の喘ぎ声も高まり、瞬く間に絶頂が迫ってきた。

「も、もうダメっ、カズちゃん、もうイッちゃいそうっ」

「イク前に誓うんだ。一生、僕の奴隷になるね？」

「な、なる、なりますっ、カズちゃんの奴隷に、あああッ、だからっ」

涙ながらに叫ぶと、杏里はそのままアクメに向かって駆けあがっていく。和真も引き留めようとはせずに、激しく剛根を突きこんでいった。

「ひいッ、ひいッ、すごいっ、あああッ、すごいのぉっ」

「杏里義姉さん、僕のチ×ポはそんなに気持ちいいの？」

ピストンスピードは全開だが、和真の声はいたって冷静だ。ほとんど息を乱すことなく、女を狂わせる抽送を送りこんでいた。

「ひああッ、いいっ、カズちゃんのオチン×ン、すごくいいっ、ああッ、イク、杏里、もうイッちゃうっ、ひいッ、あひいッ、イクっ、イッちゃううううッ！」

杏里は感極まった様子で絶頂を告げると、汗にまみれた背中をのけ反らす。這いつくばった裸体に痙攣を走らせて、絶息したように崩れ落ちた。

和真は満足そうに微笑みながら、茉莉の背後に移動する。股間にそそり勃つ肉柱は、杏里の愛蜜にまみれて妖しい光を放っていた。

「茉莉義姉さん、挿れてほしい？」

亀頭の先端で茉莉の尻たぶを小突き、わざとそんなことを尋ねている。茉莉が焦れているのをわかっていながら、おねだりさせようとしているのだろう。

「ああンっ、和真……欲しいの、お願い……」

杏里の狂う姿を見せつけられて、茉莉はたまらない様子で懇願する。懸命にヒップを揺らし、逞しい肉柱での慈悲を願うのだ。

「すごく濡れてるね。なにこれ？　オマ×コがドロドロになってるよ」

「いやっ、見ないで……ああっ、早く挿れてぇっ」

茉莉は悪戯が見つかった子供のように、首を激しく左右に振りたくった。

「わがままだなぁ。じゃあ、挿れるよ」

和真は呆れたようにつぶやくと、ようやく亀頭の先端を膣口に押し当てる。そして尻たぶを撫でまわすようにしながら、ゆっくりと挿入をはじめた。

「うあっ……は、入って……あっ……ああっ」

まだ先端だけだというのに、あられもない嬌声が溢れだす。茉莉はシーツを握り締めて、今にも達してしまいそうに腰をくねらせた。

「そんなに欲しかったの？　ほおら、どんどん入ってくよ」

和真はわざと時間をかけて押しこみ、女体の反応を楽しんでいる。まだ射精しそうにないのだろう。余裕たっぷりの声で茉莉の蜜壺を貫いていた。

「あうっ、いいっ、和真、すごくいいっ」

待ち焦がれた剛根の挿入に、茉莉が形のいい顎を跳ねあげる。素直に快感を告げると、「あっ、あっ」と小刻みな喘ぎ声を漏らしはじめた。

小百合は犯されていく茉莉のことを、涎れを垂らしながら見つめていた。

(ああ、茉莉ちゃん……そんなに気持ちいいの?)

よがり声を振りまく妹は、すっかり牝の顔になっている。義弟の逞しいペニスを突きこまれて、肉の快楽に酔いしれているのだ。

たまらず内腿を擦り合わせると、大量に溢れた愛蜜がクチュクチュと卑猥な音を響かせる。小百合は己のはしたない肉体を恥じながらも、膨れあがる肉欲を抑えきれずに噎び泣いた。

「あううっ、和真のが奥まで……あああっ」

茉莉のあられもない声が響き渡る。巨大なペニスをずっぷり埋めこまれて、その充足感に裸体を震わせていた。

「ずいぶん気持ちよさそうだね。僕のなにが奥まで入ってるの?」

「和真の……お、おチ×ポ……ああっ、和真のおチ×ポが入ってるのぉっ」

卑猥な単語を口にすることで、なおのこと快感が高まるらしい。茉莉は喘ぎ声を大きくすると、悩ましく腰をくねらせはじめた。

「茉莉義姉さんは、アナルよりもオマ×コのほうがいいんだよね?」

「ううん、どっちもいいわ。お尻も……オ、オマ×コも……ああンっ」

和真は剛根を抽送させながら、なおも卑猥な質問を浴びせかける。以前の茉莉なら怒りだしていただろうが、今はすっかり従順な様子で答えていた。それどころか、甘えるような声でさらなる抽送をねだるのだ。

「ああンっ、和真、もう……ねえ、お願い……」

「あれ？　茉莉義姉さん、もしかして……フフッ」

和真の薄笑いが聞こえたかと思うと、肉打ちのパンパンッという小気味いい音がリズミカルに響きはじめる。ピストンスピードをアップさせて、一気に追いこむつもりなのだろう。

「あっ……あっ……い、いいっ、すごいっ」

「もしかしてイキたいの？　茉莉義姉さん、イキたくなっちゃったの？」

執拗に問いかけながら、激しい抽送で畳みかける。茉莉は四つん這いの身体を前後に揺らし、眉を八の字に歪めて喘いでいた。

「そ、そうよ、イキたいの、ああぁッ、ねえ、お願いだからイカせてっ」

「僕の牝奴隷になる？　一生だよ。誓えるなら、すぐにイカせてあげる」

杏里のときと同じだった。隷従の言葉を引きだすように誘導する。すると、追いつめられている茉莉は、躊躇することなく口を開いた。

「ち、誓う……はあンッ、誓うわ、和真の牝奴隷になるって誓うから、ああッ、お願いよっ、早くイカせてぇっ」

「そう、僕の奴隷になるんだね。嬉しいよ、義姉さん」

和真の満足そうな笑い声が響き渡った。

腰の動きがさらに激しくなり、蜜壺をこれでもかと抉り抜く。女体が壊れてしまいそうな凄まじい抽送だ。普通の男なら、とっくに自爆しているだろう。だが和真は驚異的な持続力で力強い抜き差しを継続する。

茉莉は汗だくになりながら背筋をググッと弓なりに反らし、断末魔のようなよがり啼きを響かせた。

「あひいッ、いいっ、すごくいいっ、ずっといっしょよ、いいわね、和真……あぁッ、も、もうイクわ、ひッ、ひッ、イクっ、イックうううッ！」

茉莉の身体が歓喜に打ち震える。アクメに達したのは間違いない。シーツに崩れ落ちていく女体は、エクスタシーの余韻に痙攣していた。

（イッたのね……茉莉ちゃんも……）

女の小百合が見ても、欲情を覚えるほど艶めかしい光景だった。

茉莉がオルガスムスに包まれて悶える様は、あまりにも淫らで美しい。義弟に犯されることで、女としての最高の悦びに達したのだ。そのことが、今の小百合にとっては、ただただ羨ましかった。

「カズくん、わたしにも……」

隣で四つん這いになっている奈都子が、甘えたような声でおねだりする。茉莉の絶頂を見届けたことで、我慢が限界に達しているのだろう。

「フフッ、義母さんも欲しいんだね」

和真の男根は黒光りしている。その驚異的な持続力、牡としての能力の高さは、女たちを惹きつけてやまなかった。

「あううッ、入ってくるわ……い、いいっ」

奈都子のあられもない喘ぎ声が響き渡る。

初めて耳にする母親の嬌声だ。はしたなく尻を振り、横顔を歪めて涙さえ流す姿は、言葉で言い表せないほど淫らで幸せそうだった。

「義母さんのオマ×コ、すごく締まってるよ」

和真は余裕たっぷりの表情で責めたてている。力強く腰を打ちつけるたび、クチュクチュと湿った音が響き渡っていた。

「ひいいッ、カズくんのオチン×ン、ひいッ、あひッ、たまらないのぉっ」

すでに巨根に慣らされているのか、奈都子は瞬く間に快楽の階段を駆けあがっていく。腰を激しく振りたくり、尻たぶに力をこめて剛根を締めあげていた。

「義母さんも僕の奴隷になるんだよ、いいね？」

「な、なるわ、カズくんの奴隷に、あああッ、奴隷になります、だから……」

涎を垂らしながら、義理の息子に向かって宣言する。やさしくておっとりした母親が、牝の顔になって快楽を貪っていた。

「イキたいんだね。イッてもいいよ。そらそらっ！」

和真が勢いよく男根を繰りだしていく。蜜壺をずっぷりと貫かれた奈都子は、熟れた裸体をのけ反らして泣き叫んだ。

「ひいッ、これ、ひいいッ、これよぉっ」

淫らがましい牝の嬌声は、すべてを和真にゆだねている証だった。ひと突きで恍惚とした表情を浮かべ、グラマーな裸身を震わせる。熟れきった女体は、すっかり歓喜に染めあげられていた。

「カズくん、もっと、あああッ、もっと奥までっ」

「娘たちの前で恥ずかしくないの？　オマ×コこんなに濡らして」

「あひンッ、い、いいいっ、オマ×コがすごいのぉっ、ひああッ」

奈都子は発情した牝猫のようによがり啼く。自ら腰をグイグイ押しつけて、太くて長い肉柱をさらに奥まで呑みこもうとする。

「すっかり淫乱になったね。もうイキそうなんでしょ?」

「ああッ、だって、カズくんのおチ×ポがすごいから、ああッ、もうダメぇっ」

奈都子の喘ぎ声が切羽詰まり、シーツを強く握り締めた。剛根を締めつけているのだろう、腰を卑猥に揺すりたてていく。

「イ、イキそう、ひああッ、カズくんっ、ひぃッ、ひぃぃッ、イックううううッ!」

ついに断末魔の悲鳴を響かせながら、奈都子も快楽の頂点に昇りつめていった。ペニスを引き抜かれると同時に、がっくりと崩れ落ちる。汗だくになった裸体からは、濃厚な牝のフェロモンが滲みだしていた。

(お母さんまで……ああ、わたしも……)

小百合は我慢できずに腰をよじりたてる。焦らされつづけて、全身が沸騰したようになっていた。

「お待たせ。小百合義姉さんの番だよ」

和真のペニスは三人分の愛液をまとわりつかせて、黒々と濡れ光っている。風格すら漂う肉柱は、男らしさに満ち溢れていた。

「ああ……カズくん……」

小百合は涙を流しながら振り返った。

これ以上待たされたら、頭がどうにかなってしまいそうだ。一刻も早く、硬い男根で埋めつくしてほしい。妹たちと母親の喘ぎ声を聞きながら、自分の番が来るのを心待ちにしていたのだ。

「義姉さん、どうしたの？　泣いたりして」

散々焦らしておきながら、和真はわざとからかうような言葉を投げかけてくる。そうやって嬲ることで、女が苦しむ姿を楽しんでいるのかもしれない。だが、待たされている小百合はたまったものではなかった。

「ひどいわ、どうして意地悪するの？」

「今日の主役は小百合義姉さんだよ。メインディッシュはフルコースの最後に出てくるものだろう？　これから、じっくり味わわせてもらうよ」

和真の顔に柔らかい笑みが浮かぶ。やさしいけれど少しだけ意地悪な、まるで無邪気な少年のような笑顔だった。

「義姉さん。これ、欲しい？」

和真が腰を揺らし、棍棒のようなペニスを見せつけてくる。小百合は思わず生唾を呑みこむと、涙ながらに訴えていた。

「ああ、欲しいわ……カズくん、早くぅっ」

膣口がクチュッと鳴って、またしても愛蜜が分泌される。三人の喘ぎ声を聞きながら、蜜が滴るほどに濡らしていた。

「挿れてあげる。義姉さんが欲しがってたもの」

灼けるように熱い肉の塊が、淫裂にぴったりと押し当てられる。そして、ゆっくりと肉唇を掻きわけながら侵入を開始した。

「あっ……うあっ……は、入ってくる」

たっぷりの蜜で潤った女穴は、巨大な男根をいとも簡単に受け入れる。膣襞がザワザワと蠢き、奥へ奥へと引きこんでいく。

「これが欲しかったんだよね。僕のチ×ポが」

「カズくんの……お、おチ×ポ……ああっ」

小百合が恍惚とした表情でつぶやいた直後だった。和真は腰のくびれを鷲掴みにして、いきなり肉柱を根元まで叩きこんできた。

「ひああッ、い、いいっ、あひッ、ダメっ、イッちゃいそう、あああああッ！」

巨根で貫かれて子宮口をノックされた瞬間、一気に絶頂に達してしまう。焦らされつづけたことで、全身が性感帯になったように過敏になっていた。

「フフッ……挿れただけでイッちゃったんだ。小百合義姉さんは見かけによらず、本当に淫乱なんだね」

和真は意地悪く囁きながら、本格的なピストンを開始する。妹たちと母親を犯したことで、かなり興奮が高まっているらしい。絶頂の余韻に浸る間も与えられず、いきなり激しく腰を振りたててきた。

「ひッ……ひッ……そんな、すごいっ、あああッ、カズくんっ」

「義姉さんも僕の奴隷になるんだよ。いいね」

「ああンっ、なるわ、わたしもカズくんの奴隷に……素敵、はああンっ、嬉しいっ」

夫の目を盗んで義弟に貫かれる日々を想像するだけで、蜜壺が収縮して愛蜜が溢れだす。感度がさらにアップして、早くも二度目の絶頂の波が押し寄せてきた。

「あうっ、いいっ、すごくいいわ……あうッ……ひッ……ひいッ」

「くっ……き、気持ちよくなってきた。義姉さん、僕も気持ちいいよっ」

和真も射精感が高まってきたのだろう、苦しげな呻きを漏らして激しく腰を打ちつけてくる。小百合は蜜壺を抉られながらも、義弟といっしょに昇りつめたくて剛根を締めつけた。

「うわっ、そんなに締められたら……で、出ちゃうよっ」

「いいのよ、出して、ああッ、カズくんの精液、小百合のなかにちょうだいっ」

後ろに突きだしたヒップをくねらせて、膣奥での射精を懇願する。夫婦のベッドで自ら望んで義弟に犯される背徳感が、より深い愉悦を生みだしていた。

「ううっ……で、出る、義姉さんっ、出るよっ、ぬおおおおッ！」

ついに和真が獣のような咆哮をあげて、激しく腰を震わせる。根元まで埋めこまれたペニスが脈動し、煮えたぎった白濁液が膣奥に迸った。

「ひいいッ、熱いっ、なかでドクドクって、ひいッ、あひいッ、もうダメ、イキそう、あああッ、イッちゃうっ、ひッ、ひッ、イクっ、イックううッ！」

気の遠くなるような絶頂感に涎れを垂らしながら、全身に痙攣を走らせる。小百合は裸体をのけ反らし、妹や母親と同じように淫らがましく泣き叫んでいた。

義弟の射精は凄まじく、敏感な粘膜を瞬く間に灼きつくしていった。

大量の精液を注ぎこまれると、小百合は充足感に包まれてシーツに崩れ落ちた。

三姉妹と母親の裸体が転がっている。さらに和真も倒れこんで、五人が仲良く肩を寄せ合った。

「小百合義姉さん……」

和真が遠慮がちに口を開くのを、小百合はオルガスムスの余韻のなかでうっとりしながら聞いていた。

「これからも、このベッド使っていいのかな?」

今さらそんなことを確認してくる義弟が意外だった。

(もしかして、カズくん……)

和真は天井をじっと見つめている。その横顔には微かに不安の色が浮かんでいるような気がした。義弟はなによりも孤独を恐れている。だからこそ、母娘を奴隷にして縛りつけようとしているのだろう。

そんな義弟のことが、無性に可愛くて仕方がない。小百合は手を伸ばして、すっかり萎えている男根に指を絡めていく。

「もちろんよ。わたしたち姉弟じゃない。これからもみんなで楽しみましょう」

長女らしい穏やかな口調で囁けば、二女と三女、それに母親も静かに頷いた。

和真の顔にほっとしたような微笑が浮かぶ。それは義弟がこれまで見せたことのない最高の笑顔だった。

(完)

本作は『藤原家の異常な寝室 すべての女が奴隷になる日』（フランス書院文庫）を改題の上、刊行した。

フランス書院文庫X

奴隷生誕《どれいせいたん》

著　者　甲斐冬馬（かい・とうま）
発行所　株式会社フランス書院
東京都千代田区飯田橋３－３－１　〒102-0072
電話　03-5226-5744（営業）
　　　03-5226-5741（編集）
URL　https://www.france.jp
印刷　誠宏印刷
製本　若林製本工場



ISBN978-4-8296-7928-9 C0193

## フランス書院文庫X　偶数月10日頃発売

### 寝取られ母【孕ませ懇願】
河田慈音

「に、妊娠させてください」呆然とする息子の前で、隣人の性交奴隷になった母の心はここにはない…孕ませ玩具に調教される、三匹の牝母たち！

### 【限定版】人妻　悪魔の園
結城彩雨

我が娘と妹の身代わりに、アナルの純潔を捧げる由美子。三十人を超える嗜虐者を前に、狂気渦巻く性宴が幕開く。肛虐小説史に残る不朽の傑作！

### 痕と孕【兄嫁無惨】
榊原澪央

朝まで種付け交尾を強制される彩花。夫の単身赴任中、夫婦の閨房を実験場に白濁液を注ぐ義弟。着床の魔手は、同居する未亡人兄嫁にも向かい…

### 奴隷生誕　藤原家の異常な寝室
甲斐冬馬

義弟に夜ごと調教される小百合、茉莉、杏里。三人の姉に続く青狼の標的は、美母・奈都子へ。ドアも窓も閉ざされた肉牢の藤原家、悪夢の28日間。

### 【特別版】肉蝕の生贄
綺羅　光

肉取引の罠に堕ち、淫鬼に饗せられる美都子。昼夜の別なく奉仕を強制され、マゾの愉悦を覚えた23歳の運命は…巨匠が贈る超大作、衝撃の復刻！

以下続刊

〈電子書籍でも発売中〉